안젤라 신드롬

제 5 회
네오픽션상
수상작

안젤라 신드롬

이 재 찬 장 편 소 설

네오
픽션

차례

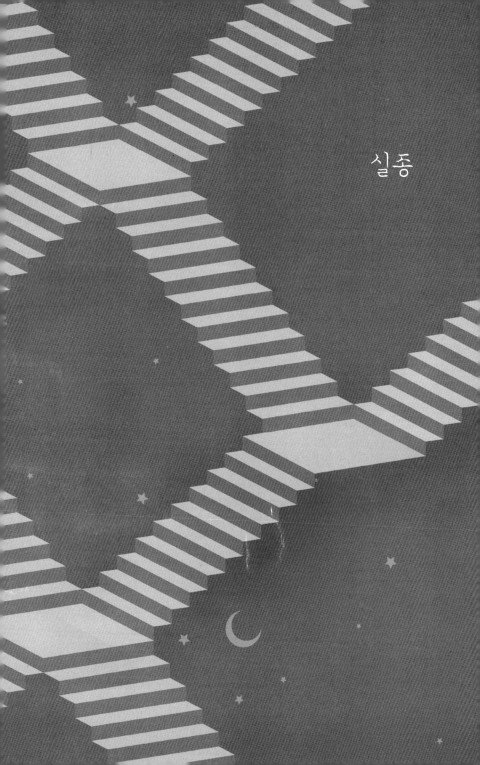

실종

1

강원도 송천시 강평읍은 속초에서 강릉 방향으로 2백 리가량 떨어져 있다. 구릉이 병풍처럼 둘러싸여 있어서 바다가 보이지는 않지만 배릿한 냄새가 자욱한 바닷가다. 사람들은 마을에서 5리 떨어진 바다에 나가거나 농사를 지어 생계를 꾸렸다. 구릉에서는 청동기시대부터 계단식으로 농사를 지었다. 청동기시대부터 지금까지 아무 일도 일어나지 않았던 듯, 마을은 언제나 평온했다. 임진왜란 때 왜군은 구릉 뒤에 마을이 있는지조차 몰라 침략할 수 없었다.

산에서 안개가 음산하게 피어올랐다. 비가 나흘째 추적추적 내렸다. 쌀쌀한 가을비에 지친 사람들은 먹고사는 문제가 아니라면 가능한 바깥출입을 자제했다.

비가 그쳤지만 빗기를 머금은 구름이 온종일 강평을 유령처럼 떠돌았다.

*

"방금 들어온 소식부터 전해드리겠습니다. 얼마 전 KBS 프로그램 〈인간극장〉에서 많은 시청자들의 가슴을 따뜻하게 했던 '돼지소녀 사춘기'를 기억하십니까? 앵커도 참 재미있게 봤습니다만, 그 돼지소녀가 실종됐다고 합니다. YTN 중계차는 돼지소녀가 사는 강원도 송천시, 강평읍에 나가 있습니다. 유병성 기자."

현장이 연결되지 않자 잠시 정적이 흘렀다. 화면은 보이는데 사운드가 들리지 않았다. 카메라가 앵글을 잡느라 기자를 중심에 두고 이리저리 움직였다.

"예, 아, 지금 연결이 원활하지 않은 것 같습니다. 잠시 후에 다시 연결하도록 하겠습니다. 다음 소식부터 먼저 전해드리겠습니다. 911테러가 발생한 지 벌써 한 해가 지났습니다. 여러 추모행사들이 벌어지고 있는데요. 테러로 인한 실종자 수가 무려 6천여 명이라는 집계가 나왔다고 합니다."

돼지소녀의 실종사건을 처음 보도한 텔레비전 뉴스는 간단했지만 그 후 이 사건은 일파만파 전국을 상실의 소용돌이 속으로 휘몰아 넣었다. '돼지소녀 사춘기'는 시청률 20퍼센트를 웃돌 만큼 인기가 높았다. 한 소녀의 실종이 이렇게 인구에 회자된 건 어디까지나 돼지소녀를 집중 보도한 언론의 힘이었다.

*

초등학교 입학 선물로 아빠 친구가 혜실에게 새끼 돼지를 선물했다. 혜실이 돼지에게 먹이 주는 일을 도맡았다. 돼지는 뒷마당에 마련해준 우리를 탈출해서 툭하면 집 안에 들어와 여기저기 들쑤셔놓았다. 그럴 때면 혜실이 돼지에게 말했다. "누나, 너한테 실망이야!" 그때마다 돼지는 그 말을 알아듣기라도 하듯 온순해졌다. 돼지는 암컷이었지만 혜실은 남동생을 바랐기에 자신을 누나라 칭했다.

혜실은 사춘기마저 명랑하게 보내는 중이었다. 방송에서 혜실이 입버릇처럼 "만사가 짜증 나"라고 말할 때면 시청자들은 웃지 않을 수 없었다. 짜증 난다는 말조차 저렇게 명랑하게 하다니.

혜실은 초등학교 4학년이었다. 장사를 하느라 바쁜 엄마를 대신해서 집안일을 곧잘 했다. 설거지에 비누거품이 군데군데 남아 있었다. 시청자들은 혀를 차면서도 야무지지 못한 혜실을 더 사랑스러워했다.

〈인간극장〉 2부에서 혜실이 아빠와 텔레비전 뉴스를 보며 수박을 먹었다. 뉴스에서는 강원도청 앞에서 농민들이 시위를 벌이고 있었다.

"아빠, 저 아저씨는 누구야?"

"도지사님이시지. 아저씨가 아니고."

"별로 잘생기지도 않았는데?"

"도지사는 얼굴 보고 뽑는 게 아니야."

"반장은 얼굴 보고 뽑는데?"

"그럼 안 되지."

"도지사님한테 왜 사람들이 화가 났어?"

"솟값이 떨어져서."

"도지사님이 솟값을 올려줘?"

"글쎄……."

혜실이 갑자기 카메라로 고개를 돌렸다.

"피디 아저씨, 도지사님이 솟값을 올려줄 수 있어?"

모르겠다는 표시로 카메라가 가로저으며 움직였다.

"아저씨, 대학은 나왔어?"

카메라맨이 웃느라 화면이 흔들렸다.

"나도 도지사님한테 할 말 있어."

혜실의 얼굴이 클로즈업되었다.

"도지사님, 우리 학교 운동장에 철봉이 낡았어요. 그래서 병천이가 철봉 하다가 팔이 찢어졌어요. 도지사 아저씨, 강평초등학교 운동장 철봉 좀 고쳐주세요. 이건 솟값보다 더 중요한 일이라고요."

'돼지소녀 사춘기'가 끝난 후 강원도 지역방송에 돼지소녀의 후속 이야기가 방송되었다. 도지사가 강평초등학교를 방문하는 장면이 방송됐다. 도지사가 방문하기 전에 철봉은 이미 새 걸로 교체되었다. 혜실이 도지사 앞에서 친구들과 철봉에 매달려 노는 장면이 도민들의 마음을 훈훈하게 했다.

도지사와 만남 이후 한 달이 지나서 혜실이 실종된 것이다. 혜실이 엄마한테 준다고 산삼을 캔다며 집을 나선 후 돌아오지 않았다. 전국이 발칵 뒤집혔고 경찰은 대대적인 수사를 벌였다.

'돼지소녀'의 집은 넉넉지 못하다. 그래서 아마도 돈을 노린 것 같지는 않다. 성적性的인 목적일 수도 있다. 만약 그렇다면 경찰은 수사의 방향을 신속하게 점검해야 하지 않겠는가.

― 『K일보』, 9월 15일

『K일보』의 사설이 나가자 곧바로 『A신문』에 칼럼이 기재됐다.

우리는 현재 돼지소녀의 실종사건에 대해 어떠한 진실도 알지 못한다. 그런데 굳이 일부 언론에서 성적인 문제를 들고 나온 건 바람직하지 않다. 아직 일어나지도 않은 사실을 함부로 언론이 추측하는 건 저널리즘에 어긋날 뿐 아니라 돼지소녀의 무사귀환을 바라는 그녀의 부모와 국민의 염원에 초를 치는 것이다. 말이 씨가 될 수도 있다. 선정성에 목마른, 끔찍한 상상은 접어두자.

― 『A신문』, 9월 16일

곧바로 『K일보』가 응수했다.

모든 가능성을 열어두는 것이 범인을 잡을 수 있는 오히려 신속한 방법이다. 끔찍한 상상이라고 해도 그런 상상력이 범인 검거에 도움이 된다면 할 수밖에 없지 않겠나. 경찰이 빨리 범인을 검거하지 못하고 있다면 언론이 채찍질을 가해야 하는 것이다. 전국을 뒤져서라도 성범죄 경력이 있는 이들부터 조사해야 한다. 그것이 송혜실 양의 무사귀환을 진정으로 바라는 저널리즘이다.

-『K일보』, 9월 17일

『K일보』와 『A신문』은 판매부수 1, 2위를 다퉜다.
혜실에 대한 마을 사람들의 인터뷰도 언론에 보도되었다.

"착하지. 지 엄마 아프다고 산삼 캐러 간다니…… 제까짓 게 산삼이 뭔지나 알겠어요? 잘해야 도라지나 캐 오겠지. 참, 요즘 세상에 그런 효녀가 없는데. 세상은 참 불공평하지 뭐야. 나쁜 놈들이 얼마나 많은데, 고, 착한 것을."

-MBC〈뉴스데스크〉, 9월 16일

"한번은 밭에서 일하다가 우리 집 양반이 칠칠맞아서, 운전하다가 경운기가 넘어졌대요. 그 말을 듣고 곧바로 병원에 갔더래요. 정신이 없어서 깜빡했는데 다섯 살 먹은 애가 집에 혼자 있잖아요. 번쩍 정신이 나서 집에 전화를 했지요. 혜실이가 받더라고요. 야야, 너가 우리 집에 왜 있니, 물었지요. 준기(김순미 씨 아들)가 혼자 배고플까 봐 저녁 먹이러 왔다고. 우리 집 양반이 사고 났다는 소식을 듣고 혜실이가 혹시나 해서 우리 집에 갔던 거래요. 얼마나 마음 씀씀이가 고운지."

－『D일보』, 9월 17일

혜실의 담임은 KBS 〈9시뉴스〉에서 "아이의 인성을 점수화한다면 혜실이는 100점 만점을 받을 학생입니다"라고 말했다.

경찰이 혜실의 흔적조차 찾지 못하는 동안 언론은 계속해서 혜실을 더없이 착하고 완벽한 소녀로 만들었다. 국민의 염원을 부풀리는 저널리즘의 오랜 관습을 유감없이 보여준 것이다.

전국에 신도 수만 백만 명이라는 '솔믿음교회' 장준성 목사가 영동 성전에서 '돼지소녀의 무사귀환'을 바라는 기도를 했다. 목사의 기도는 솔믿음교회가 소유한 케이블방송사, 솔믿음방송MES에서 생방송으로 중계되었다. 혜실의 아빠가 기도에 참석했다. 강원도 지역 천주교 사제단도 '혜실을 돌려보내주세요' 특별미사를 드렸다. 혜실의 아빠는 거기에도 참석했다. 청운 스님도 혜실을 위해 3천 배를 했다. 청운 스님은 좀체 사회적인 문제를 언급하지 않아왔기 때문에 이례적이라 할 수 있었다. 불교방송과의 인터뷰에서 "삼천대천세계에서 만물의 생명이 소중하지만 인간세계에서 가장 중요한 건 어린아이의 순수한 생명"이라고 3천 배의 이유를 설파했다. 청운 스님의 영향으로 불교 신자 백만여 명이 3천 배에 동참했다는 말이 돌았다. 혜실의 아빠도 3천 배를 올렸다.

솔믿음방송의 앵커가 돼지소녀 실종사건 때문에 3천 배를 올리는 불교 신자가 백만 명이라는 추산은 근거가 없다고 의문을 제기했다. 전국에서 3천 배를 드리는 사람들이 과연 어떤 목적으로 절을 하는지 일일이 알 수 없다고 했다. 불교대학 교수가 불교방송에 나와 백만이라는 숫자가 중요한 게 아니라고 일갈했다. 중요한 건 많은 이들이 혜실의 귀환을 염원하고 있다는 것이고 이 땅의 불자들이 돼지소녀를 위해 3천 배를 했다는 숭고한 사실이라고. "숫자는 염원의 껍데기에 불과합니다. 숫자에 매달리는 것이 오늘날 한국 기독교의 역행성입니다."

언론과 종교가 혜실의 실종에 대해 티격태격하는 동안에도 경찰은 범인을 검거하지 못했다.

*

돼지소녀의 실종을 이도경 의원은 북한의 소행이라고 주장했다. 그의 말에 일리가 있다. 현재 북한에서 김일성 사망 이후 여전히 권력투쟁이 진행 중이라 이 권력투쟁에 쏠린 관심을 외부로 돌리기 위해 남한 사회에 혼란을 줄 필요가 있기 때문이다. 그리고 많은 이들이 이 의원의 주장에 고개를 끄덕이는 것은 지금껏 북한이 저질러온 테러에 대해 학습했기 때문이다. 정부는 눈치를 보지 말고 북한에 이를 정식으로 항의해야 할 것이다.

−『S신문』, 9월 18일

'북한의 소행'만큼 문제의 본질을 외면하기 쉬운 게 없다고 여당 대변인이 논평했다. 이틀 후 여론조사에서 이도경 의원이 속한 야당의 지지도가 35퍼센트에서 41퍼센트로 급상승했다.

혜실이 실종된 지 닷새가 지났다. 혜실이 집으로 돌아오지 못하자 세상에 명랑함의 비율이 줄어들었다. 사람들은 일터에서 술자리에서 혹은 커피숍에서 혜실의 납치에 대해 안타까워했다. 안타까움 안에는 안도감도 있었다. 사람들은 자기 자식들한테 행여나 그런 끔찍한 일이 일어날까 주의했다. 부모가 아이를 학교에 데려갔다가 데려오는 생활방식이 확산됐다. 맞벌이를 하는 사람들을 위해 등하교안심도우미 업체가 생겨났다. 한 체육대학 유도학과 선후배들이 발 빠르게 만들었는데 선점효과를 톡톡히 누렸다. 서울 강남에서는 아이가 집을 떠나 있는 시간 내내 보디가드를 붙여주는 문화가 생겨났다. 정부는 유괴 방지를 위한 지침을 내려 전국 초등학교 수업시간에 숙지시킬 것을 지시했다.

영화음악을 틀어주는 라디오 프로그램에 영화감독이 출연했다. 감독은 작년에 폭력과 섹스를 주제로 한 하드보일드 스릴러로 데뷔했다. 영화는 평단과 관객에게 모두 외면당했다. 폭력과 섹스가 너무 적나라한데 그래서 무엇을 말하고자 하는지 알맹이가 빠졌다는 게 비판의 중론이었다. 감독은 폭력과 섹스, 그 자체가 주제라고 말했다. 주제를 결론에서만 찾지 말고 과정에서 찾아보라고 항변했다.

"왜 폭력과 섹스에 집착하시는 거죠? 관객의 입장에서 좀 불편한 게 사실인데. 꼭 그 둘을 묶어야 할까요?"

"인간의 본질이니까요. 스탠리 큐브릭 감독의 〈닥터 스트레인지 러브〉를 보세요. 핵무기와 섹스를 절묘하게 오버랩하고 있잖아요. 얼마나 동질적인 이미지입니까?"

음악이 나간 후 진행자가 혜실의 무사귀환을 바란다는 엽서를 소개하자 영화감독이 한마디 했다.

"목격자는 왜 없을까요? 제가 시나리오를 쓰기 위해 수없이 조사를 해봐서 아는데 현실의 범죄는 영화보다 어설프거든요. 분명 목격자가 있을 텐데……."

2

경찰이 기자회견을 열었다. 실종 8일 만이었다. 특별한 정보를 미리 받지 못한 기자들이 웅성거렸다. 돼지소녀 실종사건 특별수사본부장 왕제명이 회견장으로 들어왔다. 말 많던 기자들이 조용해졌다. 왕제명한테서 나오는 강한 기운이 회견장을 압도했다. 왕제명은 1960년대 한국 영화의 전성기를 이끌었던 박노식을 닮았다. 왕제명이 손으로 마이크를 두드리며 소리를 확인했다.

"송혜실 양 실종사건의 목격자가 나타났습니다."

왕제명은 인사말도 없이 직설적으로 이야기를 시작했다. 기자들이 다시 술렁였다.

"특별수사본부가 먼저 정보를 입수했습니다. 목격자를 공개하는 게 수사에 방해가 된다는 판단 하에서, 목격자를 공개하지 않았습니다."

왕제명이 준비한 말을 계속했다. 목격자는 세 명이었다. 첫번째 목격자는 돼지소녀가 구름다리 쪽으로 가는 걸 봤다. 두번째 목격자는 돼지소녀가 어떤 중년 여자와 구름다리 위를 건너는 걸 봤다. 세번째 목격자도 구름다리를 지나 성황당 쪽으로 가는 돼지소녀와 중년 여자를 보았다. 비가 내리고 있어서 시야가 흐릿했기 때문에 목격이 선명하지 않았다. 중년 여자는 모자를 쓰고 입에 마스크를 해서 얼굴을 알아볼 수 없었다고 했다.

왕제명의 브리핑은 채 2분이 넘지 않았다.

"질문은 받지 않겠습니다."

단상 아래서 빳빳하게 다려진 제복을 입은 경찰이 말했다. 질문을 받지 않을 거면 도대체 왜 부른 거냐며 기자들이 항의했다. 왕제명이 항의하는 기자들을 쳐다보지도 않고 회견장을 빠져나갔다.

회견을 마친 기자들은 목격자들을 따로 만나보고 싶어 했지만 경찰의 철저한 함구로 목격자를 알아내지 못했다. 보통 경찰서 출입기자들은 목격자의 신원을 쉽게 알아내기 마련인데 이번엔 달랐다. 목격자의 신변을 보호하겠다는 경찰의 의지는 전례 없이 강력했다.

일부 언론은 왕제명의 '2분짜리 무성의한 브리핑'을 지적했다. 몽타주를 진작 배포하지 않은 것에 대해서도 의문을 제기했다.

혜실을 미국에서 보았다는 제보가 접수되었다. 제보자가 누군지는 알려지지 않았다. 경찰은 신속하게 움직였다. FBI에 협조를 요청하고 미국에 노련한 형사들을 파견해서 공조수사를 진행했다. 수사관들이 범인을 잡는 데는 노련하지만 영어는 노련하지 않아 언어의 장벽에 부딪혔다. 언론은 신속하게 추측성 보도를 쏟아냈다. 드라마 인기가 줄어들 지경이었다. 한 신문 칼럼에서 이 현상을 이렇게 설명했다.

"출생의 비밀보다 실종의 열쇠가 대중의 마음을 사로잡았다."

FBI가 미국에서 제보된 소녀를 찾아냈다. 한국계 여자아이는 혜실이 아니었다. 갓난아이일 때 미국에 입양되었다가 집을 나온 한국계 소녀였다. 그녀는 영어 발음부터가 원어민이었다. 고아 수출 세계 1위 한국의 무책임한 현실을 반성해야 한다는 문제도 새삼 거론되었다. 어떤 시인은 불행한 가정에서 자라는 것보다 핏줄이 달라도 행복한 가정에서 자랄 확률이 높은 곳으로 입양을 가는 것에 대해 긍정적으로 생각한다는 칼럼을 게재했다가 여론의 뭇매를 맞았다.

돼지소녀 실종사건이 미국과 깊은 관련이 있다는 음모론이 피어나기 시작했다. 요체는 미국이 돼지소녀를 납치해서 한국의 지방자치단체장 선거에 개입하려 했다는 것이다. 음모론은 크게 확산되지 않았지만 제법 오랫동안 인터넷을 떠돌았다.

*

몽타주 속 중년 여자는 어디서나 흔히 볼 수 있는 평범한 아줌마였다. 지나치게 평범해서 현실에는 없을 것 같았다. 제보 전화가 끊이지 않았다. 〈100분토론〉 '아이 실종, 대책은 없는가?'에 출연한 전직 경찰청장 출신의 국회의원이 말했다.

"섬에 팔지 않았겠습니까? 우리 경찰이 전국의 섬을 샅샅이 조사해야 합니다."

전관예우라도 하려는 듯 다음 날부터 경찰은 전국에 있는 섬을 샅샅이 뒤졌다. 섬에서 여자들을 인신매매해 몸을 팔게 하던 포주들이 줄줄이 검거됐다. 혜실은 없었다.

경찰이 공봉산을 구석구석 파헤치는 동안 자기 부모님의 묘소가 훼손됐다는 신고가 들어왔다. 그 사실이 언론에 보도되었지만 흐지부지되었다. 사회적인 분위기는 혜실을 찾기만 한다면 조상의 묘소가 훼손되는 것쯤은 받아들여야 한다는 것이었다.

연인원 5만여 명의 경찰이 동원돼 수색을 벌였다. 강원경찰청은 혜실의 얼굴이 컬러로 인쇄된 전단지 10만 장을 전국에 배포했다. 성과는 없었다.

시골에 사는 평범한 집 소녀를 경찰이 연인원 5만여 명을 동원해서 찾는 건 국민의 마음을 대신한 것이다. 그건 경찰이 평범한 국민의 생명을 소중하게 생각한다는 증명이기에 반갑지 않을 수 없다. 문제는 돼지소녀 말고 차후 〈인간극장〉이나 도지사의 배경이 없는 가난한 집 딸이나 아들이 또다시 실종됐을 때 경찰이 5만 명의 병력으로 수색을 할 것이냐 하는 지속성에 대한 의문이다. 무명의 소년소녀가 실종되었을 때 5천 명, 아니 5백 명의 경찰이라도 동원하여 찾을까.
—『L일보』, 10월 8일

『L일보』의 문제의식은 조상의 묘소를 훼손당한 사람의 항거처럼 세간의 주목을 받지 못했다.

*

실종 2주일이 지났다. 강원도지사가 강원도 공무원 총동원령을 내렸다. 주말 이틀 동안 공봉산을 중심으로 해서 원 모양을 따라 확산적으로 수색하라고 지시했다. 도지사도 돼지소녀를 찾기 위해 워키토키를 들고 주말 내내 수색에 참여했다. 수색하는 도지사의 솜씨가 제법이었다. 자연스레 도지사가 해병대 수

색대 출신이라는 사실이 부각됐다. 해병대 시절 찍었던 사진이 언론에 노출됐다. 네티즌은 도지사가 믿음직스럽다며 대체로 긍정적으로 평가했다. 정작 네티즌의 관심을 끈 건 사진 속 도지사 뒤에 앉아서 담배를 피우고 있는 대원의 모습이었다. 그는 얼마 전 에이즈로 죽은 영화배우 김상현이었다. 김상현이 왜 에이즈에 걸렸을까, 뒤늦게 사람들의 관심이 증폭됐다. 여러 추측이 난무했다. 김상현이 도지사와 동성애 관계였다는 말이 퍼졌다. 김상현의 유가족이 유언비어를 퍼뜨린 네티즌을 고소했다. 도지사가 제대한 지 28년이나 흘렀고 김상현의 죽음도 제대한 지 24년이 지난 후였다. 해프닝은 네티즌의 사과와 유가족의 용서로 끝났다. 도지사는 별 대응을 하지 않았다.

야당에서는 강원도지사가 공무원을 동원하는 건 불법 선거 운동이라며 항의했다. 일부 공무원 중엔 불만의 목소리를 내는 사람도 있었다. 물론 익명이었다.『A신문』은 국민의 녹을 받는 공무원이 아니면 누가 돼지소녀를 찾겠냐며 도지사의 동원령을 지지했다. 경찰력만으로는 한계가 있다면서.『K일보』가 도지사직을 이용해서 공무원들에게 주어진 일 이상을 강요하는 건 바람직하지 않다는 사설을 썼다.『P일보』도 지방자치 선거가 얼마 남지 않았는데 재임에 도전하는 도지사가 관권을 동원해 자신의 이미지를 상승시키려는 건 부적절하다고 비판의 수위를 높였다. 도지사의 해병대 시절 사진을 최초로 올린 사람이 강원도청 공무원이라는 사실도 비판했다. 도지사는 자율이라고 말했지만 동원된 공무원 중 주말 동안 돼지소녀를 찾는 일을 자율이라고 생각하는 사람은 없을 거라고 했다. 도지사는 인간미가 부족하다는 지적을 종종 받아왔다. 이번 공무원 동원을 계기로 인간적인 매력을 어필하려는 게 아니냐고, 야당 대변인이 비난했다.

야당 대변인을 비웃기라도 하려는 듯 일요일 저녁 수색을 마친 도지사는 다음 주에도 수색을 계속할 거라고, 기자들이 들이댄 마이크에 대고 말했다. 공무원을 동원하는 것이 관권이라면 도민들이 투표에서 심판하면 되는 거라고 했다.

"선거법 위반이라는 결정이 나오면 어떡하실 겁니까?"

"법을 따라야지요. 하지만 선관위는 반인륜적인 집단이 아닙니다. 돼지소녀의 아버지가 저한테 보낸 편지를 읽어보셨습니까? 그게 부모의 마음입니다. 어떻게 외면할 수 있습니까? 정치적인 입장에서 벗어나 아빠가 되게 해달라는 편지를 생각해보세요."

다음 날 신문들은 일제히 돼지소녀를 찾아달라는 아빠의 편지를 인쇄체로 바꾸지 않고 자필 원본 그대로 실었다. 선관위는 도지사의 공무원 동원에 대해 침묵했다. 야당은 선관위가 정치적으로 중립을 지키지 못한다며 맹비난했다. 이번 지방선거의 핫이슈는 복지였다. 여당은 복지 사각지대에 놓여 있는 사람들에게 적극적인 복지정책을 펴겠다고 했다. 한편 야당은 여당의 공격적인 복지는 포퓰리즘에 불과하다고 폄하했다. 강원도지사는 "소녀를 구하는 심정"으로 복지와 포퓰리즘을 넘어서겠다고 말했다. 혜실은 본의 아니게 강원도지사 지방선거의 한복판에 서게 되었다.

경찰이 혜실 부모의 주변 관계를 조사했다. 수사의 방향은 원한에 의한 것일 수도 있다는 전제 아래서 진행되었다. 경찰은 사소한 다툼까지도 다 말하라고 주문했다. 혜실의 아빠는 시장에서 생선 상자를 나르다가 옆 가게 남자와 부딪혔던 것까지 말했다.

형사들이 혜실의 집 대문 앞에서 담배를 피웠다.

"원한 살 사람은 아니네."

3

혜실의 집 앞에는 은행나무 한 그루가 있었다. 가을바람에 은행잎이 시롱새롱 흩날렸다. 올 들어 유난히 은행잎의 색이 짙었다. 혜실은 노란 은행잎을 좋아했다. 은행잎이 떨어지면 예쁜 걸 골라서 깨끗이 씻어 집 안 곳곳에 붙이곤 했다. 지금쯤 집 안에는 혜실의 노란빛이 가득해야 할 때다.

따르르릉, 노란색 전화기가 집을 달뜨게 했다.

"1억이요?"

통화하던 영복은 숨이 막혔다. 몸값으로 1억을 요구한 것이다. 납치범은 경찰에 절대 알리지 말라며 다시 전화하겠다고 하고는 끊었다. 영복이 부엌으로 가서 컵에 물을 따라 마셨다. 반은 목구멍으로 반은 입 밖으로 흘렀다. 혜실의 목소리를 들려 달라고 할걸. 바보 같으니……. 이번에는 주전자째로 물을 마셨다. 마신다기보다 가슴에 난 불을 끄려 들이부었다. 물을 들이 붓는다고 꺼질 불인가. 영복이 맨발로 마당을 지나 후다닥 안 방으로 들어갔다. 하루가 멀다고 찾아오던 기자들의 발자국조차 이미 마당에 남아 있지 않았다. 혜실의 실종 소식과 동시에 마누라는 자리에 누워버렸다. 영복은 납치범이 1억을 요구했고 경찰에 신고하지 말라고 했다며 당신 생각은 어떠냐고 물었다.

"신고해요."

영복이 그길로 경찰서를 찾아갔다. 마누라의 결정을 따르는 게 언제나 현명한 결과를 낳았다. 경찰이 신속하게 위치추적장비를 챙겨서 영복의 집으로 왔다. 그날 밤 납치범이 다시 전화를 걸었다.

"경찰한테는 알리지 않았……지?"

"예."

납치범과 달리 영복의 목소리는 흔들리지 않았다. 영복은 거짓말을 할 때면 금방 들통이 나곤 했다. 이번엔 상대방한테 들키지 않을 만큼 완벽했다. 영복은 자신이 중요한 일을 잘해내고 있는 것 같아 흐뭇했다. 혜실을 찾으면 얼마나 침착하게 거짓말을 했는지 사람들에게 무용담을 들려줄 것이다. 그날이 오기만한다면.

옆에서 경찰들이 손을 빙빙 돌렸다. 대화를 계속 끌라는 것이다.

"돈은…… 준비됐……어?"

"혜실이는요?"

"잘…… 있, 어. 잘 있지. 잘 있고말고."

"목소리, 목소리…… 우리 딸, 목소리 좀…….''

"돈은 준비됐냐고! 묻, 잖……아? 흠…….''

경찰은 기계를 들여다보며 계속 팔을 휘저었다.

"다 준비하지는 못했지만. 곧, 준비할 수 있을 것 같은데. 곧…….''

영복은 경찰과 미리 연습한 대로 말했다.

"생선가게는 팔렸는데, 아직 집이…….''

"집만 나가면…… 돈은 마련되는 거……요?"

"그럼요, 1억."

영복의 생선가게와 집을 합쳐서 1억에 살 바보는 없다. 생선에 눈이 먼 고양이라면 모를까.

"그럼 언제까지…… 돼요?"

경찰이 '이틀'이라고 쓴 메모지를 보여주었다.

"이틀이면 됩니다."

경찰이 손가락을 두 개 폈다. 2분만 더 시간을 끌라는 것이다. 영복은 울컥했다. 혜실이를 찾을지도 모른다. 돈 주고 살 수 없는 보물덩어리. 강원도, 아니 지구를 준다면 혹시 살 수 있을까. 1억이 있다면 혜실과 바꾸는 건 하나도 아깝지 않다. 없어서 문제지. 경찰이 도와줄 것이다. 첨단장비가 추적하는데 별수 없겠지. 미국에다가 자동차를 수출하는 나라에서 만든 장비다. 영복이 울먹였다.

"우리 혜실이…… 돌려주세요."

"내가…… 원래 이런 사람이 아닌데……."

납치범도 감정이 복받쳐 올랐다.

납치범은 열심히 살아보려 했지만 세상이 기회를 주지 않았다. 아내는 일찍 죽었다. 아이 셋을 데리고 트럭을 몰고 전국을 돌며 채소 장사를 했다. 어느 날 졸음운전을 하다 사고를 냈다. 합의금을 주기 위해 트럭을 팔고 전세를 월세로 돌렸다. 교통사고 이후 몸도 성치 않아서 마땅한 일자리를 잡지 못했다. 1억만 있으면 조그만 복권가게라도 하나 내서 불편한 몸으로라도 아이들을 먹여 살릴 수 있을 것 같아서 돼지소녀를 납치한 것이라고 했다.

"이틀…… 꼭, 1억…… 준비……하십시오."

범인이 전화를 끊었다.

"잡았습니다!"

경찰들이 서둘러 밖으로 나갔다. 영복에게는 연락해줄 테니 집에서 기다리라고 했다. 영복은 연락이 올 때까지 마당에서 발정 난 수탉처럼 서성거렸다. 괜히 은행나무를 걷어차기도 했다. 아슬아슬 붙어 있던 은행잎들이 영복의 머리 위에 내려앉았다. 범인은 혜실의 목소리를 들려주지 않았다. 채소 장사를 했는지 고기 장사를 했는지 그깟 게 뭐가 중요하다고.

설마…… 부정 탈 생각이 떠오르자 영복이 도리질했다.

그날 밤, 노란 전화기가 울렸다.

"범인을 잡았습니다."

범인의 집 주변을 아무리 뒤져도 혜실은 없었다. 범인은 즉각 사기죄로 구속되었다. 돼지소녀를 납치했다는 건 애초 거짓말이었다.

영복이 터벅터벅 경찰서를 나오면서 하늘을 올려다보았다. 무릎에 힘이 없었다. 진짜 납치범은 혜실만 데려간 게 아니다. 기력이 약한 마누라도 데려가려고 한다. 가족을 데려가려 한다. 영복이 살아야 할 이유를 데려가려 한다.

다음 날 언론은 일제히 1억을 요구했던 사기범에 대한 기사를 쏟아냈다. 잔뜩 기대했다가 기대보다 절망이 컸던 혜실 가족의 고통에 대해서는 별 언급이 없었다. 여당 소속인 송천시 국회의원은 복지가 부족한 사회라 그런 생계형 사기범도 발생하는 것 아니겠냐고 말했다.

모든 문제를 사회적으로 환원시킨다면 개인의 윤리는 필요가 없다는 말인가. 여당이 주장하는 복지가 비윤리적인 개인을 양산하는 것이라면 집어치우길 바란다.

－『S신문』

강원도지사는 "소녀를 구하는 심정"으로 재임에 성공했다. 도지사가 공약대로 서울대학교를 강원도로 이전할 것을 촉구하는 기자회견을 열었을 때 한 기자가 소녀를 구하는 심정은 계속 진행 중이냐고 물었다.

"심정은 여전히 뜨겁게 진행 중입니다. 경찰에게 맡기고 기다립시다."

*

전국고속버스운송노동자연합에서 '돼지소녀찾기 천만인운동'의 일환으로 돼지소녀의 사진과 꼭 돼지소녀를 되찾아 오자는 문구를 새긴 플래카드를 328장 인쇄해서 자신들이 운행하는 버스에 붙였다. 제작비는 노조원들이 돈을 모아 충당했다.

KT&G가 돼지소녀를 찾아주는 캠페인에 동참했다. 담뱃갑 뒷면에 돼지소녀의 사진을 인쇄한 것이다. 여러 노력에도 불구하고 돼지소녀는 머리카락 한 올 보이지 않고 꼭꼭 숨어서 세상에 모습을 드러내지 않았다.

4

돼지소녀가 실종된 지 어느새 반년이 지났다. 강원경찰청 산하 특별수사본부가 해체되고 사건은 송천경찰서로 이송된 지 두 달이 지났다. 돼지소녀 사건이 또 한 번 세상을 깜짝 놀라게 했다.

송천경찰서에 돼지소녀를 목격했다는 제보가 들어왔다. 그동안 돼지소녀를 봤다는 제보가 여러 번 있었기 때문에 놀랄 일이 아니라고 볼 수도 있다. 하지만 이번엔 돼지소녀로 추정되는 사진도 제보에 포함되었다고 한다. 기자는 아직 그 사진을 확보하지 못했다.

—『울트라강원』

경찰서를 출입하던 타블로이드판 지역정보지 기자가 쓴 기사였다. 아직 사실관계를 정확히 확인하지 못한 애벌 성격의 기사였다. 평소 판매 부수 1천5백 부였던 『울트라강원』이 '돼지소녀 살아 있다' 기사로 재판 삼판을 거듭하며 2만 부를 판매했다. 그 기사는 급속도로 온라인과 오프라인을 달궜다.

다음 날 KBS1TV〈마감뉴스〉가 찬물을 끼얹었다.

"우리 모두가 애타게 찾고 있던 돼지소녀, 송혜실 양에 대한 안타까운 소식입니다. 오늘 오후 송혜실 양의 유골이 발견됐습니다."

국과수 동부분원 감식반 전원이 나온 듯 사건 현장이 북적거렸다. 오적산에서 발견한 유골을 국립과학수사연구소로 옮겼다. 오적산은 혜실의 집에서 12킬로미터나 떨어진 곳이었다. 공봉산에서 납치한 돼지소녀를 왜 10킬로미터나 떨어져 있는 오적산에서 죽였는지 언론은 그 이유를 찾느라 각자 추리소설을 썼다. 범인은 딸을 잃고 정신병을 앓고 있는 어머니였을 것이다……. 범인은 여자아이한테 접근하기 쉬운 아줌마지만 그 뒤에 분명 남자가 있을 것이다……. 범인은 소아기호증 환자이며 레즈비언일 것이다…….

겨우 기운을 차렸던 혜실의 엄마는 딸의 유골이 발견됐다는 뉴스를 보고는 다시 쓰러졌다.

"깨어나기는 힘들 것 같습니다."

담당 의사가 말했다. 돼지소녀의 엄마는 식물인간 상태가 되고 말았다.

이틀 후 국과수가 기자회견을 열었다. 유골이 돼지소녀의 것이 아니라고 발표했다. 유전자 감식 결과가 나오려면 시간이 걸리지만 발견된 유골의 턱 구조와 사진 속 돼지소녀의 턱 구조가 다르다는 것이다. 유골의 턱은 아래턱이 크고 위턱에 비해 앞으로 나온 하악전돌, 흔히 말하는 주걱턱인 데 반해 돼지소녀는 상하악 교합관계가 정상이었다. 유골은 부정교합인 데다 부패 진행 정도나 온도로 봤을 때 적어도 1년은 지난 것이었다. 돼지소녀와 유골은 결코 동일인일 수 없었다.

언론은 일제히 경찰을 질책했다.

경찰의 경솔함 때문에 돼지소녀의 어머니가 쓰러져 식물인간이 된 것이나 다름없다. 의도야 없었겠지만 경찰의 경솔한 발표에 대해 무릎 꿇고 사죄해야 한다. 재발 방지를 약속하는 차원에서가 아니라 국가가 책임을 지고 혜실 모의 치료를 도와야 한다.

— 『L일보』

여론은 『L일보』와 궤를 같이했다. 그 와중에 국과수 부검의가 언론에 익명으로 제보했다. 발견된 유골을 돼지소녀의 것이라고 발표하라는 압력이 있었다고 실토했다. 다음 날 제보한 부검의의 익명은 탄로가 났다. 부검의는 그런 말을 한 적이 없다고 부정했다. 부검의는 더 이상 언론에 노출되지 않았다. 기자들이 부검의를 찾으려 했지만 국과수는 그가 출근하지 않는다고 했고 그의 집에서도 함구했다. 부검의는 신분이 탄로 나자 곧바로 휴직하고 출근하지 않았던 것이다. 부검의의 이름으로는 어떤 항공권도 예약되지 않았다. 부검의는 잠적했고 행방은 알 수 없었다. 강원경찰청장이 직접 대국민 사과를 하면서 이슈의 방향이 틀어졌다. 부검의가 제기한 외압설은 증발했다.

강원경찰청장이 "석고대죄"한다며 머리 숙여 사과했다. 송천경찰서장은 2개월 정직 처분에 대기 발령됐다. 돼지소녀 엄마의 병원비는 경찰 간부들의 월급을 모아 해결하겠다고 발표했다. 이례적인 일이었다. 전직 경찰간부 출신 모임 '정사회'에서도 병원비에 보태겠다고 돈을 모았다. 경찰에 대한 비판 여론은 수그러들었다. 경찰을 칭찬하는 언론도 있었다. 일부러 그랬을 리 없는데 자신들의 실수를 책임지려는 태도가 도의적이라는 것이었다.

*

돼지소녀가 〈인간극장〉 방송을 탄 후 엄마가 운영하는 생선

가게가 호황을 누렸다. 평소보다 매출이 다섯 배나 오르기도 했다. 이렇게 벌다간 조만간 혜실이 소원했던 아파트로 이사할 수도 있을 것 같았다. 한 달쯤 지나자 '돼지소녀 효과'가 줄어 매출은 평소보다 조금 높은 정도였다. 혜실이 납치되자 〈인간극장〉 방영 직후보다 많은 사람이 생선가게를 찾았다. 가게는 폐업 상태였다. 사람들은 생선이 필요해서 온 게 아니라 불행을 구경하러 온 것이었다.

영복은 마누라의 생선가게가 있는 수산시장에서 경비 일을 했다. 혜실이 납치된 후 일을 그만두었다. 마누라의 병원비는 경찰간부들이 보내준 것과 사람들이 보낸 성금으로 버텨나갔다. 영복이 몸을 추스르고 가게를 다시 열었다. 경매에서 좋은 생선을 보는 눈이 없었고 단골들을 챙기지 못했다. 한 단골이 영복에게 안주인과의 차이점을 말해주었다.

"아줌씨는 좋은 생선 받으면 단골들 먼저 챙겨줬지."

장사는 문만 연다고 되는 게 아니었다. 영복은 가게 문을 열어놓고 대낮에도 술을 마시는 일이 잦았다. 손님들이 주인의 술 냄새를 좋아할 리 없었다. 영복이 총각 때 어머니를 도와 생선가게에서 일했던 적이 있었다. 경매에 참여하고 물건을 팔기도 했다. 어머니는 장사는 젬병이라며 영복에게 다른 일을 찾아보라고 했다.

혜실이 실종된 지 한 해가 지났다. 시간이 갈수록 사람들은 감정이 없는 자연을 닮아 돼지소녀를 잊었다. 경찰은 혜실의 실종을 미제사건으로 결론지었다.

강원대학교 중어중문학과 교수가 신문에 칼럼을 기고했다.

중국의 대문호 루쉰은 4천 년에 걸친 중국의 봉건사회, 그 잔혹한 역사를 식인에 비유했다. 지금 우리는 루쉰의 말처럼 "남을 잡아먹으려고 하면서 남에게는 잡아먹히지 않으려 하므로 서로 의심을 품고 흘끗흘끗 상대방을 훔쳐보고 있는" 세상에 살고 있다. 루쉰의 말은 우리 사회와 정확히 일치한다. "잡아먹는 것이 당연하다고 생각하는 놈과 잡아먹어서는 안 된다고 생각하면서도 잡아먹는 놈" 이렇게 두 부류다. 돼지소녀를 집어삼킨 건 "잡아먹는 것이 당연하다고 생각하는 놈"의 소행일 것이다. 돼지소녀를 찾지 못하는 우리는 무엇일까. "잡아먹어서는 안 된다고 생각하면서도 잡아먹"고 있지 않을까. 제우스의 아버지, 크로노스는 자기 자식들을 삼켰다. 우리 모두는 크로노스가 아닐까. 그렇지 않다면 왜 우리는 돼지소녀의 해맑은 명랑함을 잊고 있는가…….

안젤라 신드롬

1

강평시장 건너편 공터에 대형마트가 들어선다는 계획이 발표되었다. 공터는 그동안 무료 주차장으로 이용돼왔다. 차를 가지고 장을 보러 온 사람들은 그동안 공터에 차를 대고 시장에 들렀다. 상인들이 시청 앞에서 돌아가며 당번을 정해 1인 시위를 벌였다. 미순네 족발집에서 대책회의를 했다. 회의를 마치고 원주댁이 먹자골목 안으로 들어섰다.

"뭐 빨아먹을 게 있다고 여까지 와서 지랄들인지, 원."

"구미호 같은 것들이 우리네 피 빨아먹겠다고 오는 게지. 꼬리를 감추고서. 나는 그만 서방이 기다리는 집으로 들어가야 쓰겄네."

"서방 없는 년, 궁뎅짝 시려서 살겠나."

"하나 마련해줘?"

"아서, 생각만 해도 몸서리나네. 내일 보자고."

용미네가 손을 한 번 흔들고 터벅터벅 먹자골목 첫번째 집으로 들어갔다.

강평시장 뒤편에 있는 먹자골목엔 두 평도 안 되는 점포들이 줄지어 있었다. 영세한 만큼 음식 값도 쌌다. 함석지붕 군데군데 난 구멍을 임시방편으로 메워서 비가 오면 먹자골목 바닥이 빗물로 흥건했다. 그 정취를 찾는 사람도 있지만 그 안에서 장사를 하는 사람들은 추적추적한 낭만 따위를 좋아할 리 없었다. 먹자골목 안에 점포들이 하나둘 문을 닫았다. 비도 멎었다.

"막걸리 일 병!"

돌아온 원주댁을 보며 영복이 말했다. 입가에 미소가 돌았다. 원주댁은 영복이 보지 않게 혀를 찼다. 뭐가 그리 좋을까. 딸은 시체도 찾지 못하고 마누라는 병원에 누워 있는데 밤낮 술만 들이붓고. 저런 반편이가 또 있을까.

원주댁은 일찍 문을 닫고 번영회장인 미순네 족발집으로 대책이 나올 리 없는 대책회의에 가려는데 마침 영복이 왔다. 막걸리와 전병을 주고 가게 좀 봐달라고 했다. 어차피 영복은 전병 하나로 제사를 지낼 위인이다. 푸념과 넋두리가 이어지는 두 시간 동안 영복은 막걸리 한 병을 겨우 비웠다. 자기 손으로 한 병 더 꺼내 마실 수도 있건만 주인이 없으니 건드리지 않은 것이다. 저렇게 순해빠졌으니 새끼도 못 지키지.

뚱뚱한 원주댁이 들어서자 점포가 꽉 찼다. 점포 마루에 깔린 낡은 장판에 빗물이 고였다. 원주댁이 빗물을 걸레로 닦아 바닥에 짜냈다. 영복은 모이를 기다리는 새끼 새처럼 원주댁만 쳐다보고 있었다. 원주댁이 냉장고에서 손님이 먹다가 반 남긴 막걸리를 꺼내 건넸다.

"고만 손주 놈들 바글대는 집에 들어가야지. 집 봐준 값이니 여까지만 자셔."

영복이 막걸리를 잔에 쏟았다. 급하게 쏟는 바람에 잔이 넘쳤다.

"낼 게 없어 술 욕심을. 자식 욕심보다도 못한 걸. 쯧쯧쯧."

영복이 무거운 엉덩이를 겨우 뗐다. 천 근 같았던 몸이 한 근으로 준 듯 가벼웠다. 11시가 다 돼 버스도 끊겼다. 집까지 시오리 길을 흐느적흐느적 걸었다. 비석 앞에서 숨을 돌렸다.

왈가닥 혜실이 사라진 후 강평읍은 고요하기만 했다. 하루 종일 찌푸리더니 비를 덜어낸 하늘엔 별이 총총했다. 영복이 깜깜한 하늘을 올려보았다. 막막했다. 지금처럼 장사가 계속 안 되면 곧 말아먹을 텐데. 가게를 판다 해도 이 상태로는 제값을 받지 못할 것이다. 처자식을 잃고 살아야 할 이유가 있을까. 부엉이도 동의하는지 머리 위에서 구슬프게 울었다. 구슬픈 흉통을 잠시나마 잊게 해주는 게 막걸리다. 혜실이 실종된 후 영복한테 막걸리는 술이 아니라 약이다. 뭣도 모르는 의사들은 툭하면 술을 줄이라 하지만 그들이 조제해준 약은 효과가 없다. 지금껏 살면서 아무것도 잃어버린 적이 없는 의사들은 술의 효과를 알 수 없을 것이다.

어릴 때 밖에 나가서 맞고 들어오는 영복을 보며 아버지는 "모자란 놈"이라고 하셨다. 어머니는 아버지가 없는 자리에서 그를 "모자란 양반"이라 했다. 영복은 자신에게 애초 모자란 피가 흐르고 있다는 걸, 혜실을 잃어버리고 나서 새삼 깨달았다.

영복이 비석을 잡고 일어섰다. 비석엔 일제강점기 때 의병을 일으킨 임종군 장군의 혁혁한 성과가 새겨져 있었다. 어지럼증이 잠시 일렁이다 사라졌다. 가로등도 없는 어두운 시골길을 어둠과 나란히 걸었다. 세월교에 들어섰다. 세월교 양쪽 입구엔 족히 백 살은 됐을 버드나무가 수호신처럼 서 있었다. 장마 때면 다리에 물이 차기 때문에 세월교 입구 양쪽에 쇠사슬을 걸어 놓았다. 세월교라는 이름을 고종의 일곱째 아들인 영친왕이 지었다는 풍문이 있었다. 장마철은 벌써 지났다. 쇠사슬이 걸려 있을 리 없는데 영복의 눈에 쇠사슬이 보였다. 쇠사슬에서 녹물이 흘러 강물이 온통 붉게 물들었다. 고개를 털었다. 얼마 전부터 막걸리가 평소엔 보이지 않던 것을 보여주었다. 얄궂게도 혜실만은 보여주지 않았다.

세월교 중간까지 왔다. 세월교 너머로 비닐하우스 단지가 있고 그 너머로 철거를 기다리는 관사가 있으며 그 뒤편 마을에 영복의 집이 있었다. 아버지가 물려주신 집이다. 할아버지 때부터 살던 집에서 한 평도 늘지도 줄지도 않았다. 혜실이 망아지처럼 뛰어다닐 땐 평수가 좁았는데 지금은 꽤 넓은 집이다.

자동차가 들어오는 소리가 들리는가 싶더니 영복 앞을 가로막고 섰다. 헤드라이트가 강렬했다. 자동차 문이 열렸다. 빛을 등지고 다가오는 남자의 얼굴을 볼 수 없었다.

"송영복 씨."

"예?"

영복이 남자를 보려 옆으로 두어 걸음 움직이자 손전등 빛도 따라왔다.

"강 쪽을 보시오."

"예? 누, 누구?"

어둠 속에서 강물 소리가 바람을 타고 솟아올랐다.

"혜실이 보러, 가겠소?"

이름만으로도 영복은 숨이 막힐 것만 같았다. 영복이 뒤로 주춤하다 난간에 꼬리뼈가 부딪혔다. 아픔을 느낄 겨를도 없이 정신이 번쩍 들었다.

"혜, 혜…… 우리 딸?"

영복이 불빛을 정면으로 바라봤다. 불빛이 육각형 모양의 입자로 분산되었다. 입자마다 각각 모자를 깊게 눌러쓴 남자의 어두운 형상이 일렁였다. 남자의 굵직한 목소리는 여섯 명이 다가오는 것처럼 위협적이었다.

"어쩌시겠소?"

"혜실이…… 당신이 데리고 있단 말이야?"

"조용히 하시오."

남자는 거역할 엄두가 나지 않을 만큼 위협적인 허스키 보이스였다.

"어디…… 혜실이?"

"가보면 알지 않겠소?"

"어디를?"

남자는 대답해주지 않았다. 어떡할까. 영복은 결정을 내릴 수 없었다. 누워 있는 마누라한테 가서 물어봐야 할 것 같았다. 병원까지 가려면 왔던 길을 도로 가야 했다. '가야지, 빙신아. 혜실이를 보여주겠다는데!' 물어보나 마나 마누라는 역정을 낼 것이다.

"살아 있는 거요, 혜실이?"

남자는 진중하게 영복을 기다렸다.

"가, 가야지…… 가겠습니다."

"뒤로 도시오."

영복이 뒤로 돌자마자 남자가 영복의 두 손을 케이블 타이로 묶었다. 드르륵, 타이가 조여지는 소리가 어둠을 조였다. 식은 땀이 영복의 등을 타고 내렸다. 이 사람은 누굴까. 혜실이를 죽이고 나도 죽이려는 게 아닐까. 우리한테 해코지할 이가 누가 있을까. 뭘 잘못한 걸까…….

영복의 처지만큼 깜깜한 밤이었다. 밤의 적막을 방해하던 이름 모를 짐승들도 소리를 죽였다. 남자가 천으로 영복의 두 눈을 가리고 차에 태웠다. 영복에게 안전벨트를 매주더니 자동차가 속도를 냈다. 손도 묶이고 눈도 가려진 영복은 마른침만 삼킬 뿐이었다. 한없이 미지로 끌려 들어가는 것 같았다. 두려웠다.

꽤 달렸다. 영복은 금방이라도 오줌이 샐 것 같았다. 오줌 좀 누겠다는 말을 할 수는 없었다. 얼마나 우습게 볼 것인가. 딸을 잃은 작자가 1년 만에 딸을 보여주겠다는데 오줌이 마렵다니. 영복이 떨쳐내려 할수록 소변에 대한 욕구가 점점 강해졌다.

"저기…….."

대답이 없었다.

"혜실이, 정말로, 데리고 있는 거요?"

허스키가 라디오 소리를 줄였다. 자동차 엔진 소리가 더 커졌다. 영복은 더 이상 참을 수 없었다.

"저, 오줌…….."

자동차는 멈추지 않았다. 1년 동안 딸을 보지 못하고 살았던 것도 참을 수 없는 생리 현상이었다. 얼마나 지났을까. 자동차가 급경사를 내려가는지 몸이 앞으로 쏠렸다. 남자는 브레이크를 제대로 밟지도 않고 왼쪽으로 틀었다. 영복의 몸이 이리저리 뒤틀렸다. 죽지 못하고 지나온 시간들에 부딪혔다.

지난봄 마을회관에서 형만이 아버지의 칠순잔치가 있었다. 술이 오른 영복은 형만의 마누라한테 형만이가 읍내 까치다방에 미스 김을 보러 자주 간다고 말했다. 농담도 아니고 진담도 아닌 이상한 말이었다. 영복도 왜 그 말을 했는지 목적을 알지 못했다. 영복은 실수를 깨달았다. 형만이 부부와 한동안 냉랭했다. 그 일로 형만이가 앙심을 품었을까. 형만이 사촌동생이 껄렁껄렁하다더니 그놈일까.

자동차가 섰다.

"내리시오."

허스키가 영복의 팔을 잡아 이끌었다. 트렁크를 열더니 영복을 그 안에 들어가라고 했다. 영복은 순순히 따랐다. 트렁크 문이 내려지자 후회가 됐다. 형만이 동생이냐고 물어보기라도 할 걸. 트렁크 안으로 비에 젖은 쇠똥 냄새가 스며들었다.

얼마나 달렸을까. 차가 멈췄다. 정적이 흐르더니 발소리가 들렸다. 자동차 조수석 문이 열리고 누군가 탔다. 공범일까. 한참을 더 가더니 트렁크가 열렸다. 놈은 얼굴을 보여주지 않고 강렬한 빛으로 영복의 시선을 제압했다. 영복을 트렁크에서 꺼내더니 손을 풀어주었다. 손전등이 초점을 뺏으며 어지럽게 움직였다. 손전등이 움직일 때마다 눈이 아팠다. 어둠과 빛은 한통속이었다.

"타시오. 10분 주겠소."

자동차 안에 자그마한 뒤통수가 보였다.

……!

영복의 심장이 벅차게 뛰었다. 귀가 먹먹했다. 누군가 심장을 꺼내 두드리고 있는 것 같았다. 손가락 하나 까딱할 수 없을 정도로 기운이 빠져나갔다. 영복은 간신히 자동차 뒷좌석에 탔다. 꾀죄죄한 스웨터 사이로 피죽도 얻어먹지 못한 것 같은 등골이 보였다. 빨간색 스웨터였다. 혜실은 노란색만큼 빨간색도 좋아했다.

영복이 와락, 혜실을 끌어안았다. 핏줄이 끌어당겼다. 감전된 듯 찌릿했다. 잡으면 부서질 것만 같았다. 이렇게 오래 떨어져본 적이 없었다. 고작해야 수학여행인지 뭔지 2박 3일 정도였다. 몰라보게 얼굴이 갸름해졌다. 영복은 부서질까 봐 만지지 못하고 가만히 혜실의 얼굴을 보았다. 몽톡한 콧날은 그대로다. 찢어진 눈도 그대로다. 표정이 다르다. 혜실의 침울한 얼굴은 처음 보는 것이었다. 혜실은 어둠의 배경 같았다.

영복의 명치 안쪽 깊은 곳이 꿈틀거렸다. 혜실이 가만히 아빠를 안아주었다. 뭘 알고 있기나 한 것처럼. 혜실이 뭐라고 말을 했지만 영복은 들리지 않았다. 10분이라고 했다. 영복이 진정하고 혜실의 어깨 너머로 차창 밖을 보았다. 저 멀리 시멘트 공장의 굴뚝 같은 게 보였다. 세월교에서 한 시간 정도 거리. 시멘트 공장이 아니라 원자력발전소 같은 걸지도 모른다. 굴뚝 너머로 산이 보였다. 산꼭대기에 무언가가 쉴 새 없이 돌아갔다. 뚫어지게 쳐다보자 흐릿했던 형태가 점점 뚜렷해졌다. 친구들은 노안이 오니 어쩌니 해도 영복은 아직 시력이 좋았다. 산꼭대기에서 돌아가는 건 레이더였다. 백미러를 보았다. 방향이 틀어져 있었다. 사이드미러도 접혀 있었다. 놈의 얼굴은 볼 수 없었다. 밖에서 들려오는 소리는 밤의 정적뿐이었다.

혜실한테서 비릿한 냄새가 났다. 영복은 그 냄새를 어디서 맡아본 듯했다. 딸기우유를 달고 살던 혜실한테서는 원래 색소와 우유 냄새가 났다. 엄마는 우유에 들어간 색소가 몸에 나쁘다고 그렇게 잔소리를 했지만 혜실의 딸기우유에 대한 집착을 꺾을 수는 없었다. 마누라 몰래 영복은 자주 혜실에게 딸기우유를 사주었다. 혜실의 비릿한 냄새 위에 마누라의 냄새가 겹쳤다. 마누라가 생리할 때 나는 냄새다. 혜실이 생리할 때가 됐단 말인가. 얼마나 엄마가 필요했을까. 엄마 옆이 아니라 짐승 옆에서 여자를 시작했다니, 영복은 미칠 것만 같았다.

"보스포루스 해협을 건너는 배 타봤어요? 배를 타고 건너면 아시아에서 유럽으로 가는 거예요."

"……?"

"갈라타 다리에 가면 낚시하는 사람들이 많아요. 세월교에서 아저씨들이 낚시하는 것처럼."

"너는…… 어떻게?"

혜실의 눈이 초롱초롱 빛났다.

"스트라스부르에 가면 전차를 탈 수 있는데."

"잘 지내고 있는 거냐고?"

영복은 화내듯 말한 걸 곧바로 후회했다. 혜실이 영복의 눈을 보며 메마르게 웃었다. 10대 소녀가 지을 수 있는 미소가 아니었다. 비구니가 된 사촌누님의 그것을 닮았다. 비구니가 되고 10여 년 후에 한 번 사촌누님을 만났다. 누님의 어머니가 돌아가시자 산에서 내려왔던 것이다. 누님의 표정 어딘가 편안하지만은 않은 구석이 있었다. 해탈의 경지로 오르지 못한 단념. 넘으려다 추락한 표정. 누님은 산에서 평정심을 찾지 못한 것 같았다.

"사야마 구릉지대에 가면 토토로 숲이 있는데. 토토로 버스 타봤어요?"

혜실은 아빠가 알아들을 수 없는 말만 되풀이했다. 아빠한테 존댓말을 하는 것도 이상했다.

10분은 길었다. 심장을 짓누르는 침묵에 삭신이 쑤셨다. 식은

땀이 흘렀다. 영복은 바깥 공기를 마시고 싶었다. 차창을 내리려 했지만 시동이 꺼져 있었고 열쇠도 꽂혀 있지 않았다.

"알프스에 가면……."

차문이 열렸다. 옆구리에 칼이 들어온 듯 바람이 시렸다.

"그만 갑시다."

영복이 순순히 자동차 밖으로 나왔다. 바람을 가슴 속 깊이 들이마셨다. 속이 후련했다. 10분이 지난 1년보다 더 갑갑했다. 허스키는 영복의 움직임을 따라 한 걸음 뒤에서, 뒤를 빼앗기지 않으려 거리를 유지했다. 허스키가 영복의 한 팔을 뒤로 잡으려 할 때였다. 영복이 몸을 돌려 놈에게 달려들었다. 이대로 물러설 수 없었다. 놈이 팔뚝으로 주먹을 막았다. 영복의 겨드랑이에 팔을 넣고 무릎으로 복부를 걷어찼다. 영복은 두 팔이 잡힌 채라 바닥에 무릎을 꿇을 수밖에 없었다. 영복의 옆구리에 놈의 주먹, 아니 바윗덩어리가 파고들었다. 숨을 쉴 수 없었다. 놈이 수건을 말아 영복의 입에 재갈을 물렸다. 영복을 번쩍 들어 트렁크에 내동댕이쳤다. 결코 가벼운 몸이 아닌데 가볍게 들렸다.

세월교 아래 강물이 세월처럼 세차게 흘렀다.

영복이 차에서 내렸다. 허스키가 영복의 손을 풀어주었다. 입에 물고 있던 수건이 흠뻑 젖었다. 차를 타고 오는 내내 영복은 눈물을 참지 못했다. '이런 빙신아! 혜실이를 두고 오면 어째! 니가 애비야! 니 목숨을 주고라도 데려왔어야지!' 마누라의 환청이 매서웠다.

자동차가 떠났다. 허스키가 몇 마디 더 했지만 영복한테는 한

마디만 들렸을 뿐이었다.

"조용히 기다리면 다시 보여주겠소."

영복은 집으로 돌아와 혜실이가 어지럽게 뛰놀던 마당에 벌러덩 드러누웠다.

영복은 한 달 동안 누구와도 말하지 않았다.

조용히 기다리면 다시 보여주겠소.

평소 시시콜콜 모든 걸 말했던 마누라한테도 아무 말 하지 않았다. 조용히 기다려야 한다. 보여달라고 한 적도 없는데 보여준 사람이다. 조용히 기다리면 다시 보여줄 것이다.

2

"뇌사는 대뇌와 뇌간까지 비가역적인 손상을 받아서 발생합니다. 식물인간은 대뇌에 전반적인 손상을 입는 것이죠. 그래서 식물인간은 홍은심 환자분처럼 인공호흡기를 하지 않아도 되는 경우가 있습니다. 홍은심 환자분은 준식물인간 상태입니다. 'MCS Minimally Conscious State'라는 건데 최소한의 의식이 있으니까 희망이 있습니다."

의사의 말 중 영복은 희망이 있다는 것만 알아들었다. 마누라는 간혹 눈을 뜨기도 하고 말귀를 알아듣는 것 같기도 했다. 영복은 이해가 되지 않았다. 어떻게 숨을 쉬고 있는데 말을 하지 못할까. 어떻게 나만 홀로 두고 자기만 편안히 누워 있을까. 혜실의 고통에서 어떻게 혼자만 도망치고 있을까.

"우리 딸, 혜실이…… 보고 왔어. 당신이랑 나랑 만든 우리 딸……."

은심은 아무 반응이 없었다.

"경찰에 신고할까?"

최소한의 의식이 돌아왔는지 은심이 커다란 눈을 떴다. 여전히 말은 없었다. 영복은 더 이상 참을 수 없었다. 마누라만큼은 알아야 했다. 병실에서 부부가 하는 이야기를 놈이 알 수는 없을 것이다.

요양원에서 경비를 하다가 처음 은심을 만났을 때 눈이 큰 게 예뻤다. 어머니는 눈이 크면 겁이 많다며 별로 좋아하지 않으셨다. 눈이 작은 여자를 데려왔으면 또 눈이 찢어진 게 매섭게 생겼다고 싫어하셨을 것이다. 어머니는 평생 만족하지 않았고 평생 가난하게 살았다. 어차피 가난할 거라면 만족이라도 하고 사는 게 좋았을 텐데. 영복은 가난하지만 혜실이 있어 만족스러웠다. 어머니는 또 여자나 남자나 험한 세상을 살아야 하는데 겁이 많으면 당하고만 산다고 말씀하셨다. 은심은 작은 체구에 큰 눈과는 달리 용감했다. 오히려 눈이 작은 영복이 겁을 먹었다. 혜실이를 소유하고 있는 악마한테도 겁을 먹었다.

"어떡하지?"

은심은 어느새 눈을 감고 있었다.

두 달이 마누라처럼 대답도 없이 지나갔다. 놈은 찾아오지 않왔다. 영복은 하루하루 피가 말랐다. 놈이 이런 고통을 짐작이나 할까. 놈은 아마도 누군가의 아빠가 되지 못했을 것이다. 자식이 있다면 이토록 잔인할 리 없다. 차라리 부모를 가져가면 모를까, 어떻게 딸을 빼앗을까.

시외버스로 한 시간 거리에 복순이 살고 있었다. 밭일을 하고 들어온 복순이 흙을 털었다. 오랫동안 몸에 밴 흙내는 털어지지 않았다. 시집가기 전에는 결코 밭에 나가지 않았던 복순이었다. 일하는 걸 싫어했고 서울에 가겠다고 입버릇처럼 말하곤 했다. 영복은 그런 여동생을 대신해서 두 배로 일했다. 복순은 언제나 자기편인 오빠를 좋아했다. 마당에서 만난 오빠를 보고 복순은 두 팔을 벌렸다. 영복이 복순을 가만히 안아주었다. 오빠의 품에는 남편이 주지 않는 맹목적인 따뜻함이 있었다. 아버지의 무뚝뚝함과 달리 오빠는 다정다감했다. 복순이 저녁상을 내왔다. 매제는 해가 지도록 들어오지 않았다. 하루 이틀 안 들어온 게아닌 듯했다. 빨랫줄에 여자 옷만 걸려 있었다.

"신랑은? 언제 오냐?"

복순은 그저 웃었다.

"복순아……."

복순은 오빠가 좋아하는 연근을 영복의 밥그릇 옆으로 옮겼다.

"나, 혜실이 봤다."

"혜실이 예쁘다."

의사의 말에 따르면 복순의 정신연령은 다섯 살이다.

"이제 어쩌냐…… 흑……."

영복이 말을 잇지 못하고 숟가락을 든 채 울먹였다. 입안에서 아직 다 씹지 못한 밥알에 콧물이 섞이고 슬픔에 자책감이 섞였다. 복순이 오빠의 손을 가만히 잡았다. 복순의 눈에도 눈물이 맺혔다. 머리를 다치기 전에도 복순은 남의 감정에 곧잘 공감하곤 했다. 정신연령은 변해도 감정적 습관은 변하지 않은 것이다. 영복은 복순을 부둥켜안고 두어 시간 동안 원통함을 쏟아냈다.

영복이 복순의 집을 나섰다. 어둠이 이미 짙어지고 있었지만 매제는 오지 않았다. 건들건들 살고 있는 매제가 집이나 제대로 들어오는지 복순을 아내로서 대접해주는지 항상 걱정이었다. 혜실을 잃고 나서는 복순에 대한 걱정도 잊어버렸다. 혜실의 명랑함은 복순의 유전자를 물려받은 것이다. 결혼하기 전까지만 해도 복순은 세상에서 가장 명랑했다. 영복 주변의 여자들은 하나같이 복이 없었다. 영복은 그 모든 게 자신의 책임인 것 같았다.

영복이 터미널에서 나오는데 공형순이 다가왔다.

"어이! 웬일이야?"

"어, 어."

"바람피우다 왔냐? 뭘 그렇게 놀래. 오랜만인데 술 한잔해야지."

공형순은 늘 그랬듯 영복의 의견은 묻지도 않고 삼겹살집으로 갔다. 어차피 영복은 아무 데나 가자고 했겠지만. 삼겹살 기름이 튀자 공형순은 앞치마를 둘렀다. 영복은 기름이 튀는 것쯤 괘념치 않았다.

"정말 술 안 마셔?"

공형순이 의아해하며 물었다.

"안 마신다니까. 끊었어."

"끊은 지 얼마나 됐는데?"

"두 달."

"옛말에 담배 끊은 인간하고는 상종도 하지 말라고 했는데. 술 끊은 인간하고 삼겹살을 같이 먹어도 되는지 모르겠네."

공형순이 자작했다. 영복에 대해 배려를 하는 것인지 원래 남의 문제에 관심이 없어서 그런지 공형순은 혜실에 대해 말하지 않았다.

"이 집 고기가 신선해. 장사가 잘돼야 고기가 신선한 법이거든. 물건이 들어오는 대로 팔리니까 쟁여둘 시간이 없잖아. 그러니까 신선한 거지. 이런 걸 유식한 말로 뭐라 그러는지 아냐? 선순환이라는 거야."

혜실이 실종되고 마누라가 쓰러지고, 영복의 삶은 악순환이었다.

"지난 오일장에 다녀오느라 버스를 탔는데 섭곡공고 애새끼들이 우르르 탄 거야. 쌍놈의 새끼들이 어찌나 욕을 심하게 하는지 사람도 많은데 내가 꾸짖었다니까. 요놈의 새끼들! 학교에서 뭘 배운 거야! 버스기사가 나보고 그만하시라고. 내가 애새끼들 머리통을 한 대씩 쥐어박고 끝냈지. 애새끼들 입에 걸레를 물고 다니나. 앞으로 어떻게 되려고 그러는지, 원."

지칠 줄 모르는 공형순의 구라를 영복은 더 이상 듣고 있기 힘들었다.

공형순이 남은 고기를 마저 먹어치웠다.

"그만 파하자."

더 이상 불판엔 고기가 없었고 자리엔 이야기가 없었다.

"나, 혜실이 봤어."

공형순이 일어나려다 도로 자리에 앉았다.

"누굴 봤다고?"

"어떡하면 좋겠냐?"

"혜실이를 어떻게 봐?"

"어디 가서 말하면 절대 안 돼. 내 말, 알아듣지?"

"내가 언놈한테 말하겠냐? 섭곡공고 놈들한테 말할까?"

공형순한테 답이 나올 리 없었다. 자리가 파하고 두 남자는 각자의 집으로 갔다.

영복은 당분간 사람을 만나지 않기로 했다. 아침에 일어나 운동도 시작했다. 광에서 먼지가 쌓여 있던 샌드백을 꺼내 두드리며 언제 또 찾아올지 모르는 놈을 꺾을 준비를 했다. 샌드백은 영복의 분노를 고스란히 받아주었다. 딸이 살아 있는 걸 보고도 무기력하게 돌아오다니. 영복은 자신이 그런 한심하기 짝이 없는 인간일 줄 몰랐다. 그동안 그걸 모르고 살 수 있었다. 혜실이 실종되지 않았더라면 평생 몰라도 됐을 추레함이었다. 돈은 못

벌지만 다정다감한 아빠로 살 수 있었을 텐데. 혜실의 행실을 혼내는 건 마누라의 몫이었고 영복은 딸한테 악역을 하지 않았다.

영복이 오랜만에 생선 경매에 참여해 고등어와 갈치 위주로 낙찰을 받았다. 점심을 먹고 나서도 마수걸이를 하지 못했다. 날아드는 파리를 쫓고 있는데 눈이 찢어진 손님이 왔다.

"갈치 한 마리에 얼마래요?"

"앞에 써놨구먼."

한 마리 4천 원. 두 마리 7천 원.

"그럼 한 마리도 3천5백 원만 해야지. 안 그래요?"

"원래 한 마리에 4천 원, 두 마리에 8천 원인데, 두 마리 사면 싸게 주는 게지. 셈도 못하나?"

손님이 비린내를 묻혀가며 직접 갈치를 골랐다. 영복은 인상을 찌푸렸다. 갈치가 그게 그거지 고른다고 은빛이 금빛으로 바뀌나. 어머니가 살아 계셨다면 눈이 찢어진 여자가 개시를 한다고 오늘은 재수가 없다고 하셨을 것이다.

"6천 원밖에 없는데?"

"한 마리 사면 되겠네."

"한 마리를 누구 코에 붙인대요. 생때같은 새끼들이 몇인데?"

손님이 헝클어놓은 갈치를 영복이 가지런하게 만졌다.

"이 집 딸이 살아 있더래요? 보고 왔다던데?"

갈치가 영복의 손에서 미끄러졌다.

"뭐요? 누가 그래?"

영복이 철물점으로 뛰어갔다. 가게 밖에 철물점 물건들이 어지럽게 나와 있었다. 철물점 안이 복닥복닥했다. 두 명의 인부가 천장을 뜯어 공사를 하고 있었다. 비가 새서 철물점 물건들에 녹이 슬었기 때문이었다. 공형순도 인부 머릿수를 하나 줄이려고 공사를 도왔다.

"어이, 웬일이야?"

"나 좀 보자."

"바쁜 거 안 보이냐? 나중에 오든가."

인부들이 영복과 공형순 사이를 막으며 일했다. 앞에 인부가 움직일 때마다 영복은 자리를 피해야 했다. 어정쩡하게 서 있던 영복이 밖으로 나왔다. 담배를 피우며 철물점을 노려보기만 하다가 생선가게로 돌아왔다.

작년에 실종된 돼지소녀, 송혜실 양의 아버지가 그녀를 봤다고 한다. 아직 사실 여부를 확인할 수 없지만 그동안 우리가 돼지소녀를 잊고 있었다는 것만은 확인할 수 있었다.

—『관동일보』

"염병!"

영복이 신문을 내던지며 소리쳤다. 신문에 난 걸 놈도 봤을까.

3년 전에 오징어잡이 배, 태양호가 바다에 나가 돌아오지 않았다. 태양호는 강평읍에서 가장 부자라고 소문난 이장행이 소유한 배였다. 뱃사람들의 가족들이 애를 태웠건만 태양호는 사람들을 버리고 홀로 돌아왔다. 고풀이를 할 때는 온 마을 사람들이 모여 슬퍼했다. 고풀이가 끝난 후 사람들은 금세 아무 일 없었다는 듯 각자의 먹고사는 문제로 돌아갔다. 영복도 그중 하나였다. 슬픔은 나눌 수 없는 것이다. 더 이상 혜실을 진심으로 걱정하는 사람은 없었다.

　영복이 강평파출소로 갔다.

　혜실을 만나고 왔다는 영복의 진술에 대해 경찰은 신빙성을 의심했지만 신문에 나왔기 때문에 수사를 할 수밖에 없었다. 차로 한 시간쯤 떨어진 거리며 시멘트 공장이 있고 그 뒤로 공군 부대가 있어 산꼭대기에 레이더가 있는 곳은 용성읍이었다.

　이틀 동안 경찰 네 명이 용성읍을 탐문했다. 혜실은 없었다. 경찰의 의지는 처음 혜실이 실종됐을 때와 백팔십도 달랐다. 언론이라도 관심을 보였다면 경찰은 적어도 한 개 중대를 동원했을 것이다. 언론은 연일 터지는 검찰 성상납 의혹을 기사로 쏟아내느라 정신이 없었다. 『관동일보』만 사회면 하단에 1단 박스기사로 '돼지소녀 부정의 안타까움'이라는 제목의 기사를 내보낼 뿐이었다. 기자는 마치 해외토픽을 번역해서 쓰는 것 같았다. 수사가 종결됐다.

　"검찰 새끼들이 룸살롱 드나드느라고 혜실이를 못 찾잖아!"

　영복은 눈만 뜨면 경찰과 검찰을 욕했다. 혜실이 실종되지만 않았다면 영복은 평생 권력기관을 비판할 사람이 아니었다.

3

호들갑스럽게 전화기가 울렸다. 방으로 들어오던 영복이 전화를 받았다.

"여보세요?"

전화기 너머에서 익숙한 숨소리가 들렸다. 영복은 그대로 주저앉았다.

"엄마는?"

"엄, 엄마?"

"엄마한테 할 말이 있어."

"혜, 혜…… 혜실이냐? 무, 무슨?"

"엄마는!"

"거기 어디야?"

"몰라. 흐흐……."

"도망친 거야? 너, 지금, 어디야!"

"엄마…….'

"엄마는 왜 찾아? 아빠가 있는데!"

"엄마한테 할 말이 있단 말이야."

"거기 어디냐니까?"

소리가 없었다.

"여보세요? 여보세요! 혜실아!"

흐느끼는 소리가 조그맣게 들렸다.

"엄마…… 아저씨 무거워."

무슨 소린가, 영복은 멍했다. 딸깍, 전화가 끊어졌다. 갑자기 스며든 고요가 심장을 침범해 폭발시킬 것만 같았다. 영복이 전화기를 놓았다가 다시 들었다. 아무 소리도 없었다. 혜실도 없었다. 영복은 숨참이 와서 앉아 있을 수가 없었다. 그대로 바닥에 누웠다.

영복이 경찰서를 찾았다. 혜실한테 전화가 왔었다는 말을 했다. 형사는 영복을 시큰둥하게 보았다. 날짜를 말하고 전화를 건 곳을 찾아달라고 했다.

"알았으니까 집 전화번호 적어놓고 돌아가세요. 제가 바로 가서 조사할게요."

영복은 며칠간 출근하다시피 경찰서에 왔다. 담당 형사는 바빴다. 경찰서엔 실종된 지 한 해가 지난 소녀를 찾는 것보다 더 급한 일이 많았다.

"전화, 찾았어요?"

영복이 형사한테 물었다.

"아, 예. 확인해봤는데, 누가 장난 전화를 한 거 같던데."

"장난 전화인지 어찌 알아요?"

"주소가 경기도 양평 어딘가던데. 내일이나 시간이 나는 대로 근처에 가서 찾아보죠, 뭐."

담당 형사가 영복의 어깨를 만지고는 지금 출동 중이라며 경찰서 밖으로 나갔다.

아무리 기다려도 놈은 오지 않았다.

영복은 숨 쉬는 것 말고는 아무것도 할 수 없었다. 생선가게도 뒷전이었다. 고양이도 찾아오지 않을 만큼 신선도가 떨어졌다. 문을 여는 날보다 닫는 날이 많았다. 공형순한테는 발길을 끊었다. 소심한 복수가 혜실을 만나게 해주지는 못했다.

병원으로 언니를 보러 온 처제는 혜실의 얼굴을 전단지로 만들어 사람들에게 돌리자고 하지만 그게 무슨 소용일까. 이미 사람들은 모두 혜실의 얼굴을 알고 있었다. 혜실을 보고도 신고를 안 하는 게 아니다. 혜실이 눈에 띄지 않기 때문에 조용한 것이다.

"1년이 넘었는데 사람들이 아직도 기억하겠어요? 여름만 돼도 봄에 있던 일을 잊어버리는 게 사람인데?"

그 사랑스러운 얼굴을 어떻게 잊을 수 있나. 백 년이 지난다고 잊을 수 있는 미소인가. 처제는 영복이 혜실을 만나고 왔다는 말을 믿지 않았다.

영복이 라면을 사러 나왔다. 세월교를 지나야 영자네 구멍가게가 나왔다. 구멍가게 안에 도배를 새로 하고 있었다. 철물점을 하면서 도배도 겸하는 공형순이 벽지를 바르고 있었다. 영복은 공형순을 모른 척하며 라면을 샀다.

"어이, 오랜만이야."

영복이 대꾸하지 않고 밖으로 나왔다.

"왜 사람을 귀신 취급하냐? 내가 안 보여?"

공형순이 뒤따라왔다.

"송영복이! 삐쳤냐?"

영복이 돌아서서 공형순 코앞에 얼굴을 들이밀었다.

"말 걸지 마."

"장판집 황가 놈이 그동안 두 집 살림을 했다네. 고놈 코를 봐서 물건도 좆만 할 거 같은데 말이야."

영복이 공형순의 얼굴을 머리로 들이받았다. 공형순이 얼굴을 맞고 뒤로 주춤했다.

"말 걸지 말라고 했잖아!"

영복이 공형순의 가슴팍을 쳤다. 공형순이 뒤로 물러나며 기침을 쏟았다. 이번에는 오른발을 공형순의 복부를 향해 힘껏 날렸다. 공형순이 피하자 영복이 넘어졌다. 영복이 일어나면서 머리로 복부를 들이받았다. 공형순이 뒤로 밀려 벽에 부딪혔다. 영복의 허리춤을 잡아 돌렸다. 순식간에 두 사람의 위치가 뒤바뀌었다.

"계집년처럼 동네방네 다 떠들고 다녀?"

"생사람 잡지 마!"

"니놈이 아니면 누구야!"

서로의 멱살을 잡은 두 사람이 씩씩거렸다. 싸움을 보류하고 있는 호흡이 뜨거웠다. 버스에서 욕지거리를 내뱉는 철없는 고등학생들이나 할 몸싸움을 중년 남자들이 하고 있다는 것부터가 힘에 부치는 일이었다.

"애초, 너가 입 다물었어야지."

영복이 다시 힘을 써보려 했지만 마음대로 되지 않았다. 주먹

솜씨가 없는 두 남자가 벌이는 밋밋한 싸움이었다. 촌극이 따로 없었다.

"어릴 때부터 니 새끼한테 약속은 개똥이었지. 입만 열면 뻥이나 치고."

"뻥은 너가 먼저 쳤지. 혜실이를 보지도 않고서 봤다고 한 거 아니냐? 너 거짓말 때문에 공무 집행하느라 바쁜 경찰들이 용성까지 갔었다면서? 없었다면서?"

공형순의 멱살을 잡고 있던 영복의 손이 스르르 풀렸다. 공형순이 일하던 영자네로 가버렸다. 놈보다 훨씬 약한 공형순도 자빠뜨리지 못했다. 힘으로 놈을 이길 수 없을 것이다. 그 돌덩어리 같은 주먹의 흔적이 아직도 배와 옆구리에 근육통처럼 남아 있다. 기억을 떠올리는 것만으로도 욱신거렸다. 영복이 강가에 앉아 흐르는 물을 바라보았다.

*

영복은 영자네 구멍가게로 나와 막걸리를 샀다. 다시 술을 입에 대기 시작했다. 공형순이 발랐을 벽지가 방정맞게 알록달록했다. 세월교 앞에 다다랐다. 밤이 내려앉고 있었다. 공형순은 영복이 혜실을 봤다고 한 말을 믿지 않았다. 세상도 믿지 않았다. 이제 영복 스스로도 혜실을 봤다는 사실이 긴가민가했다. 모든 기억이 의심스러웠다. 놈이 찾아왔던 게 사실일까. 그날 막걸리 한 병을 비우고 시장에 가서 한 병하고 반병을 더 마셨다. 하루 종일 굶어서 빈속이었다. 집까지 걸어오면서 알딸딸했다. 세월교에 서 있는데 놈이 찾아왔고 다시 세월교에 데려다주었다. 처음부터 세월교를 떠나지 않았던 건 아닐까. 사람들이 쑤군대는 것처럼 혜실이 살아 있을 리 없지 않나. 살아 있다고 해도 보여줄 리 없지 않나. 보여줄 거면 애초 데려갈 리 없을 테니까.

영복이 소변을 보았다. 쉽게 나오지 않았다. 대신 한숨이 시원하게 나왔다. 장판집 황씨가 두 집 살림을 했다고 사람들이 재잘거렸다. 두 집 살림도 능력이 되니까 하는 것이다. 세상에 안 될 일이 뭐가 있을까. 〈인간극장〉에 나온 스타가 실종돼도 아무렇지 않게 돌아가는 판인데. 영복이 몸을 다리 난간 가까이 댔다. 소변이 나오기 시작했다.

"사랑해선 안 될 사람을…… 젠장, 사랑하는 죄, 이라서……."

그때, 빛과 소리가 멀리서 다가왔다. 자동차가 한 대 세월교로 들어섰다. 헤드라이트가 천천히 앞으로 이동했다. 영복이 자동차 쪽으로 고개를 돌렸다. 벅찬 예감이 술기운을 몰아냈다. 설마…….

자동차가 속도를 내서 세월교를 빠져나갔다. 소변 줄기가 다시 이어져 1급수로 떨어졌다.

"말 못하는 내 가슴은 이 밤도…… 울어야 하나……."

영복이 바지 지퍼를 올렸다. 가래를 끓어 올려 뱉었다. 난간을 잡고 고개를 내밀었다. 물소리가 보였다. 사람 하나쯤 떠내려가도 모를 만큼 강물은 괴괴했다. 이대로 뛰어들까. 슬퍼할 사람 하나 없다. 강물이 영복에게 속삭였다. '다 잃은 빙신이 세월교를 건너서 뭔 호강을 하겠다고! 뒈져버려. 그게 물고기한테 보시하는 게지.'

영복이 강물에 코를 내밀었다. 가지고 있던 모든 걸 잃어버렸다. 이제 나를 잃어야 할 때가 되지 않았나. 눈물이 흘렀다. 세월교 양쪽 어디에도 이제 아름다운 세월은 없었다. 죽을 용기도 없는 상판대기가 달빛을 받은 강물에 일렁였다.

4

영복이 대낮부터 강평시장에서 잔뜩 술을 마셨다. 하나둘 가로등이 켜지는 길을 따라 파출소 앞 사거리에 이르렀다. 사거리에 있는 가로등 하나가 깜빡거렸다. 갈빗집 뒷마당 한쪽에서 종업원이 숯불을 만들고 있었다. 영복이 숯불에서 터져 나오는 불꽃을 멀뚱하니 보았다. 종업원이 숯불에 새로 불을 붙이고 미리 만들어두었던 숯불을 들고 가게 안으로 들어갔다. 숯불에서 피어올랐던 연기가 저녁 속으로 흩어졌다.

영복의 목울대가 꿀꺽 마른침을 삼켰다. 부삽에다 숯불을 담았다. 누구한테 들킬까 주변을 살피지도 않았다. 될 대로 되라지. 파출소에서 한 쌍의 남녀가 나왔다. 숯불을 들고 영복이 파출소 안으로 들어갔다.

"당신, 미쳤어!"

10여 개의 숯불이 파출소 여기저기 떨어졌다. 순식간에 파출소 안이 난장판이 되었다. 서류에 떨어져 불이 붙기도 했다. 다른 경찰들은 잘 피했는데 소장실에서 나오던 천 순경이 얼굴에 숯불을 맞아 괴성을 질렀다. 김 순경이 천 순경을 데리고 화장실로 가서 찬물에 씻겼다. 영복은 부삽으로 출입문 유리를 깼다. 윤 경위가 뒤에서 영복의 두 팔을 붙들어 바닥에 눕혔다. 영복은 씩씩대며 혜실의 이름을 외쳤다. 영복이 숨을 쉴 때마다 파출소 안에 막걸리 냄새가 퍼졌다.

하루가 지나 영복이 풀려났다.

"소장님이 특별히 훈방 조치하는 거니까 다시는 이런 짓 하지 말아요. 한 번만 더 그랬다간 영창이니까."

바깥 공기를 맡은 영복은 식당으로 가서 순두부를 시켜 먹었다. 하룻밤을 갇혀 있는데도 환장하는 줄 알았다. 하물며 1년이 넘도록 갇혀 있을 혜실은 오죽할까. 그동안 마음의 감옥 속에 있었다. 몸과 마음이 모두 갇혀 있을 혜실은 어떻게 견디고 있을까. 남은 평생 한 번이라도 혜실을 볼 수 있을까.

집에 도착한 영복이 팔다리를 펼치고 세상을 버리고 싶은 자세로 누웠다. 이대로 일어나지 않았으면 좋겠다. 이제 영복이 할 수 있는 일이라곤 아버지가 말년에 그랬던 것처럼 천장에 대고 호통을 치는 것뿐이었다.

"다 죽일 거야! 니미럴……."

*

처남이 찾아왔다. 대낮부터 영복은 술에 절어 있었다.

"이렇게 사실 거예요? 언제까지?"

눈에 초점이 풀린 영복은 할 말이 없었다.

"큰누나는 제가 돌보겠습니다. 이제 저도 좀 자리를 잡아가
니까. 큰매형 말씀대로 혜실이가 살아 있다면……."

"살아 있다면? 너도 안 믿는 거야?"

"안 믿는 게 아니라, 이렇게 허구한 날 술만 마시다 혜실이가
돌아오면 앞으로 학교는 어떻게 보내고……."

"오면 달라지지. 돌아오기만 하면 나도 돌아갈 수 있지."

처남이 두고 간 봉투에 백만 원이 들어 있었다. 밥을 먹으라
고 준 돈이지만 영복은 그걸로 술을 마셨다. 이제 술이 밥이 되
었다. 술을 마시면 공복감도 사라지고 죽지 않아도 될 것 같았
다. 정서의 공복도 사라졌다. 혜실도 생각나지 않았고 다음 달
생계도 걱정되지 않았다. 원래 낙천적인 영복으로 돌아갔다.

영복은 종종 읍내에 나가 아무하고나 싸움이 붙었고 파출소
에 단골이 되었다. 염치나 예의 따위는 영복에게 이제 아무것도
아닌 게 돼버렸다. "사람이 아무리 없이 살아도 염치는 있어야
한다." 어머니는 늘 말씀하셨지만 가족을 파괴한 세상에서 염
치가 무슨 소용일까.

*

가을이 짙어졌다. LPG를 불러야 난방이 될 텐데. 그것도 귀
찮았다. 술을 마시고 잠이 들면 냉방인지 난방인지 몰랐다. 마
누라는 처남이 안양에 있는 종합병원으로 데려갔다. 알아듣는
지 어떤지 알 수 없지만 마누라를 보며 넋두리를 풀어놓으면 속
이라도 후련했는데 이젠 그것도 못하게 생겼다. 곁에는 술밖에
없었다. 가게에서 주전자로 파는 막걸리는 눈속임을 하는 것 같
아서 사 먹지 않았다. 공장에서 포장해 나온 막걸리를 마셨다.
영복은 이제 아무것도 믿지 않았다. 냉방에서 술기운을 빌려 잠
이 들었다.

막걸리를 사러 나왔더니 세월교는 온통 눈으로 뒤덮였다. 뭐
가 급하다고 강평에 서둘러 겨울이 도착했다. 버드나무를 지나
자 세월교가 까맣게 변했다. 다리를 가득 덮은 흰 눈이 까만 불
개미들로 변했다. 흰색에서 검은색으로 바뀌는 것이 꼭 사람의
마음 같았다. 카드섹션을 하듯 불개미들이 일사불란하게 여러
모양을 만들었다. 영복은 얼떨떨한 관중이 되었다. 불개미들은
냉소를 내뿜는 입모양을 만들어 검은 혀를 쑥 내밀었다. 혜실의
찡그린 표정을 만들었다. 폭포처럼 어둠이 쏟아졌다. 바람처럼
어둠이 흩날렸다. 침대에 누워 있는 마누라의 형상을 만들었다.
마누라가 개미로 변해 하늘을 날았다. 수만 마리의 불개미가 영
복을 향해 달려들었다. 불개미들은 수백 마리의 까마귀가 되었
다가 수천 마리의 박쥐가 되어 하늘을 검게 물들였다. 불개미가

영복 속으로 침략할 것 같아 몸 안에 있는 모든 구멍을 꼭 닫고 허겁지겁 세월교를 빠져나왔다.

며칠 동안 영복은 세월교를 건너지 못했다. 잠을 자다 깨도 집 안에 온통 불개미가 날아다녔다. 불개미가 몸에 뚫린 모든 구멍을 통해 들락거렸다. 술을 마시면 불개미가 검은색을 벗고 흰 눈으로 바뀌었다. 하늘로 날아올라 다시 땅으로 하얗게 내렸다. 살아 있을지도 모른다는 희망은 죽어버렸다는 절망보다 더 힘든 것이다.

녹슨 대문이 열렸다. 두 남자가 집 안으로 들어섰다. 안방 문을 열었다. 남자들은 신발도 벗지 않고 조그만 손전등을 들고 성큼성큼 영복 곁으로 왔다. 한 남자가 영복을 흔들었다. 술 냄새가 흔들렸다.

"송영복 씨, 송영복 씨? 송영복……."

영복은 꿈속에서도 막걸리를 마시는지 혓바닥으로 입술을 핥았다. 두 남자가 영복을 일으켰다. 한 남자가 영복을 등에 걸쳤다. 술을 마시고 퍼진 몸이라 무거웠다. 남자가 쉽게 일어서지 못했다. 겨우 영복을 업고 밖으로 나왔다. 대문 밖에는 봉고차가 한 대 서 있었다. 앞에 남자가 봉고차 뒷문을 열고 안으로 들어가서 영복을 받았다. 영복이 움직이지 못하도록 묶었다. 봉고차가 출발했다. 하얀색 봉고차 옆에 검은 글씨가 진하게 인쇄돼 있었다.

'희망원.'

5

월드컵 경기에서 토고를 상대로 이천수가 동점 골을 넣었다. 온 국민의 함성이 늦은 밤을 깨웠다. 준식물인간 상태로 누워 있던 은심도 깨어났다. 미국에서 뇌심주전기 자극술로 준식물인간을 깨웠는데 한국에서도 그 방법이 도입 중이라는 걸 은심을 담당한 의사가 홍영욱에게 알렸다. 은심의 가슴 밑에 전기충격 조율장치를 심고 여기서 나온 전극을 뇌의 활동을 조율하는 중심시상과 연결시켰다. 수술은 무려 열다섯 시간이나 걸렸다. 완전하진 않았지만 일부 뇌기능이 회복되었다. 사흘이 지났다. 의사가 의도적으로 소리를 내는 쪽을 향해 은심이 머리를 돌렸다. 이제는 눈을 오래 뜨고 있을 수 있었다. 다시 이틀이 지나자 은심이 머리빗을 손으로 쥐었다.

4년간 정지해 있던 큰누나가 수술 후 며칠 만에 이렇게 회복이 되었다. 그동안 홍영욱은 사업을 하느라 정신이 없었다. 자리가 잡히자 큰누나를 데려왔다. 돈이 한 번 들어오니까 쉽게 들어왔다. 전에는 큰누나를 깨우는 방법을 알았다고 해도 돈이 없어 시도하지 못했을 것이다. 홍영욱이 돈을 잘 버는 남편으로 바뀌니까 아내도 시누이한테 돈 쓰는 걸 반대할 수 없었다.

"시간문제죠, 뭐."

의사가 어깨에 힘을 주고 말했다.

"3년, 길어도 5년 정도 치료를 계속하면 원래대로 80퍼센트 정도 회복할 수 있다고 봅니다. 그 이후는 주변 사람들의 노력과 환자의 의지에 따라 달라질 거고."

"정말 되겠죠?"

"현대의학을 믿어보시죠. 전에는 깨운다는 걸 상상도 못 했
잖아요."

현심이 허겁지겁 병실로 들어왔다. 은심이 깨어났다는 소식
을 듣고 한달음에 달려왔던 것이다. 작은누나가 남동생을 안아
주었다.

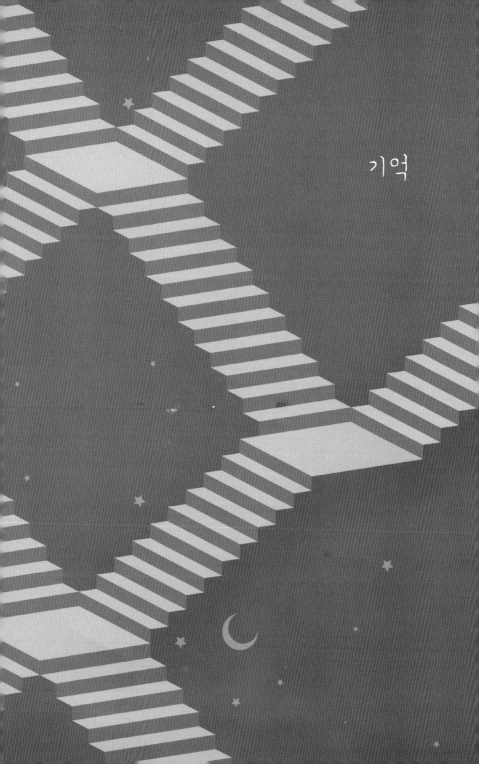

기억

1

면회를 하러 온 두 여자는 미니스커트를 입고 있었다. 그녀들
의 허벅지가 햇빛에 반짝거렸다. 하철이 교도소 정문을 나오면
서 매끈한 허벅지를 돌아보았다. 밖으로 나오니 햇빛도 여자들
의 속살처럼 신선했다. 다시 보니 되돌아볼 만한 미모는 아니었
다. 이제 실컷 볼 수 있는 풍경이다. 하철이 성큼성큼 교도소 정
문에서 벗어났다. 다시는 오고 싶지 않은 곳이다. 처음 나올 때
도 그랬는데 전과 3범이 됐다.

하철이 식당에 들어가 뚝배기불고기를 시켰다.

7개월 전에 한 여자가 미니스커트를 입고 흥신소에 왔다. 여
자는 이혼한 전남편한테 아이를 빼앗겼다고 말했다. 수수료

5백만 원을 제시했다. 아이가 너무 보고 싶은데 접근할 수가 없다는 것이다. 아이만 빼고 모두 자신의 얼굴을 잘 알고 있으며 시댁 사람들은 무섭다고 했다. 한 달 후에 호주로 떠나는데 그전에 아이와 하룻밤만 보내고 싶다고 간절히 말했다.

"전 이 상황이 이해가 안 되는데. 애 아빠한테 부탁해보세요."

여자가 수수료를 천만 원으로 올렸다. 아이는 여자의 얼굴을 모르고 전남편은 아이가 새엄마를 친엄마로 알고 살기를 바란다고 했다. 유치원에서 아이를 데려오기만 하면 되는 간단한 일이었다.

종업원이 불고기를 가져왔다.

"국내산 맞아요?"

종업원이 손가락을 뻗어 가리켰다. 벽에 '우리 업소에서는 국내산만 사용합니다'라는 문구가 붙어 있었다.

"식당에서는 대부분 미국산 미친 소라던데?"

"제육볶음 시키시든가."

종업원이 다른 테이블을 치우러 갔다.

하철이 여자에게 조건을 제시했다. 아이를 데려온 후 남편한테 아이와 하룻밤만 같이 보내고 돌려주겠다고 전화를 할 것. 안 그러면 경찰에 신고하고 수사를 시작하게 될지도 모르기 때문이었다. 여자는 그렇게 하겠다고 다짐했다.

유치원에서 나온 아이를 며칠 따라가다 보니 기회가 왔다. 중국집 앞에 봉고차가 서면 할머니가 아이를 마중 나왔다. 그날은 할머니가 나오지 않았다. 처음 있는 일이 아닌지 아이는 혼자서 집으로 향했다. 하철이 아이에게 아빠 이름과 엄마 이름을 말하고 접근했다. 아이의 아빠는 의사였다. 지금 엄마가 아빠 병원에 있는데 빨리 널 데려오란다고 말했다.

"모르는 사람은 절대로 따라가지 말라고 했어요."

"누가?"

"엄마가, 할머니가, 아빠가, 그리고 이모랑 고모가."

"똑똑하구나. 그러면 이렇게 할까?"

하철이 아이에게 휴대폰을 주며 지금 아빠한테 전화를 걸어보라고 했다. 아이가 전화를 거는 동안 번쩍 안아 차에 태우고 도어를 잠갔다.

하철이 강원랜드에서 돌아오자 경찰이 찾아왔다. 의뢰한 여자는 아이의 엄마가 아니었다. 여자는 아이의 아빠를 좋아한 간호사였다. 여자는 아이를 빌미로 의사를 자기 남자로 만들고 싶었다고 진술했다. 하철은 졸지에 납치 공범이 되었다. 하철도 여자한테 속았기 때문에 그냥 봐줄 만도 한데 아이의 아빠는 강경했다. 검찰에 소환되고 징역 6월을 선고받았다. 성실하게 재판에 임했다면 집행유예였을 거라고, 변호사가 말했다.

"올해부터 대법원 양형위원회가 납치유괴 범죄의 형량을 최대 무기징역으로 높였어요. 단순 납치범도 최대 15년, 오하철 씨는 단순 납치범에 속하죠. 피해자가 지적장애인이거나 영리나 성적 학대의 목적일 경우, 그리고 13세 미만일 경우 가중처

벌합니다. 오하철 씨는 13세 미만을 납치한 경우에 속하고요.
피해자를 죽일 목적일 경우 최소 형량이 4년입니다."

"그건 내 경우가 아니잖아요."

"어쨌든 6개월은 잘 받은 거예요. 납치인 줄 몰랐다는 게 변
론됐기 때문에 가능한 거죠. 재판 태도가 불성실했어요. 판사가
얼마나 권위적인 인간인데. 저 위에 앉아봐요. 위에서 아랫것들
한테 요구하는 첫번째 덕목은 공손이라고 했잖아요."

하철은 감옥에서 수없이 반성했다. 방법에 대한 반성이었다.
아이를 납치한 후 그 자리에서 여자가 아이의 아빠한테 전화하
는 걸 확인했어야 했다. 일이 안 되려면 평소 꼼꼼하던 성격도
어디론가 사라진다. 먹고사는 게 쉬운 게 아니다. 정신 바짝 차
리지 않으면 언제든 피해자가 될 수 있다. 감옥에서 만난 사람
들 대부분이 피해와 가해의 경계에서 억울해했다.

하철이 부동산 앞에 섰다. 통유리에 원룸 전세 매물이 빽빽이
붙어 있었다.

"원룸 필요해?"

방 사장이 어느새 하철 옆에 서 있었다. 하철이 악수를 청하
자 방 사장은 그를 꼭 안아주었다.

"우리가 이럴 사인가?"

"두부는 먹었냐?"

하철이 포옹을 풀었다.

"옛날에 사귀던 여자가 두부 공장 딸이라 안 먹어요."

"너는 무슨 멜로드라마 주인공 같은 소리를 하고 있어."

"부동산이 그럴듯하네요. 손님은 별로 없는 것 같긴 한데."

"그렇지 않아도 요즘엔 인터넷으로 직거래들을 해서 아주 죽겠다. 요즘 사람들은 공생을 몰라."

두 사람이 부동산 안으로 들어왔다. 함 실장한테 방 사장이 커피 두 잔 타 오라고 시켰다. 처음 보는 함 실장의 외모가 제법 나쁘지 않았다. 함 실장도 날씨보다 앞서 미니스커트를 입고 있었다.

"너 나오기만 기다렸다."

방 사장이 특유의 느끼한 미소를 지었다.

"사람 좀 찾아라. 원룸 하나 얻어줄게."

"전세로?"

"월세지. 원룸 전세가 얼만데? 부평도 보통 5천이야. 요즘엔 전세도 없지만."

방 사장이 휴대폰을 확인했다.

"일은 뭔데요?"

"여고생 하나 찾는 거야."

"예뻐요?"

"여고생을 찾는 거라고. 먹는 게 아니고."

커피를 가져오던 함 실장이 멈춰서 눈을 흘겼다.

"내가 할 수 있는 일이 이거밖에 없을까요?"

"빵에서 사춘기를 겪었구나."

하철이 커피를 마시며 눈을 감았다.

"누가 집 나간 고삐리 하나 잡아 오는 데 천만 원을 주겠냐? 이런 거 없다. 이 정도는 내가 해도 되지만 출소 기념 선물이야."

"유치원생 데려오는 간단한 일에 천만 원이나 주는 경우가 없을 것 같아서 덥석 물었다가, 쯧⋯⋯."

대화를 하면서 방 사장은 끊임없이 스마트폰을 확인했다. 무슨 지도를 보고 있는 것 같기도 하고 GPS가 움직이는 것 같기도 했다. 아이 납치를 의뢰받았을 때 방 사장은 중국에 출장 가고 없어서 의뢰인은 그의 존재를 몰랐다. 하철이 잡혔을 때 방 사장은 자신과는 무관한 일이었다고 말했다. 하철은 의뢰를 받자마자 중국에 전화를 걸어 방 사장한테 보고했다. 방 사장을 끌고 감옥에 간다고 해서 이득이 될 건 없었다. 방 사장은 오프라인 흥신소를 정리하고 부동산을 차렸다. '유로 2012' 주심 중 한 명도 부동산 중개업을 한다고 했다. 방 사장은 온라인으로 흥신소를 운영했다. 인터넷으로 접수를 하고 손님은 부동산으로 찾아온다. 누가 봐도 집을 보러 오는 사람인 것이다.

"요즘 사이버 흥신소가 얼마나 많은 줄 아냐? 가격을 후려쳐서 출혈경쟁이 장난이 아니야. 먹고살기 갈수록 빡세져."

집 나간 여고생의 아버지는 자수성가한 시의원이었다. 다음엔 국회의원이 목표였다. 언론에 나갈까 봐 경찰에 신고하지 않고 방 사장한테 의뢰한 것이다. 부자이면서 정치에 뜻이 있는 사람의 비밀 하나를 알고 있다는 건 언제든 써먹을 수 있는 재산이라고 방 사장이 정치적인 표정으로 말했다.

"너는 돈을 갖고, 난 사람을 갖는 일이지."

할지 말지 대답하지 않고 하철이 부동산을 나왔다.

*

하철은 우선 고시텔을 얻었다. 몸도 의지도 주저앉은 상태였다. 고시텔에 누워 텔레비전만 하루 종일 시청했다. 뉴스는 연말에 있을 대통령 선거로 벌써부터 호들갑스러웠다. 한 정치평론가가 시사프로에 나와서 강원도지사 출신 여종성이 야당 단일 후보로 유력하다고 전망했다. 가난하게 태어난 여종성을 입지전적인 인물로 평가하면서 가난한 이들에게 희망을 줄 수 있다고 말했다.

"까고 있네."

하철이 콜라를 마시며 비웃었다. 누구 때문에 가난한데. 권력을 잡는 순간 가난했던 자는 정치적인 부자가 되기 마련이고 흑인은 정치적인 백인이 되기 마련이다.

채널을 돌리자 〈한국의 미스터리〉 1편에서 4편을 연속으로 방영했다. 제법 볼만했다. 1편은 이형호 유괴사건, 2편은 화성연쇄살인사건, 3편은 개구리소년 실종사건이었다. 4편은 7년 전에 정호건설의 회장이 자살한 사건이었다. 경찰과 대대적으로 특별수사본부를 꾸려 조사했지만 자살 이유를 밝히지 못했다. 유서도 없었다. 회장의 내연녀와 이루지 못한 사랑 때문이라는 루머도 있었지만 재벌 회장이 사랑하는 여자를 하나 소유하지 못할 리가 없으며 그가 이루지 못할 사랑이 어디 있겠냐는 게 당시 일반적인 견해였다. 정호건설은 IMF 때도 흔들리지 않았다. 사람들의 거주 형태가 중소형으로 이동하기 전에 정호건설은 대형 아파트를 과감히 포기하고 중소형 위주로 아파트를 지었다. 회장은 우울증 치료를 받은 적도 없고 비자금을 따로 숨겨놓은 것도 없었다. 타살의 흔적도 없었다. 완벽한 타살이거나 이해할 수 없는 자살이라는 것이다. 유가족은 타살이라고 주장했다. 회장의 노트북에서 음란물이 발견되었다. 유가족은 그 사실을 자살이 아닌 근거로 들었다. 보통 자살을 결심하면 신변을 정리하게 마련이다. 평소 체면을 중시하고 꼼꼼했던 회장이 노트북에 있던 음란물을 정리하지 않았을 리가 없다는 것이다.

"깜빡한 거지."

하철은 감옥에서 혼잣말하는 버릇이 생겼다.

2

은심이 깨어난 지 6년이 흘렀다. 의사는 5년 안에 80퍼센트 정도 회복이 될 거라고 했지만 은심은 준식물인간에서 준준식물인간으로 진전되었을 뿐이었다. 고개는 비교적 자유롭게 움직일 수 있고 오른쪽 손도 부자연스럽지만 움직일 수 있었다. 은심은 상대방의 말을 알아들었지만 은심의 말을 상대가 알아듣기는 힘들었다. 유일하게 알아듣는 건 여동생, 현심이었다. 갓난쟁이 현심의 말을 가장 먼저 알아들었던 게 은심이었다. 동

생의 옹알이를 알아듣는 네 살짜리 영리한 꼬마였던 은심이 이
제는 동생만 알아듣는 옹알이를 하게 된 것이다.

은심은 자신이 쓰러졌던 이유도 알지 못했다. 별로 과거를 궁
금해하지 않았다. 간혹 과거에 대해 묻기도 했지만 그건 두 동
생과 대화를 나누다가 경험을 공유하지 못해 이해할 수 없을 경
우에 국한되었다. 결혼했던 사실도 모르고 혜실을 낳았던 것도
몰랐다. 의사는 때를 봐서 천천히 그녀의 기억을 되찾아주자고
했다.

"어쩌면 기억을 찾아주는 게 아니라 심어주는 게 될 수도 있
습니다."

사진이 효과가 있을 거라고 했다. 두 동생은 아직 판단을 유
보하고 있었다. 이대로 은심이 기억하지 못하는 게 오히려 그녀
에게 더 행복한 일일지도 몰랐다. 기억을 찾아줘봤자 혜실이 실
종됐다는 사실을 다시 알아야 하는 것이다. 남편이 정신병원에
있다는 사실을 알아야 한다. 현심은 은심에게 교통사고로 뇌를
다쳐서 한참을 누워 있었다고만 말해주었다.

은심의 하루는 단조로웠다. 아침에 일어나자마자 아침드라
마부터 공중파에서 하는 모든 드라마를 빼놓지 않고 보았다. 텔
레비전만 보면 좋지 않을 것 같아서 현심은 언니한테 책을 사다
주었다. 원래 학교 다닐 때부터 은심은 이야기를 좋아했다. 움
직일 수 있는 고개와 오른손을 이용해 드라마를 보지 않는 나머
지 시간에 책을 읽었다. 요즘엔 쑤퉁의 소설을 즐겨 읽었다. 『이
혼지침서』를 읽으며 몇 번이나 까무러치게 웃었고 『쌀』을 읽고

는 몇 번이나 눈물을 흘렸다.

'국민남편'이라는 별명을 얻은 남자주인공의 멋진 미소가 클로즈업되면서 드라마가 끝났다. 은심이 리모컨으로 채널을 돌렸다. 병실엔 은심밖에 없었다. 케이블TV에서 〈한국의 미스터리〉 5편이 방영되고 있었다. 지난주 '건설회장 자살사건' 편에 이어 이번 주 주제는 '돼지소녀 실종사건'이었다. 1부는 돼지소녀가 실종되고 그녀를 찾기 위해 많은 사람이 노력을 했지만 찾지 못했다는 내용이었다. 광고가 나간 후 2부에서는 돼지소녀를 찾기 위한 아빠의 노력을 보여주었다. 현재 아빠의 상태는 정신병원 주치의의 인터뷰를 통해 전달했다. 아빠는 딸을 잃고 술에 절어 살다가 만성 음주자에게 많이 나타나는 '베르니케 뇌증'의 증상을 보였다. 주치의는 돼지소녀의 아빠를 '안젤라 신드롬'이라 진단했다. 진행자는 안젤라 신드롬에 대해 자세히 설명했다.

1981년, 미국 플로리다 주 올랜도에서 유대계와 아일랜드계의 피가 섞인 안젤라라는 소녀가 실종되었다. 올랜도 경찰이 수사력을 총동원했지만 안젤라의 행방을 찾지 못했다. 수학 교사였던 안젤라의 아버지, 피터가 딸을 찾으러 경찰보다 치밀하게 주변 지역을 수색했다. 수학 교사였던 만큼 주먹구구로 찾지 않았다. 학교도 빠지지 않고 다니면서 틈틈이 안젤라를 찾기 위해 노력했다. 피터가 재직 중인 학교 교장의 배려로 수업을 많이 줄이고 딸을 찾기 위해 보다 많은 시간을 쓸 수 있었다. 피터는 침착했다. 항간에선 피터를 냉혈한이라고 욕하는 사람들도 있었다. 피터가 한 언론과의 인터뷰에서 이렇게 말했다.

"그럼, 내가 자포자기하고 내 삶을 망치기를 바라는 건가요? 난 그들을 만족시켜주기 위해 살 순 없어요. 내 삶을 살 거예요. 딸도 그걸 원할 거고."

피터는 시간이 날 때마다 차를 몰고 다니면서 주변 지역을 샅샅이 살폈다. 같은 지역을 반복하지 않고 지도를 지워가며 반경을 넓혀갔다. 그동안 납치범들이 납치할 경우 이동경로가 어땠는지 자료를 모아 지도를 만들고 통계를 내서 과학적으로 움직였다. 지금도 미국의 경찰들은 피터가 만든 범인의 이동경로를 계량화한 통계를 참고자료로 사용한다. 일명 '피터의 맵'이라는 것이다.

올랜도 경찰서에 안젤라를 목격했다는 신고가 들어왔다. 신고자는 다름 아닌 피터였다. 자동차를 몰고 가는데 건너편 혼다 자동차 안에 안젤라가 있었다는 것이다. 경찰은 당시 날씨라든가 차량의 흐름 등 피터의 목격이 구체적이고 신빙성이 있어서 신속하게 수사에 착수했다. 안젤라가 실종된 지 7개월 만이었다. 피터가 목격한 혼다 자동차 주인을 경찰이 추적했다. 잭 허드슨이라는 마흔세 살의 남자였다. 신분 조회 결과 잭은 그 전에도 여아 성추행 사건으로 2년 동안 감옥살이를 했던 적이 있었다. 당시 잭은 주소지가 불분명했다. 이 사실을 CNN이 특종 보도하자 취임한 지 얼마 안 된 레이건 대통령도 이 사건에 관심을 보였다. 연방정부가 대대적으로 경찰을 동원해 주변 지역을 빈틈없이 수색했다. 수색 사흘째 되던 날 올랜도의 한 주유소 지하 창고에서 안젤라의 시체가 발견되었다. 그녀가 납치되자마자 살해당한 것이라고, 법의학자가 말했다. 한눈에 봐도 죽은 지 오래된 상태였다. 고통을 참느라 꼭 쥐고 있었을 왼손은 사후경직이 더해 풀어지지 않았다. 피터가 안젤라를 봤다고 한 건 사실일 수 없었다. 범인은 잭 허드슨이 아니라 주유소에서 일하던 30대 중반의 찰리 맥도날드였다.

조지메이슨 대학의 심리학과 교수가 자신의 저서에서 이미 죽은 딸을 부모가 보았다고 착각하는 정신병적인 상태를 '안젤라 신드롬'이라고 명명했다. 딸을 보고 싶은 마음이 간절해서 존재하지 않는 딸을 봤다고 믿는 정신병이다. 사람들은 '안젤라 신드롬'을 일명 '상실병'이라고 했다.

"송영복 씨 여동생도 정신병력이 있습니다. 가족력이 중요하거든요."

홍영욱이 아내와 함께 병원에 왔다. 홍영욱이 사는 아파트에서 5분 거리에 있는 중앙병원에 은심이 입원해 있어서 매일 큰누나를 보러 왔다. 병실 문을 열었다. 침대에 은심이 없었다. 성격이 급한 아내는 흥분해서 간호사한테 달려갔다. 홍영욱이 병실을 찬찬히 둘러보았다. 은심이 침대 건너편 바닥에서 괴로워하고 있었다. 홍영욱이 큰누나를 들어 침대에 눕혔다. 무슨 일이냐고 물었다. 은심은 무척이나 고통스러워하며 자신의 심정을 표현했다. 홍영욱은 큰누나의 말을 알아들을 수 없었다. 간호사가 진정제를 놓았지만 은심은 진정하지 못했다. 무슨 일인지 써보라고 메모지와 펜을 주었지만 은심은 아무것도 하지 못하고 그저 부들부들 떨기만 했다. 홍영욱이 천안에 사는 작은누나한테 전화를 걸었다. 의사가 은심을 강제로 잠들게 했다. 현심이 병원에 왔다.

아침이 되어 깨어난 은심은 현심만 알아들을 수 있는 이야기를 시작했다. 결혼하고 혜실을 낳고 혜실이가 〈인간극장〉에 출연하고 납치된 것까지 은심은 모두 기억해냈다.

"찾아야 된대."

현심이 언니의 어눌한 말을 옮겼다.

"10년이나 지났어, 큰누나."

은심이 남동생을 보며 몸을 떨었다.

"살아 있대. 분명히."

홍영욱은 한숨을 길게 내쉬었다. 올 것이 온 것이다.

3

하철은 이틀 동안 동인천역, 부평역, 수원역 부근, 안양의 남부시장 주변, 의정부 민락동 평화공원, 하남 신정초 부근, 대전 은행동 유흥가까지 가출 청소년이 많이 모이는 곳을 돌아다녔지만 윤아는 없었다. 부천이 집이고 친구들의 근거지도 수도권

일 것이기 때문에 대전 이하로 내려가진 않았을 것이다. 서울은 동대문 두타, 천호동 로데오, 성신여대 로데오, 노원 문화거리, 신림역 등도 샅샅이 뒤졌지만 어디에도 없었다. 조그만 게 쥐새끼처럼 잘도 숨었다.

하철이 쪽방이 모여 있는 곳을 빠져나왔다. 가출한 아이들이 삼삼오오 모여 산다는 '팸'이다. 윤아도 이런 곳에 살고 있으리라. 윤아 아빠는 상동사거리에 시가 70억을 육박하는 건물을 가지고 있다.

한 가지 수확은 있었다. 꽁지머리를 한 남자아이가 윤아를 아는 듯했다. 꽁지머리의 뒤를 캐면 윤아와 닿을 수 있을 것이다.

"오하철이 떴으니 금방 찾겠지."

"선불로 주면 안 돼요?"

"정말 돈 하나도 없냐?"

"없다니까."

"돈 밝히는 놈이 꼭 돈이 없더라."

"그러니까요. 여자 밝히는 사람은 여자가 많은데?"

하철이 함 실장을 보며 말했다.

"일 하나 들어왔는데, 꼭 너여야만 한다는데?"

"누군데요?"

"전에 왜, 경찰인데 사기범 잡아달라고 했던 사람 있잖아. 춘천에 산다는 한석용이라고."

3년 전에 한석용의 형이 땅에 투자했다가 기획부동산한테 사기를 당했다. 하철이 나흘 만에 사기범의 소재를 파악해서 보고했다. 당시가 하철의 전성기였다. 경찰도 찾지 못한 사기범을 하철이 찾은 것이다.

"윤아는 찾을 수 있는 거지?"

"미끼 아니에요?"

"윤아가 왜?"

"한석용 말이야. 경찰이잖아."

"네가 그 사기꾼 찾아서 한석용 형이 1억인가 되찾지 않았나? 은인 아니야? 그때 수임료가 천5백이었지, 아마? 15프로면 날로 먹은 건데. 경찰이라 세게 받을 수도 없었고. 일단 만나봐."

하철이 탁자 위에 있는 청포도 사탕을 하나 집어 먹었다.

"그저께가 무슨 날인 줄 알아? 세계 실종 아동의 날이야. 너도 그런 날이 있는 줄 몰랐지? 작년에 아동 장기 실종 건수가 만천사백, 몇 건이란다. 우리나라 실종 아동 수가 10만 명 가까이 되고."

"실종 이야기를 왜 하는데?"

"들어온 일이 실종이야."

*

커피숍에 40대 중반의 여자가 수첩을 들여다보고 있었다. 한눈에 봐도 여자는 애타게 누군가를 찾는 사람 같았다.

"찾아야 할 사람이 누굽니까?"

하철이 앉으며 물었다.

"제 조카요."

"왜 부모님이 직접 안 찾으시고?"

"형부는 정신병원에 있고 언니는 몸이 많이 불편해요."

현심이 돼지소녀 실종사건에 대해 말했다.

"자료 좀 찾아보고 연락드릴게요."

하철의 말에 현심이 가방에서 파일을 꺼냈다. 파일엔 돼지소녀 실종과 관련된 언론 보도와 실종된 곳의 주소, 그 아버지가 돼지소녀를 만났다고 하는 곳의 지도, 각각의 날짜도 꼼꼼하게 적혀 있었다. 조카에 대한 현심의 사랑은 뜨거움을 억누른 차가움 같았다. 하철은 서늘한 온도에서 벗어나고 싶었다.

"돈은 얼마나 준비하셨습니까?"

"한 계장님 말은 3천만 원쯤 준비하면 될 거 같다고."

"검토해보겠습니다. 경찰도 찾지 못했는데 3천에 찾을 수 있을지 모르겠네요. 다달이 경비는 따로 들어갑니다. 제가 할 수 없을 것 같으면 부동산 사장님한테 바로 말씀드리겠습니다."

"찾아주세요."

현심의 턱 근육이 불끈거렸다. 말은 부탁이었지만 어감은 명령이었다.

"스케일이 너무 큽니다. 저는 경찰이 하지 않는 일을 하는 사람이지 경찰도 할 수 없는 일을 하는 사람이 아니거든요. 아무튼 검토는 해보겠습니다, 진지하게. 그런데 한석용은 어떻게 아시죠?"

"언니가 생선 장사할 때 단골이래요."

하철은 일을 하지 않을 거라고 마음을 먹었다. 방 사장은 무슨 생각으로 이런 일을 아이큐 80짜리 셰퍼드처럼 물어 왔을까. 서류를 대충 보자니 꽤나 유명한 실종사건이었던 것 같았다. 이상하게도 하철은 돼지소녀라는 말은 들어본 것 같았지만 그 사건이 기억에 없었다. 10년 전에 한국에 없었던 것도 아니고 뉴스를 안 본 것도 아닐 텐데, 낯설었다.

*

수원까지 쫓아왔더니 꽁지머리가 윤아한테 안내했다. 두 꼬맹이가 카페베네에서 만났다. 윤아는 외모를 한껏 야하게 꾸몄지만 어쩔 수 없는 10대였다. 사진 속의 앳된 외모에서 벗어나지 못했다. 화장 기술이 부족한 것도 있겠지만 아직 자신을 숨기는 방법을 알지 못하기 때문일 것이다. 집 안에서도 자신을 숨기지 못하기에 가출했을 것이다. 커피숍 출입문은 건물 정면에 있었다. 측면에 조그만 문이 하나 더 있는데 그것도 쉽게 시야에 들어왔다. 하철이 출입문을 감시하며 길 건너편에서 담배를 피웠다. 윤아와 꽁지머리가 흡연실에서 담배를 피우며 커피를 마셨다. 저렇게 예쁜 딸이 집을 나가 꽁지머리나 하고 다니는 놈팡이랑 담배를 피운다는 걸 알게 된다면 가만두기 어려울 것이다.

두 사람이 커피숍을 나왔다. 윤아와 꽁지머리가 시시덕거리며 주변을 경계하지 않았다. 꽁지머리의 눈썰미가 좋았다면 하철을 알아볼 만도 했다. 사내자식이 눈가에 화장을 했으니 뭘 볼 수 있겠나.

하철이 윤아의 두 손에 수갑을 채웠다. 뒤늦게 사태를 파악한 두 꼬맹이가 주변을 두리번거렸다. 윤아가 소리를 쳤고 하철은 꽁지머리의 정강이를 걷어찼다. 주변에 사람들이 모여들었지만 주춤했다. 수갑을 채웠으니 하철은 경찰이요, 윤아는 범인인 것이다.

"놔, 씨발!"

윤아가 몸부림쳤다. 구경하던 사람들이 소녀의 절규에 다시 가까이 오려 했다. 하철이 안쪽 주머니서 지갑을 꺼내 열자 경찰 마크가 찍힌 신분증이 나왔다. 꽁지머리가 주춤거리며 눈치만 보고 있었다.

"넌 꺼져, 이 새끼야!"

꽁지머리가 꽁무니를 뺐다. 윤아가 표독스럽게 하철을 보았다.

윤아를 차에 태웠다. 방 사장한테 전화를 걸어 한 시간쯤 후에 도착할 것 같다고 말했다.

"역시! 오하철, 안 죽었구나."

"상동에 건물 하나는 소유해보고 죽어야지."

"빵이 간혹 능력을 거세해서 난 또 걱정했지."

"돼지소녀 실종사건은 안 할래요."

"뭐? 왜?"

"그건 아니야."

"그건 나중에 다시 얘기하자."

하철이 전화를 끊고 담배를 피웠다.

"아저씨, 아빠한테 얼마 받아요?"

한참을 뚱하게 있던 윤아가 감정을 바꿔 말했다.

"왜? 너가 두 배로 주게?"

"할부가 가능하면. 담배 한 대 줄래요?"

"너 줄 건 없어."

"어차피 도로 나올 건데 데려가서 뭐해요?"

"도로 나오건 말건 난 의뢰를 받았으니까."

"우리 계약할래요? 내가 도로 나오고 아저씨한테 연락해서 같이 들어가고. 아빠가 준 돈은 반반씩 먹고."

"다시 의뢰가 들어오면 또 난 널 찾을 수 있는데 뭐하러 반이나 떼 주냐?"

"그렇게 혼자 다 먹으려다 위암 걸려요. 우리 큰삼촌이 동남아시아 사람들한테 일시키고 돈 안 줘서 위암 걸렸거든요. 우리, 햄버거 먹고 갈래요? 나, 배고픈데."

"너랑 나는 우리가 아니야."

"그럼요?"

"너와 나지. 배고픈 건 집에 가서 해결해."

"집 나와서 잡혀 들어온 주제에 먹을 것 좀 달랄 수 있겠어요? 그것도 새엄마한테. 아저씨 같으면?"

하철도 출출했다. 출소하면 먹고 싶은 목록 중 하나가 불고기버거였다.

고속도로를 타기 전에 자동차를 꺾었다. 두 사람이 롯데리아로 들어갔다. 윤아가 햄버거를 가져왔다. 하철은 자리에 앉은 채 윤아를 시선에서 놓지 않았다.

"넌 왜 집을 나오는 건데?"

"아저씨는 처음부터 말랐었죠? 옛날에 뚱뚱했다가 살을 뺀 게 아니죠? 살이 왜 찌는지 이해하지 못하잖아요. 그런 거예요. 말해도 모르는 사람은 모르는 거."

"청소년들이 가출하는 이유는 세 가지야. 집에서 폭력에 시달리거나 엄격한 질서가 싫어서. 또 하나는 관심 받고 싶어서. 가족이 날 찾아주길 바라는 거지."

"세번째는요?"

"두 가지로 하자."

"적어도 두번째는 아니네요."

"첫번째보다 두번째 이유가 더 많아."

세번째는 여자아이일 경우 근친으로부터 성적인 추행이나 폭행을 당해서 가출하는 경우다.

"너도 팸에 있었냐?"

"그렇다고 치죠."

"넓은 집 놔두고 쪽방에서 몇 명이 뒹굴면서 원숭이들처럼, 왜 그러는 건데?"

"인간은 원래 원숭이에서 진화했으니까. 과거 회귀 같은 거죠."

하철은 햄버거를 다 먹고 냅킨으로 손을 닦았다.

"화장실 좀 갔다 올게요. 내 거 먹지 마세요."

윤아가 햄버거를 반쯤 먹다 두고 '우' 기호를 따라 3층으로 갔다. 2층은 남자 화장실이었다. 하철이 매장 안을 둘러보았다. 햄버거 먹는 모습을 보니 윤아는 별로 배가 고픈 것 같지 않았다.

윤아는 화장실에 들어오자마자 창문을 열었다. 롯데리아에 들어오기 전에 얼핏 보니 옆 건물과 바싹 붙어 있었다. 그때 한 줄기 빛이 머릿속을 황금색으로 환히 비췄다. 창문이 작았다. 윤아는 언젠가 텔레비전에서 보았던 요기 다니엘처럼 최대한 몸을 압축해서 꾸역꾸역 창문에다 밀어 넣었다. 어릴 때 친엄마의 성화로 발레를 배웠던 게 처음으로 실생활에 도움이 되었다. 5킬로그램만 살이 쪘어도 불가능하지 않았을까. 집 나오기 전에 5킬로그램 다이어트에 성공했다. 다이어트가 관세음보살이다.

롯데리아 건물과 바싹 붙어 있는 옆 건물 사이로 발을 뻗었다. 화장실 맞은편은 식당 주방이었다. 주방에서 설거지를 하던 아주머니가 윤아를 보고 도대체 무슨 일이냐고 꾸짖었다. 좀 도와달라고 하자 그제야 손을 뻗어 윤아를 잡았다. 아줌마의 지청구를 뒤로하고 식당을 빠져나와 아래층으로 내려왔다. 운이 좋았다. 화장실 창문이 작거나 옆 건물이 벽돌뿐이라 건너지 못했을 수도 있었다. 이건 분명 새엄마가 믿는 예수님 말고 돌아가신 친엄마가 믿었던 부처님이 도운 것이다. 윤아가 건물 뒤편 출입구로 갔다. 통쾌했다. 다시는 수원에 얼씬도 하지 않을 것이다. 앞으로 가면 아빠 심부름꾼한테 들킬지도 모른다. 건물 뒤편으로 나오자 주차장이 있었다.

"아! 짜증."

하철이 윤아의 팔을 잡았다.

"그만 가자."

고속도로를 달리는 내내 두 사람 사이의 냉랭한 기운이 돌
았다.

부동산 앞에 페이톤이 주차해 있었다. 윤아를 보자 윤아 아
빠가 자기 성질을 이기지 못하고 따귀를 때렸다. 하철이 고개를
돌렸다. 구석으로부터 차가운 기운이 느껴졌다. 현심이 차가운
금속처럼 앉아 있었다. 하철이 밖으로 나왔다. 윤아 아빠가 데
려온 덩치가 윤아를 데리고 나왔다. 윤아 아빠는 안에서 방 사
장과 이야기를 했다. 자동차에 타던 윤아와 하철의 눈이 마주쳤
다. 방금 전 찢어발길 것 같은 눈빛은 온데간데없고 슬픔이 어
렸다. 하철은 어수선한 틈을 타서 부동산을 빠져나왔다.

방 사장이 만나자고 해서 커피숍으로 갔다.

"돼지소녀 찾는 거, 정말 안 할 거야?"

"안 한다니까."

"한번 안 한다면 안 하는 놈이니까, 뭐. 근데 뭐 먹고사냐?"

"정 안 되면 서울역에 취직하지, 뭐."

"서울역? 무슨 일인데?"

"노숙자."

"내가 하던 건데, 너가 할래?"

방 사장이 늘 휴대폰을 들여다보고 있던 건 GPS를 확인하기
위해서였다. GPS를 경찰 순찰차에 장착했다. 순찰차가 룸살롱
지역으로 가까이 가면 룸살롱에다 신속하게 연락을 하는 것이

다. 단속 정보를 주고 건당 5만 원씩 받는다. 연락을 해주는 룸 살롱이 30여 군데다. 한 번 단속 정보를 돌리면 150만 원이다. 앞으로 더 뚫을 예정이란다.

"단속 정보만 한 번 돌리고 50, 어때?"

"얼리어답터네? 이런 신종 사업도 다 하시고. 근데 이 일은 찜찜해."

"빵에서 나온 지 얼마 안 돼서?"

"그것도 있고. 그냥, 당분간 좀 쉴래요."

"영등포역이 서울역보다는 따뜻할걸."

4

윤아 이후에 일이 없었다. 하철은 꼬박 한 달이나 집에서 쉬었다. 감옥에 가기 전에 통장을 깨끗이 비웠다. 방 사장을 찾아가 GPS로 경찰의 룸살롱 단속 정보를 알려주는 일을 하겠다고 했지만 그런 비슷한 일을 하는 사람이 들통 나서 뉴스에 나온 후 더 이상 그 일을 하지 않는다고 했다.

하철은 텔레비전에 빠져 지냈다. 패션디자이너가 되는 것부터 기존 가수가 오페라를 부르는 것까지 오디션이 넘쳐났다. 경쟁에 지친 사람들이 집에서 편안하게 맥주를 마시며 남의 치열한 경쟁을 관조적으로 즐기는 게 유행이었다. 로마 원형경기장에서 검투사들의 죽음을 즐기던 것에서 진화한 걸까.

다른 일을 새로 시작하기도 어렵다. 하루가 이렇게 긴데, 언제 그 많은 세월이 흘렀을까. 방 사장 말대로 이제 흥신소도 기업화돼서 영세 업체한테는 의뢰가 많지 않다. 프랜차이즈 흥신소도 생겨났다. 방 사장은 부동산이 잘되는지 흥신소 일에 별로 열정을 보이지 않았다. 다시 고시텔로 들어가야 하나. 원룸을 빼면 돈이 생기니 그걸 다 까먹을 때까지 강원랜드에 가거나 놀고먹을지도 모른다. 감옥 가기 전까지는 앞뒤 재지 않고 수중에 있는 돈을 다 써야 직성이 풀렸다. 평생 사람 찾는 일을 하고 살 수는 없다. 부동산처럼 플랜B를 준비해야 한다. 일단 돈을 모아서 복권가게라도 하나 인수하면 좋을 것이다. 꿈을 좇는 사람들한테 허황된 꿈을 파는 것도 재미있을 것 같다. 그런 상상조차 땡전 한 푼 없는 지금으로선 허황된 것이지만.

윤아를 찾은 대가를 받자마자 고시텔에서 나와 도시형주택으로 옮겼다. 침대 하나에 조그만 책상 하나, 월세가 40만 원이다. 새로 지은 건물이고 하철이 세번째로 입주했다. 아직 본드 냄새가 났다. 수시로 창문을 열어놓았다. 평수는 여섯 평이라고 했지만 계단 빼고 어쩌고 하면 실제로 방 안에서 체조도 하지 못할 만큼 좁았다. 감옥보다 시설이 좋고 간섭하는 사람이 없지만 도시형주택은 도시인의 감옥이다. 하철은 출소 후 경제적 감옥에도 갇혀버렸다.

윤아의 마지막 얼굴이 자꾸 떠올랐다. 뭐가 그렇게 슬펐을까. 부자 아빠가 있는데 그깟 친엄마쯤 없으면 어떻다고. 친엄마가 있다고 행복한 것만도 아닌데. 오히려 없느니만 못할 수도 있는

데. 페이톤에 타던 윤아의 슬픔이 돼지소녀를 찾아달라는 현심의 금속성에 겹쳐졌다. 차가움과 뜨거움이 화학반응을 일으켜 잠자리를 불편하게 했다. 잠을 자다가도 문득 윤아의 슬픔이 느껴졌다. 곧바로 현심의 금속성이 잠결을 차갑게 깨웠다. 앞으로 어떻게 살아야 할지에 대한 막막함도 잠자리를 괴롭혔다. 윤아의 얼굴과 돼지소녀의 얼굴이 자꾸만 겹쳐졌다. 돼지소녀가 지금은 윤아보다 나이가 많다. 돼지소녀가 살아서 부모님과 함께 있다고 해도 윤아처럼 예쁘게 자랐을 가능성은 없다. 두 소녀가 겹쳐질 아무런 이유가 아무리 생각해도 없었다. 부잣집 딸과 가난한 집의 소녀. 스스로 집을 나간 여고생과 오고 싶어도 집에 오지 못하는 소녀. 살아 있는 소녀와 죽었을 소녀.

자꾸, 겹쳤다.

*

떡볶이로 점심을 때우고 있는데 모르는 번호로 전화가 왔다.

"오하철, 출옥했냐? 나 기억나지? 정선의 금도끼."

정선과 하철의 인연은 강원랜드밖에 없었다.

"어디 짱박혀 있냐? 조만간 간다. 인천 어디라던데? 히히히."

카지노 근처에 있는 봉고차에서 각서를 쓰며 지장을 찍고 돈을 빌렸던 적이 있었다. 감옥에 가기 일주일 전쯤이었다. 감옥에 갔다가 깨끗이 잊었던 일이다. 하철의 기억에서만 사라졌던 일이다. 귀찮아서 아직 전입신고를 하지 않는데 일단 보류하는 게 좋겠다.

"내가 찾아갈 때까지 살아 있어야 해."

"얼만데? 명세표 읊어봐."

"어린놈이 건방지게시리. 쯧, 좋아. 원래 빚은 앉아서 주고 서서 받는 거니까. 원금 5백에 이자가 350, 전화번호 추적 값 150, 합이 천. 집 주소까지 찾으면 1200이야. 지금 자진 납세하면 9백에 퉁쳐주지."

"올 거 없어. 내가 갈 테니까 그때까지 연락하지 마라."

하철이 전화를 끊었다. 험상궂게 생겼지만 금도끼는 별로 강한 놈은 아니다. 7백쯤에 쇼부 칠 수 있을 것이다. 7백이 있어야 말이지. 금도끼 번호를 스팸으로 등록했다.

화들짝, 수면놀라움에 깼다. 꿈속에 또다시 '슬픔'이 등장했다. 정확한 형체와 스토리는 기억나지 않는데 붉은 스웨터 같은 색감이 뜨거운 물에 젖은 느낌이었다. 잠에서 빠져나온 하철의 몸도 땀에 젖었다. 입에 문 담배가 꿈결 속 느낌을 쫓았다. 니코틴이 심장을 둔하게 하고 뇌를 무디게 했다. 꿈결 조각이 연기로 분해되었다.

서류봉투를 꺼냈다. 아직 돼지소녀 이모한테 돌려주지 않았다. 자료들을 가지고 있어서 꿈자리가 사나운 건지도 모른다. 복사된 자료를 꺼내 대충 읽었다. 가장 큰 문제는 시간이 너무 흘렀다는 것이다. 얼마 후면 납치범의 공소시효도 끝난다. 그전에 사건을 의뢰한 것이리라.

하철이 아침에 일어나 운동을 시작했다. 공원을 다섯 바퀴쯤 돌면 땀과 생각이 배출되었다. 벤치에 앉아 오전 풍경을 둘러보았다. 대부분 중년의 아줌마 아저씨들이 공원을 산책했다. 간혹 영어학원 강사로 보이는 외국인이 눈에 띄었다. 집도 절도 없어 보이는 중늙은이들이 구석구석에서 소주를 깠다. 적어도 반년은 세탁도 세수도 안 한 것 같았다. 표정엔 절망이 보이지 않았다. 지금 이 시간 세상 모든 스트레스를 어깨에 짊어지고 사는 또래의 남자들보다는 불행해 보이지 않았다. 결국 마찬가지인 걸까.

하철이 벤치에서 담배를 한 대 피우며 맞은편에 앉아 있는 두 명의 남자들을 보았다. 남자들 위로 푯말이 있었다. 12월 1일부터 공원에서 흡연을 금지한다는 것이었다. 종이컵에다 소주를 주거니 받거니 하는 남자들 앞으로 한 사람이 등장해서 하철의 시야를 가렸다.

"여긴 어떻게 알았어요? 부동산에서 가르쳐줬어요?"

현심이 고개를 저었다.

"어떻게 알았냐고요!"

"죄송해요."

하철이 담배를 피우는 동안 현심은 입술을 앙다물었다.

"부동산 사장님한테 다른 사람이라도 구해달라고 했더니 이 일을 할 사람은 그쪽밖에 없다고 해서 왔어요. 오하철 씨만 할 수 있는 일이면 오하철 씨가 해야 되는 게 의무 아닌가요?"

장초가 꽁초가 될 즈음 하철은 앞에 남자들의 표정을 다시 보았다. 웃음이 배어 있었다. 절망에 익숙한 웃음일지도 모른다.

한때는 누구보다 커다란 꿈을 키우고 단란한 가정을 꾸리려 노력했을 것이다. 어느 순간 자신의 의지건 타인의 침범이건 모든 걸 송두리째 상실했을 것이다. 누군가처럼.

"찾아주세요, 우리 혜실이. 얼마나 무섭겠어요."

5

"비용을 3천으로 하기에는 너무 위험한 일이라서. 5천으로 올렸으면 합니다."

현심의 표정이 굳었다. 동생한테 물어본다면서 자리에서 일어났다. 10분쯤 통화하더니 다시 자리로 와서 앉았다.

"납치범이 누군지 밝혀내면 4천 준대요. 그리고 우리 혜실이까지 찾아주면 5천."

하철이 괜히 수첩을 들여다보았다.

"좋습니다. 착수금으로 5백을 먼저 주세요. 착수금은 4천에 포함됩니다."

현심의 얼굴에 그림자가 드리웠다.

"살아 있으면 5천이잖아요."

"아…… 네, 그……게, 항상 최소 금액을 상정하고 일을 하기 때문에."

하철이 헛기침을 했다.

"서류를 보다 보니까 이상하던데, 혹시 목격자들은 아는 사람들인가요?"

"언니가 알 수도 있겠죠."

현심의 말투가 차가웠다.

"아무리 뒤져봐도 목격자 인터뷰가 없더라고요. 언니분한테 물어봐주세요."

"예."

"일단 저는 돼지소녀랑 같은 반 친구들을 만나보겠습니다."

"남자분이라 이런 거 안 믿을 텐데. 용하다는 점쟁이들을 다 찾아다녔어요. 혜실이 사진도 보여주고 사주도 알려줬더니 하나같이 살아 있대요. 타고난 명이 짧지 않대요. 최소한 환갑은 넘긴다고."

하철의 외삼촌은 손금을 잘 보는 사람이었다. 아버지의 손금을 본 외삼촌은 생명선이 길다고 했다. 아버지는 마흔을 넘기지 못했다.

*

장미가 캠퍼스를 빨갛게 물들였다. 하철이 캠퍼스 안에 있는 KFC로 들어갔다.

"다음 주가 기말고사라 좀 바쁘거든요."

하철이 자리에 앉자 채진아가 새침하게 말했다. 약속 시간보다 20분 늦었다. 다른 동창생들이 채진아와 돼지소녀가 단짝이었다고 말했다. 채진아와 이런저런 이야기를 했지만 언론이 말해준 것 이상 특별한 건 없었다. 10년 전에 실종된 친구에 대한 회상이라기보다 10년 전에 인상 깊게 보았던 영화를 이야기하는 것 같았다.

KFC를 나와서 채진아는 도서관 쪽으로 가고 하철은 정문을 향해 걸었다. 단짝이었던 친구를 만나면 실마리 하나가 풀릴 줄 알았다. 시작부터 만만찮다. 하철이 뒤돌아보자 미니스커트를 입은 채진아가 멀어졌다. 돼지소녀도 부모 곁에 있었다면 캠퍼스에서 경쟁적으로 짧은 치마를 입고 기말고사를 준비하고 있었을 것이다. 주머니에서 진동이 울렸다.

"한 가지 좀 이상한 게 있어요."

채진아가 도서관 정문에 서서 하철을 바라보고 있었다.

"뭐가?"

"아까 아저씨가 말했잖아요. 혜실이가 구름다리에서 어떤 아줌마한테 납치당했다고. 그런데…… 저랑 혜실이랑 가끔 효자탑 근처로 앵두를 따러 갔었거든요. 효자탑으로 가려면 구름다리를 건너는 게 빨랐어요. 혜실이가 절대 구름다리 쪽으로 가지 않는다고 해서 할 수 없이 삥 돌아서 옥수수밭 쪽으로 갔거든요."

"왜?"

"구름다리에서 떨어져 죽은 할아버지가 있었어요. 혜실이 옆집 할머니가 그 할아버지 귀신을 봤다고 절대 구름다리로는 안 갔어요. 그래서 다른 애들하고 갈 때는 당연히 가까운 구름다리로 갔는데 혜실이가 끼면 옥수수밭 쪽으로 돌아갔어요. 혜실이는 겁은 많고 고집은 셌거든요."

"애초 구름다리로 갔을 리가 없다?"

"절대로……."

채진아가 도서관으로 들어갔다. 하철이 벤치에 앉았다. 햇볕이 강하게 내렸다.

목격자의 증언은 돼지소녀가 실종되고 일주일 후에 나왔다. 경찰은 미리 목격자들의 증언을 입수했지만 공개수사를 하는 게 위험하다고 판단해서 발표를 늦췄다고 했다. 과연 그럴까? 납치사건은 대부분 하루나 이틀 만에 납치된 아이가 숨지기 마련이다. 무엇보다 촌각을 다투는 일이다. 경찰이 일주일이나 목격자의 증언을 발표하지 않고 있었다는 게 수상하다.

하철이 집에 돌아오자마자 침대에 누웠다. 스르르 잠이 들었다가 옆집 사람이 들어오는 소리에 깼다. 돼지소녀가 실종되자마자 목격자는 나왔을 것이다. 그들 스스로 경찰에 신고했거나 경찰이 수사 과정에서 찾아냈을 것이다. 일주일의 시간은 뭘 의미할까. 만들어진 목격자들일 수도 있지 않을까. 수사의 방향이 미궁에 빠지니까 경찰이 언론의 관심을 돌리기 위해 조작한 게 아닐까. 목격자의 신원도 철저히 숨겨졌다. 당시 언론은 원색적으로 경찰을 질타했다. 경찰 입장에서는 언론과 여론에 압박을 느꼈을 것이다. 숨을 돌리려 목격자들을 만들었을까. 조작이라면 목격자들을 통해서 알아낼 수 있는 건 없다. 허수아비에 불과할 테니까. 목격자들은 돼지소녀가 구름다리를 무서워했다는 걸 몰랐을 것이다. 돼지소녀의 아빠는 정말로 딸을 만났을

까. 안젤라 신드롬이라면 실종사건 이후 돼지소녀를 본 사람은
아무도 없는 게 된다. 하나 마나 한 일을 하고 있는 게 아닐까.

6

현심이 강평읍 사람들을 만나 목격자에 대해 물었지만 아는
사람은 없었다.

현심은 바삐 강평을 빠져나왔다. 더 이상 그곳에 있고 싶지
않았다. 혜실이 실종된 곳이다. 먹고살기 바쁘긴 했지만 조카를
찾으려고 별 노력을 하지 않았던 게 못내 미안했다. 처음엔 나
라에서 찾아줄 거라 믿었고 나중엔 죽었다고 생각했다. 형부가
정신병원에 갔을 때 마음이 아팠을 뿐 혜실이를 만났다는 말이
사실일 거라고 여기지 않았다. 형부가 식물인간인 언니 곁에서
혜실을 만나고 왔다고 말해주었다. 언니는 누워 있는 동안 형부
가 혜실에 대해서 했던 말을 기억했다. 형부는 안젤라 신드롬을
앓고 있었다. 언니는 형부의 말을 철석같이 믿고 있다. 형부가
거짓말을 할 사람이 아니라면서. 형부가 거짓말을 하는 사람은
아니다. 병이 거짓말을 할 뿐. 언니는 믿지 않고 견딜 수 없을 것
이다. 현심도 혜실이 살아 있다고 믿기로 했다. 그건 혜실에 대
한 예의다. 조카를 쉽게 단념한 10년에 대한 반성이다. 진실은
그 다음이다.

현심이 송천경찰서로 가서 한 계장을 만났다.

"혜실이 실종됐을 때 목격자가 세 명 있었다는데, 그게 누군지 알았으면 좋겠어요."

"목격자요?"

"어려운 부탁일까요?"

"알아보긴 하겠지만 알아내지 못할 수도 있어요."

"납치된 아이들이 이틀 안에 거의 죽는다는데 사실인가요?"

"통계라는 게 꼭 믿을 수 있는 건 아니니까요. 물가가 3퍼센트 올랐다고 하지만 실제 체감하는 건 30퍼센트가 오른 거 같잖아요. 실업률이 5퍼센트라는 걸 누가 믿겠어요? 주변에 보면 50퍼센트는 실업잔데."

현심이 오랜만에 웃었다.

*

현심이 하철을 병원으로 불렀다. 한 계장한테 받은 목격자의 이름과 주소를 하철에게 주었다. 하철은 은심의 말을 알아들을 수 없었다. 현심이 중간에서 통역했다.

"목격자는 아는 분들입니까?"

은심은 모르는 사람들이었다.

"혜실이 아빠가 정말로 정신병이라고 생각하시냐고 묻는데요?"

"저야, 모르죠. 의사가 그렇게 말했으니까."

"의사는 혜실이 고모가 정신병이라 집안에 정신병력이 있다고 했는데, 그게 말이 안 된대요. 혜실이 고모가 정신이상이 된 건 결혼하고 나서 남편한테 맞다가 쓰러지면서 머리를 다쳤기 때문이거든요. 정신병 가족력은 없어요."

"알겠습니다. 나중에 의사도 좀 조사해볼게요."

하철이 주머니 속에 있는 담배를 만지작거렸다. 병실에서 나는 약 냄새가 역했다.

"혜실이 살아 있다는 말, 안 믿으시죠?"

"솔직히 잘 모르겠습니다."

"아이 없죠?"

"네."

"아이가 있으면 알게 된대요. 자기 아이가 살아 있는지 죽었는지. 그래서 가진 거 전부 주는 거래요. 혜실이가 오면 함께 살려고 집을 안 팔려고 했는데, 팔기로 했대요. 어제도 제가 집 보러 온 사람이 있어서 갔다 왔거든요. 혜실이만 돌아오면 어디에 살든 상관없대요. 집이야 없으면 어떠냐고."

"전 일단 목격자들을 만나보겠습니다."

병원 후문에 마련된 항아리 주변에서 사람들이 담배를 피웠다. 돼지소녀의 나이쯤으로 보이는 여자도 하나 끼어 있었다. 여자는 주변에서 담배를 피우며 자신을 힐끗거리는 남자들의 곱지 않은 시선을 애써 느끼지 못하는 척하며 담배를 피웠다. 하철도 담배를 깊게 빨았다. 10년 전에 실종된 딸이 살아 있는지 육감으로 확신하는 게 가족이다. 인간은 자기가 믿고 싶은 것만 믿는, 믿지 못할 존재다. 그중 가장 심각한 색맹이 바로 가족이다. 하철의 경험으론 가장 믿지 못할 사람들이다.

*

방 사장의 중고 자동차를 빌려 송천으로 내려갔다. 성당 앞
공터에 차를 세우고 배미자의 집으로 들어갔다. 꼬마가 하철을
말똥말똥 쳐다보았다.

"배미자는 우리 할머닌데요?"

"할머니 어디 가셨니?"

"비닐하우스."

꼬마가 비닐하우스 위치를 정확하게 말해준 덕에 하철은 배
미자를 쉽게 찾았다.

"누구라고?"

배미자는 소리부터 질렀다.

"돼지소녀! 뭔 돼지 같은 소리야!"

하철이 다시 차분하게 설명했다.

"파출소에 달려가서 사실대로 다 말했는데, 이제 와서 또 뭔
소리를 씨부려!"

동네 아저씨가 비닐하우스 안으로 얼굴을 내밀었다. 배미자
가 별거 아니라고 아저씨를 내보냈다. 실실 웃던 아저씨가 비닐
하우스를 나갔다. 하철이 명함을 건넸다. 배미자가 초점을 맞추
려 명함을 멀리 빼서 보았다.

"국정원?"

"옛날에 김종필이 만들었던 중앙정보부. 전두환이 간판 바꿔 달고 안기부. 아시죠? 사람 데려다 고문하고 죽으면 그만이었 던 데."

"지금이 어떤 세상인데. 그래서?"

배미자의 목소리가 작아졌다.

"세상이 그렇게 쉽게 바뀔 것 같아요? 그때 증언했던 게 거짓 말이었으면 아줌마, 잡혀가요. 알아요?"

"사실대로 말했어. 내가 왜 잡혀가?"

"사실대로 말했어요? 정말로? 시키는 대로 말한 게 아니고!"

배미자가 명함을 구겼다. '국정원 정보과장 김윤식'. 하철이 나이 드신 분들한테 종종 사용하는 명함이다.

"마음대로 해보라지. 나는 하늘을 우러러 부끄러울 게 없으 니까."

"돼지소녀 엄마한테도 그렇게 말할 수 있어요?"

하철이 비닐하우스를 나왔다. 버려진 명함은 챙겼다.

배미자에게 무언가 있다. 근처를 지나던 동네 사람이 무슨 일 이 났는지 비닐하우스를 들여다본 건 배미자의 태도가 평소 모 습이 아니기 때문이리라. 목격자들은 이 사람 저 사람 찾아오게 되면 귀찮아서 성격에 따라 신경질적인 반응을 보일 수 있다. 배미자는 그동안 언론과 인터뷰를 하지 않았다. 과민반응은 자 신을 보호하려는 것이다. 숨기는 사람에게 털어놓게 하는 방법 은 하나밖에 없다. 귀찮게 하는 것이다. 하철은 송천에 자주 와 야 할 것 같은 귀찮은 예감이 들었다.

하철이 자동차를 세월교에 세웠다. 영복이 딸을 보여준 남자를 만났다는 곳이다. 인적이 드물었다. 이곳에서 어떤 일이 일어났는지 짐작조차 할 수 없을 만큼, 평화로웠다.

구름다리로 갔다. 또 다른 목격자, 여영순은 3년 전에 죽었다. 마지막 목격자 김동수가 남아 있었다. 그는 대관령을 넘어 영서 지방으로 멀리 이사 갔다. 강원도 경계는 넘어가지 않았다. 내일 아침에 찾아갈 것이다. 신문에 난 사진에서 본 구름다리는 나무였는데 지금은 주황색 철제로 실팍하게 개조했다. 나무로 만든 것보다야 멋은 떨어졌지만 확실히 안전할 것이다.

'중년 여자'를 찾기 위한 경찰의 노력은 미미했다. 당시 언론에도 중년 여자를 찾으려는 경찰의 부족한 추적을 질타하는 기사가 부족했다. 언론도 놓치고 있었던 것이리라. 전 국민의 관심사였는데 어떻게 그렇게 허술할 수가 있었을까. 경찰이 중년 여자의 몽타주를 배포하고 용의자들을 잡아들였다. 겨우 열네 명이었다. 용의자들은 모두 알리바이가 있었다. 우리는 지금 목재다리를 철거하고 철제다리로 가고 있는 걸까. 어린아이가 갑자기 실종되고 경찰이 총동원됐지만 아이를 찾지 못하고 허둥대기만 하던 사회에서 조금이라도 나아졌을까. 같은 반 단짝조차 실종된 친구를 앨범 속에 간직하고 잘 꺼내 보지도 않으며 살고 있다. 돼지소녀와 아무 관련이 없는 사람들은 케이블TV에서 방영하는 〈한국의 미스터리〉 시리즈 정도의 흥밋거리일 뿐이다.

새벽 3시쯤 모텔 옆 노래방도 휴식에 들어갔고 하철도 잠을 이룰 수 있었다. 일어나자마자 김동수네 집으로 갔다. 김동수는 간암으로 입원 중이라고 했다.

"누구시죠?"

"강평에서 보일러 출장수리 일 하실 때 같이 일하던 사람입니다. 그냥 오랜만에 뵙고 싶어서 찾아왔는데. 병원은 어디죠?"

"아버님 상태가 별로 좋지 않으신데……."

"그냥 얼굴만 보고 가더라도 꼭 한 번 뵙고 싶어서요."

하철은 김동수의 며느리가 가르쳐준 대학병원으로 갔다. 김동수의 상태는 생각보다 심각했다. 부인이 자리를 지키고 있었다. 김동수는 항암 치료에 지쳐 제대로 의사소통이 되지 않았다. 덕분에 보일러 수리공 시절의 지인이라는 거짓말이 들통 나지 않았다. 의사소통이 됐다면 국정원 정보과장으로 신분을 위장하고 사실을 캤을 것이다. 국정원 정보과장이 배미자한테 먹히지 않았을지도 모른다. 명함이야 얼마든지 위장할 수 있다는 걸 알기 때문에 이제 노인들도 무조건 믿지 않는다. 이 일을 시작할 때만 해도 노인들에게 명함을 주면 덮어놓고 믿었다. 점점 사람들은 의심이 많아지고 사람들을 속이려면 정교해져야 한다. 돼지소녀 실종사건 뒤에 어떤 음모가 있었다면 당시엔 어설 펐을 것이다.

다음에 다시 오겠다고 하고 병실을 나왔다. 병원 로비로 나와 1층에 있는 매점에 담배를 사러 들어갔다. 매점 주인은 외제 담배를 팔지 않는다고 결연하게 말했다. 맛이 없는 국산 담배를 사서 매점을 나오는데 낯익은 뒷모습이 보였다. 뒷모습이 모퉁이를 돌았다. 하철이 뒷모습을 쫓았다. 뒷모습과 거리를 두었다. 계단 쪽을 지나면서 두 사람 사이에 간호사가 끼어들어 걸었다. 뒷모습은 뒤를 돌아보지 않았다. 뒷모습이 엘리베이터로 갔다. 엘리베이터 문에 반사된 앞모습이 왜곡돼서 보였다.

배미자가 여긴 웬일일까. 하철은 엘리베이터를 타지 않고 F층으로 뛰어 올라갔다. 배미자가 412호실로 들어갔다. 김동수의 병실. 하철이 복도 창문에 섰다. 병원 주차장이 한눈에 들어왔다. 주차장에 간혹 자동차가 드나들었다. 하철의 입가에 냉소가 돌았다. 목격자들끼리 커넥션이 있다. 생각보다 목격자들의 정체가 심각할 수도 있겠다.

배미자가 412호실을 나와 엘리베이터 앞에 섰다. 배미자가 엘리베이터에 타자 하철도 따라 탔다. 거울을 통해 하철과 배미자가 서로의 얼굴을 보았다. 하철이 비웃었다. 배미자는 경련이 올 정도로 입술을 꼭 다물었다.

"이를 너무 악다무시면 치아에 안 좋아요. 임플란트는 비싸고 치아는 보험도 안 되는데."

배미자가 시선을 회피했다. 1층에서 두 사람이 내렸다. 배미자는 성큼성큼 병원 정문 앞 버스정류장으로 갔다. 버스가 도착했고 하철도 뒤따라 탔다. 배미자가 운전석 바로 뒤에 앉았고 하철은 맨 뒤에 앉았다. 배미자가 창밖을 보고 있었다. 배미자가 시외버스 터미널에서 내리자 하철이 다가갔다.

"이제 말씀해주시죠? 더 숨기지 말고."

"뭘 숨겨……."

"어린애가 죽었을지도 모르잖아!"

배미자가 걸음을 멈추고 하철을 돌아보았다.

"김동수한테는 왜 왔어요?"

"내 발로 어딜 가든⋯⋯."

"그 어디가 왜 여기냐고!"

두 사람의 눈빛이 부딪쳤다.

"누가 시켰어요?"

그 후 배미자는 아무 말도 하지 않았다.

7

하철이 다시 강평으로 향했다. 비닐하우스에는 배미자가 없었다. 안방에서 배미자는 천장만 올려다보며 반송장처럼 누워 있었다. 하철이 옆에 앉았다.

"내가 포기할 거 같아요?"

현관문 소리가 났다. 하철이 밖으로 나갔다. 배미자의 아들이 퇴근하는 길이었다.

"강원도 과수협회에서 나온 방성찬이라고 합니다."

방성찬은 방 사장의 이름이다.

"어쩐 일로?"

"풍수해 보험에 대해서도 설명을 드리려고 왔는데 무슨 일이 있었습니까?"

배미자의 아들이 명함을 건넸다. '우정 골프연습장 박정식'.

"커피라도 한 잔 드릴까요?"

"주시면 고맙죠."

아들에 따르면 배미자가 그저께 집에 들어오지 않았다. 걱정하지 말라는 한 통의 전화만 있었다. 경찰서에 절대로 신고하지 말라면서. 하철이 왔던 게 사흘 전이고 그저께는 배미자를 대학병원에서 만났던 날이다. 배미자가 어젯밤 늦게 집에 와서는 부들부들 떨기만 했다. 어디에 갔었는지 누구를 만나고 왔는지 한마디도 하지 않았다. 병원 응급실에 갔지만 의사는 쇼크를 먹은 것 같다며 진정제를 놔주고 안정을 취하라고 했다.

"며칠 더 있다가 와야 되겠네요."

"인천에서 오셨죠?"

"예?"

"밖에 차 번호가 인천이던데."

아뿔싸!

방 사장은 왜 아직 자동차 번호판을 전국 번호판으로 바꾸지 않았을까. 강원도 과수협회에서 나온 사람이 인천 지역 자동차를 몰고 올 리가 없지 않나. 어떡해야 할까. 왜 인천 번호판 자동차를 타고 왔냐고 추궁하면 어떡할까. 과수협회 명함이라도 달라고 하면. 명함이야 다 떨어졌다고 둘러댈 수 있겠지만 자동차는 어떻게 빠져나갈까.

"저도 인천에서 살다가 얼마 전에 왔어요."

"그, 그러세요?"

"동인천에 있었는데, 거기 짠내가 진동을 하죠."

"뭐, 바다니까요."

"여기도 바다가 가깝지만 냄새가 좀 달라요."

"왜 다시 오셨어요?"

"객지 생활이 다 그렇죠."

하철이 집 밖으로 나왔다. 도대체 뒤에 무엇이 숨어 있는 걸까. 하철이 배미자를 찾아왔다는 것과 찾아온 이유를 '누군가' 알고 있다는 말이다. 하철은 '누군가'의 숨소리가 느껴지는 것 같아 등골이 서늘했다. '누군가'가 김동수도 찾아갔을 것이다.

하철이 대학병원으로 차를 몰았다.

벌써 10년 전 일인데 왜 아직도 배미자를 감시하는 걸까. 10년 내내 일거수일투족을 지켜볼 수는 없다. 사전에 약속이 되었던 건 아닐까. 배미자가 '누군가'에게 연락을 하고 어디 모텔에서 하루 쉬다가 집에 돌아와서는 멍하니 며칠간 누워서 내가 다시 찾아올 것을 대비해 연극을 하고 있었던 걸 수도 있다. '누군가'는 돼지소녀를 목격했다고 증언을 조작한 사람일 것이다. 배미자의 아들은 아무것도 모르고 있었다. 속임수는 보통 가족을 통해서 알려지게 마련이다. 가족까지 속여야 모두를 속일 수 있다. 배미자는 아들을 보호하기 위해서 10년 전부터 아무 말도 하지 않았을 것이다. 강원 과수협회에서 나온 사람이 인천 번호판 자동차를 타고 와도 별 의심이 없는, 어눌한 아들이다. 도시의 영악함에 적응하지 못하고 낙향할 수밖에 없는 사람이다.

하철이 김동수의 병실로 갔다. 김동수가 침대에 없었다. 김동수를 돌보던 그의 부인도 보이지 않았다. 간호사가 웃으며 통화를 하고 있었다.

"412호실 김동수 씨는 퇴원했습니까?"

"김동수 환자분은 어저께 돌아가셨는데?"

"아니, 왜, 왜요?"

"간암 말기셨거든요."

간호사는 차트를 정리하며 아무 일도 아니라는 듯 태연했다.

"간암 말기라고 다 죽는 건 아니잖아요?"

"다 사는 것도 아니에요."

"왜 하필 어저께 죽었냐고요?"

간호사가 호출을 받고 자리를 떠났다. 하철은 입이 탔다. 복도 중간에 있는 휴게실로 갔다. 자판기에 생수가 없었다. 사이다를 뽑아 단숨에 마셔버렸다.

대학병원 지하에 있는 장례식장으로 갔다. 김동수의 이름이 있었다. 김동수의 아들들과 맞절을 했다.

"잠깐 밖에서 얘기 좀 할 수 있을까요?"

김동수의 큰아들과 하철이 장례식장 입구로 나왔다.

"무슨 일이시죠?"

"아버님이 돼지소녀 실종사건의 목격자인 건 아십니까?"

"예? 돼지소녀?"

큰아들은 돼지소녀를 기억해냈다.

"우리 아버지가 목격자라고요? 전혀 몰랐는데."

"화장하실 겁니까?"

"매장할 겁니다. 선산에다."

"부검을 해보는 건 어떨까요?"

"예? 무슨 말씀을 하시는지, 왜 부검을 해요?"

"타살일 수도……."

"예? 타살이요?"

"만약에 의사가 치료를 잘못한 걸 수도 있고. 아니면……."

"아니면? 당신 누군데 이런 말을 하는 거요?"

하철이 두 손으로 머리를 벅벅 긁었다. '누군가'를 설명할 순 없었다.

"당신, 브로커야?"

"네?"

"괜히 의사 트집 잡아서 시신 부검하게 하고, 뭐 중간에 수수료 받고, 그런 사람 아니냐고!"

안에서 어린아이가 나왔다.

"큰삼촌, 아빠가 들어오시래요."

"알았어, 먼저 들어가."

김동수의 큰아들이 욕을 한 후에 안으로 들어갔다. 하철이 화단 옆에 앉았다. 부검보다 CCTV가 중요하다. 수색영장이 나와야 CCTV를 확보할 수 있을 것이다. 김동수와 생면부지인 데다 하철이 나서서 경찰한테 모든 걸 설명할 수도 없다. 공권력을 움직여야 하는 커다란 사건이지만 공권력이 출소한 지 얼마 안 된 사람에게 호의적일 리 없다.

하철이 방 사장한테 전화를 걸었다.

"할 일이 생겼어요."

"나도 할 일 많은데?"

SM5가 주차장 3층을 빙빙 돌았다. 철제로 된 실외 주차장이어서 차가 움직일 때마다 덜컹거렸다.

"3747, 어디 있냐?"

방 사장이 혼잣말을 하며 주차된 번호판을 확인했다.

"오케이."

방 사장이 멀쩡히 주차된 아반떼를 들이받았다. 범퍼만 갈면 될 정도로 속력을 맞췄다. 차에서 아반떼 앞에 적힌 번호로 전화를 걸었다.

"3747 주인이시죠?"

병원 로비에는 삼삼오오 서너 그룹이 남아 있었다. 통제실 문이 열리고 병원 로고가 찍힌 점퍼를 입은 관리인이 씩씩대며 나왔다. 하철이 로비 의자에서 일어나 통제실로 가며 심호흡을 했다. 직원이 건물 밖으로 나가는 게 보였다. 하철이 통제실로 들어갔다. 머뭇거릴수록 들키기 쉽다.

모니터 한 대에 CCTV가 여섯 개씩 화면이 분할돼 있었다. 모니터가 여덟 개다. 병원 안을 비추는 CCTV는 총 마흔여덟 개다. 병원의 규모에 비해 비교적 촘촘했다. 4층을 비추는 모니터는 19번부터 24번이다. 412호실을 가장 가까이 비추는 4번 모니터 아래 있는 컴퓨터에다 준비해 온 외장하드를 연결시켰다. 컴퓨터에 저장된 파일을 열었다. 4층을 비추는 게 맞다. 김동수가 죽은 게 13일이다. 11일부터 13일까지 사흘 치 파일을 외장하드에 드래그해서 옮기기 시작했다. 손에 땀이 뱄다.

33번 모니터엔 방 사장이 보였다. 방 사장은 하철이 보이는 듯 CCTV를 올려다보았다. 33번 모니터에 통제실 직원이 등장했다. 하철이 문에다 귀를 바싹 댔다. 다가오는 소리가 없었다.

드르륵…….

"아, 씨……."

하철이 놀랐다. 휴대폰에 방 사장의 번호로 부재 중 한 통이 떴다.

—더 버텨.

하철이 문자를 보냈다. 방 사장이 전화를 걸었다 바로 끊으면 더 버티기 힘들다는 표시고 하철이 문자를 보내면 더 버티라는 뜻이었다. 4층 말고 다른 CCTV도 확인해보는 게 도움이 될 것이다. 하철이 1번 모니터 아래 파일을 열었다. 병원 후문 CCTV다. 정문으로 들어오지는 않았을 것이다. 엘리베이터도 타지 않고 비상계단을 이용했을 것이다.

주머니 속에서 휴대폰이 진동했다.

—철수!

33번 모니터에는 이미 직원의 모습이 없었다. 하철이 다시 문에 귀를 바싹 댔다. 만약 통제실 직원이 들어온다면 그를 제압해야 하나.

동영상이 모두 옮겨졌다는 소리가 났다. 하철이 재빨리 외장하드를 제거하려 버튼을 눌렀다.

— 일반 볼륨장치가 사용 중이므로 중지할 수 없습니다. 장치를 사용하고 있는 프로그램 또는 창을 모두 닫은 후 나중에 다시 시도하십시오.

"씨발, 메이드 인 차이나."

하철이 외장하드를 그냥 빼버렸다. 저장됐겠지. 손이 떨렸다. 지금 나가면 로비에서 직원과 마주칠지도 모른다. 그때, 통제실 밖 창문이 열렸다. 하철이 반사적으로 통제실 문손잡이를 잡았다.

"나와."

방 사장이 느끼하게 웃으며 말했다. 하철이 창문을 통해 밖으로 나갔다. 창밖 잔디에서 창문을 닫자 통제실 문이 열리는 소리가 났다. 화단에 앉은 두 사람이 한숨을 내쉬었다. 창문으로 나갈 생각을 왜 못했지.

범퍼가 찌그러진 SM5를 방 사장이 운전했다.

"그 새끼 뭐라는 줄 아냐? 보험회사로 연락하셔야죠. 일하는 데 절 잡고 말씀하셔야 소용없고요. 어린놈의 새끼가 벌써부터 건방지게 대머리는 벗겨져가지고."

"10분도 못 잡고, 나 참. 조루야, 뭐야?"

"내가 롱 타임이라는 걸 너한테 증명할 수도 없고. 야, 그래도 오랜만에 함께 움직이니까 재미있지 않냐?"

"나는 출소한 지 얼마 안 됐다고."

"아까 창문 열었을 때 니 표정을 찍어놨어야 했는데. 그렇게 겁이 많은 놈이 이런 일을 어떻게 한다냐?"

방 사장이 웃음을 멈추지 못했다.

집에 오자마자 하철이 컴퓨터에 외장하드를 연결했다. 김동수가 죽은 13일 CCTV부터 확인했다. 동영상 파일은 한 시간 단위로 쪼개져 있었다. 하루 파일은 스물네 개.

없다! 13일 날 파일이 스물두 개. 오후 5시부터 7시까지 파일이 없다. 외장하드를 그냥 뽑아서 날아간 걸까. 11일과 12일 파일을 확인하자 모두 스물네 개씩 들어 있고 영상도 훼손되지 않았다.

하철이 침대에 누웠다. 팔다리가 무거웠다.

누군가 잠입해서 파일을 두 개 지웠다. 범인이 이동한 경로의 다른 CCTV 파일도 같은 시간대가 없을 것이다. 오후 6시 전후는 저녁 시간이다. 저녁을 먹으러 밖으로 나가는 환자도 있고 저녁을 배달하는 병원 관계자들도 있어 복잡할 때다. '누군가'는 과감하게 복잡한 시간대를 택했다. 웬만한 사람 같았으면 심장이 오그라들어서 새벽에 했을 것이다. 새벽은 당장 사람들한테는 들키지 않을 수도 있지만 여차하면 스포트라이트를 받을 수도 있는 시간이다. 능숙한 놈이다.

하철은 잠도 자지 못하고 침대에서 꼼짝달싹하지 못했다. 여기서 더 깊이 들어갔다가 배미자 또한 김동수 같은 꼴이 될지도 모른다. 멈춰야 한다. 그게 살아남은 모두가 사는 길이다. 많은 사람들의 피해를 감수하면서 파헤쳐야만 하는 진실이란 게

있을까. 그 진실의 결과가 돼지소녀의 죽음이라면 얼마나 허망
한가.

*

현심이 냅킨에다 코를 풀었다.
"간암 말기라고 했잖아요."
"이 경고를 알아듣지 못하면 누가 또 골로 갈지 모릅니다. 저
는 여기서 손 떼겠습니다."
"잃어버린 아이를 찾는 것보다 더 정의로운 일이 또 있을까
요?"
"정의롭지 않은 세상에선 정의로운 일치고 위험하지 않은 게
없죠."
하철이 진행비를 현심 앞에 놓고 단호하게 일어섰다. 현심은
무기력하게 자리를 뜨지 못했다.
하철이 집으로 돌아와 바로 비행기표 시간을 찾아봤다. 방 사
장한테 돈을 좀 빌려서 한동안 태국에 갔다 올 셈이었다. '누군
가' 보고 있을 것이다. 돼지소녀에서 손을 뗐다는 메시지를 전
달해야 한다. 하철이 저녁을 먹고 멍하니 뉴스를 보는데 '효순
이 미선이' 사건이 10년이 되었다는 보도가 짤막하게 나왔다.
광화문의 뜨거웠던 분노는 소규모로 벌어지는 몇몇 추모행사
로 미지근해졌다.
촛불집회를 주도했던 인물 중 한 명인 회계사 윤모 씨가 신문

에 칼럼을 기고했다.

　우리는 무엇을 잃어버렸나? 효순이와 미선이의 해맑은 미소?
지금은 어엿한 숙녀가 되었을 그녀들의 청춘? 아니면 이 사회의
한 부분을 담당할 심신이 건강한 두 명의 예비 사회인? 정작 우
리가 잃어버린 건 되찾을 수 없는, 되찾으려고 하지도 않는, 상
실한 것도 잊어버리고 있는, 무엇을 상실했는지도 모르는 우리
자신이 아닐까?

　대통령에 출마하겠다고 선언한 여종성이 효순이 미선이
10주기 추모행사에 참석했다. 한미행정협정을 개정하겠다고
말했다. 여종성은 '미성년자 실종방지법', 일명 '돼지소녀법'
을 만들겠다고 약속했다. 미성년자가 실종됐을 경우 최대한 많
은 경찰이 동시에 투입돼서 실종자를 찾는 일을 그 어떤 업무
보다도 우선한다는 것이다. 사안에 따라 작게는 인구 1만 명 기
준으로 한 동이나 읍에서부터 크게는 인구 30만 명을 기준으로
한 시나 구까지 신속하고 체계적으로 수사를 하겠다는 것이다.
48시간 안에 모든 경찰이 총동원되어 실종된 아이를 찾을 수 있
는 시스템을 갖추겠다는 것이다. 몇몇 언론은 환영했고 몇몇 언
론은 그동안 가만있다가 선거철이 찾아오니까 돼지소녀를 선
거에 이용하는 거 아니냐고 비판했다.

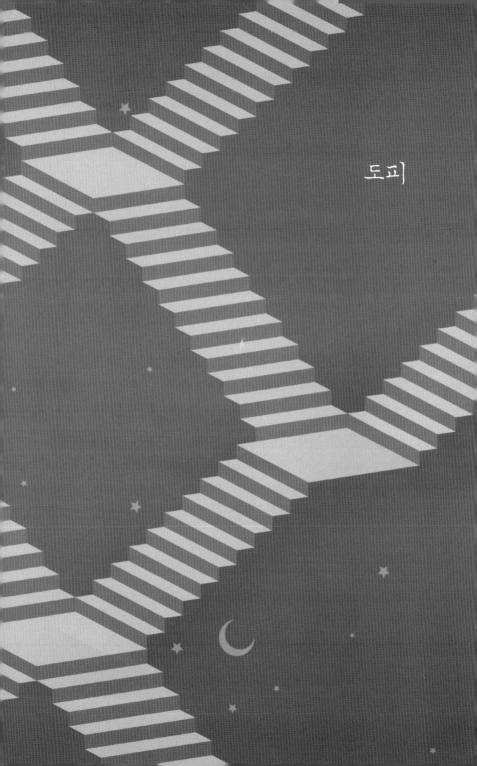

도피

1

하철이 파타야에 도착하자마자 비가 내렸다. 지상에 남은 모든 의문을 쓸어버릴 것처럼 빗줄기가 세찼다.

"한 시간이면 그칠 거야."

공항으로 마중 나온 명훈이 말했다. 명훈은 웃음기가 주름으로 자리 잡았다. 5년 만에 두 사람이 만났다. 명훈은 혼다를 능숙하게 몰았다. 한국에서는 운전면허도 없었다. 한국에서는 계약직을 전전하더니 태국에서 자기 사업을 하고 있었다.

"바람에 공구리 냄새가 안 나서 좋네. 여기 좋냐?"

"한국보다 108배는 좋지."

"뭐가 그렇게 좋은데?"

"사람들이 욕심이 없어. 그래서 지랄 맞지도 않고. 한국은 생각만 해도 끔찍하다. 서로 못 잡아먹어서 안달하는, 그 극성."

정말 한 시간쯤 지나자 비가 멈췄다. 두 사람은 바로 명훈의 집으로 갔다. 명훈의 아내는 파타야 시내에서 마사지숍을 운영했다. 명훈은 한국의 여행사와 계약을 맺고 현지 가이드를 했다. 얼마 전에 태국의 법이 바뀌어서 현지 가이드를 할 때 반드시 태국인이 동참해야 한다. 공항에서 여행객을 맞을 때도 현지인이 마중 나와야 한다. 법이 바뀐 후 명훈의 몫이 꽤 줄었다며 푸념했다.

"과일이나 실컷 먹고 가. 한국은 과일이 얼마나 비싸냐? 한국이 태국보다 잘산다지만 뭐가 잘사는 건지 모르겠어. 과일 좋아하는 사람한테는 태국에 사는 게 한국보다 훨씬 잘사는 거지."

"한국은 과일은 부족하지만 음모와 술수가 풍부하지."

하철이 싱하singha를 마시며 말했다.

"태국 사람들은 오늘 팔려고 준비한 분량이 다 팔리면 그냥 집에 들어가. 한국은 뽕을 뽑잖아."

"왜 욕심이 없는 건데?"

"태국 사람 90프로가 불교 신자거든."

"한국에도 불교 신자는 많아. 욕심이 기독교인 못지않은데."

명훈은 패키지로 오는 사람들한테는 마지막 날 보석상, 라텍스 매장 등을 둘러보게 하고 물건을 구입하도록 유도한다. 아직 본격적으로 성수기가 오지 않았기 때문에 관광객은 저렴한 가격에 온다. 소개료로 돈을 벌 수밖에 없다고 푸념했다. 비수기저가 여행은 여행자도 가이드도 서로 눈치를 봐야 하는 못 할

짓이라고 했다.

"요거만 마시고 워킹스트리트 가서 2차 하자."

워킹스트리트엔 외국인 반, 태국인 반이었다. 거리에 서 있는 어린 여자들이 많았다.

"양키들이 아주 환장을 한다. 싼 가격에 어린 동양 여자애들을 끼고 놀 수 있으니까."

술집 안에는 백인들이 많았다.

"착한 남자는 천국에 가고 나쁜 남자는 파타야 간다는 말도 있지."

"한국 남자들은 다 파타야로 이민을 와야 되겠네. 너는 착하게 살고 있냐?"

"아니니까 파타야에 살겠지."

명훈은 한국에서 노래방을 들락거리다가 아홉 살 연상인 도우미의 단골이 되었다. 그녀는 아들 하나를 둔 이혼녀였다. 하철도 노래방에 가서 명훈의 그녀를 본 적이 있었다. 손님을 끄는 유인책이라고 하철이 충고했다. 돈을 들고 찾아오는 단골손님의 마음을 사로잡는 게 도우미들의 장사 수단이라고. 연애를 해본 적이 없는 명훈은 현실과 판타지를 구별하지 못했다. 도우미와 결혼을 약속했다. 하철은 어이가 없었다. 차라리 결혼을 하고 싶으면 동남아시아에서 여자를 데려오라고 했다. 명훈은 결혼이나 여자가 필요한 게 아니라 도우미, 그녀가 필요하다고 했다. 명훈은 결국 부모님께 말씀을 드렸고 극구 반대에 부딪혔다. 명훈의 의지는 강했다. 언제나 물에 물 탄 듯 술에 술 탄 듯 살아왔던 명훈의 단호한 태도를 하철은 처음 보았다. 도우미와 혼인신고를 한 후 태국에 와서 눌러살고 있다. 명훈이 태국에 온 건 꼭 결혼하기 위해서만은 아닐 것이다. 명훈은 무슨 일을 해도 한국에서는 풀리지 않았다.

*

석 달 가까이 하철은 명훈의 일을 도우며 지냈다. 여행 비수기에서 성수기로 넘어가면서 태국을 찾는 한국 관광객이 급속도로 늘어 할 일이 많았다. 다시 비수기가 와서 한갓졌다. 한국에선 이등병 같았던 명훈이 태국에선 일병처럼 빠릿빠릿했다. 숙맥을 능글맞은 여우로 만든 건 태국일까, 결혼일까. 속이 깊은 명훈은 하철이 감옥에 간 것에 대해 아무 말도 하지 않았다. 명훈의 아내는 하철이 신세 지는 것에 눈치를 주지 않았다. 남편의 일을 돕는데 그게 왜 신세냐고 했다. 하철 때문에 명훈이 술을 더 자주 마실 테고 생활비도 더 들 텐데. 웬만한 한국 여자라면 말 한마디 한마디에 싫은 티를 어떻게든 과장되게 내려고 애썼을 것이다. 명훈의 아내도 한국에 있었다면 그랬을지 모르지만. 하철은 결혼을 반대한 것이 미안했다. 이렇게 두 사람이 별문제 없을 줄 몰랐다. 노래방에서 그녀에게 직설적으로 총각인생 망치지 말라고 말했다. 그녀는 그때 하철이 한 말과 말투와 경멸적 시선을 분명 기억하고 있을 것이다. 가해자도 기억하는데 피해자라면 가슴 깊이 저장돼 있을 것이다.

아무것도 묻지 않던 명훈이 한 가지 물었다.

"어머니는 찾은 거야?"

"그까짓 거 찾아서 뭐하게."

석 달은 공포가 무뎌질 만한 시간이었다.

"이제 한국에 돌아갈 때가 된 것 같다."

"내가 어머니 얘기해서 그래?"

"어차피 체류 기간도 다 돼가고."

2

배미자가 주걱턱을 가진 친구와 용광로방으로 들어갔다. 입구에 거적때기가 쌓여 있었다. 하나씩 들고 들어가서 바닥에 깔고 앉는 용도다. 출입구에 매우 뜨거우니 노약자나 심장이 약한 사람은 들어오지 말라는 경고가 있었다. 잠시 후 주걱턱이 밖으로 나왔다. 용광로방 안에는 배미자만 혼자 있었다. 현심이 거적때기를 하나 들고 용광로방 안으로 들어갔다. 이제 결판을 낼 때다.

어제 병원에 갔더니 언니가 서럽게 울었다. 현심도 언니와 함께 울었다. 은심은 상실감 때문에 울었고 현심은 미안함 때문에 울었다. 그동안 먹고살기도 바빴다. 현심의 아이들이 엄마의 손길이 필요할 때라 혜실과 언니를 생각할 수 없었다.

현심이 배미자와 마주 보고 앉았다. 단둘이 있으면 모르는 사람이라도 한마디 말을 걸어보는 게 아줌마들의 속성이거늘 배미자는 현심이란 존재 자체가 없는 듯 뜨거운 호흡만 내쉴 뿐이었다. 그동안 현심이 할 수 있었던 건 배미자를 쫓아다니는 것뿐이었다. 현심이 목에 둘렀던 수건을 풀어 용광로방 문손잡이에 감았다. 매듭을 지어 밖에서 문을 열지 못하게 했다.

"사실대로 말해주지 않으면 아줌마나 나나 여기서 못 나가요. 나, 오늘 죽을 각오하고 왔거든요."

배미자가 실소를 흘리며 일어섰다.

"참 죽을 일도 없네."

현심이 배미자 앞을 막았다.

"당신 딸이면 그렇게 말할 수 있어?"

두 여자의 몸이 부딪쳤다. 나이로는 현심이 유리하지만 덩치로는 배미자가 한 수 위였다. 막상막하였다.

"거지발싸개 같은 게, 염병…… 징그럽게 따라다니네."

배미자가 포기하고 자리에 앉았다. 두 여자의 의지가 땀으로 쏟아졌다.

밖에서 들어오려던 여자가 문이 열리지 않자 두드렸다. 안을 들여다보던 여자가 이내 포기하고 돌아갔다. 실내온도는 85도였다. 밖에서 주걱턱이 문을 열라고 두드렸다. 배미자는 땀을 흘렸고 현심은 기운을 흘렸다. 눈앞이 흐릿했다.

현심이 눈을 뜨자 시원한 바닥에 누워 있었다. 머리와 가슴에는 얼음을 넣은 수건이 올려져 있었다. 수건에서 물이 흘러 현심의 옷을 적셨다. 멍하고 메스꺼웠다. 옆에 혈압을 재는 도구가 있었다. 주변을 두리번거렸다. 배미자는 보이지 않았다. 주걱턱도 없었다. 정수기로 가서 냉수를 마셨다. 몇몇 사람들이 현심을 흘끗거렸다. 볼만한 구경거리였을 것이다.

현심이 울렁거려서 벽에 기댔다. 멍하니 텔레비전을 보았다. 어릴 때 부모한테 버려지고 핀란드로 입양을 갔던 여자가 남편과 아들을 데리고 한국에 친부모를 찾아온 내용을 다룬 다큐멘터리였다. 피디가 자신을 버린 부모가 밉지 않았냐고 묻자 여자는 그저 웃었다. 왜 한국에 왔냐는 질문에 여자는 자신의 아이들한테 엄마가 태어난 나라를 보여주고 싶었다고 했다. 여자를 버린 친엄마는 형편이 매우 어려워서 어쩔 수 없었다며 울었다. 지지리 가난한 자신이 키운 것보다 부자 나라에 가서 부잣집에서 풍족하게 자란 게 오히려 잘된 거 아니겠냐고, 친엄마가 말했다. 통역사가 통역해주는 말을 듣는 여자는 담담했다. 애초별 기대를 하고 오지 않은 것 같았다. 여자는 친부모보다 핏덩어리를 수출하는 사람들은 도대체 어떻게 생겨먹었는지 궁금했던 것 같았다.

현심이 식혜를 하나 주문했다. 매점 주인이 쪽지를 건넸다.

"어떤 아줌마가 깨어나면 전해주래요."

"누가요?"

"어떤 아줌마요."

현심이 쪽지를 받아 펴 봤다. 식혜를 사지 않았으면 쪽지를 전해주지 않으려 했을까.

―18일 아침 10시. 인천공항 한진택배 앞.

3

하철은 한국에 돌아와 아무것도 안 하고 집에서 쉬었다. 일주일이 지나자 몸이 근질거렸다. 태국에선 아무것도 하지 않고 있는 게 별로 어렵지 않았는데 한국에선 뭐라도 해야만 했다. 날씨의 차이 때문일까. 한국의 무엇이 이렇게 사람을 채찍질하고 있는 걸까.

하철은 함 실장이 타 주는 커피를 마셨다. 손님하고 집을 보러 나갔던 방사장이 툴툴거리며 들어왔다. 하철과 인사를 하고 휴대폰을 만지더니 건넸다. 휴대폰 사진 속에 얼굴이 퉁퉁 부은 여자가 있었다.

"누군지 알겠냐?"

"여자 때리고 다녀?"

"등쳐먹긴 해도 때리진 않는다."

"누군데?"

"돼지소녀 이모야."

현심은 하철이 그만둔 후 다른 사람을 소개해달라며 방 사장한테 계속 연락했다. 그런 일을 할 사람이 없다고 했지만 현심은 방 사장을 괴롭혔다. 하는 수 없이 방 사장은 송철주를 현심에게 소개해주기로 약속했다. 송철주는 하철도 잘 아는 사람이다. 하철과 방 사장 모두 실력은 인정하지만 좋아하지 않는 사람이다. 송철주와 만나기로 한 날 현심한테 전화가 왔다. 미안한데 병원으로 와주겠냐고. 방 사장과 송철주가 병원으로 갔을 때 본 현심의 몰골을 휴대폰으로 찍어놓은 것이다. 현심의 상태를 본 송철주는 일을 하지 않기로 했다.

"너가 귀국했다는 걸 알면 돼지소녀 이모가 또 널 찾아갈지도 몰라. 무조건 안 하겠다고 해. 뒤에 너무 큰 게 있는 거 같아. 그리고 일은 좀 기다려봐. 좋은 게 하나 생길 거 같으니까."

방 사장이 술 한잔하자고 했지만 하철은 피곤하다며 부동산을 나왔다. 집에 와서 싸구려 와인 한 병을 다 비우고 잠을 청했다.

워킹스트리트의 화려한 네온사인이 재즈처럼 흘렀다. 하철 옆에는 명훈의 아내가 한국에서처럼 도우미 역할을 하고 있었다. 하철은 그녀의 몸을 주물렀다. 중년의 나이지만 탄력적이었다. 주변을 둘러봐도 명훈은 없었다.

술집 앞에 빨강 머리의 한국 여자가 짧은 옷을 입고 피켓을 들고 서 있었다. 여자는 20대 초반 정도로 보였다. 빼빼 마르고 명치까지 내려오는 선명한 빨강머리. 빨강머리가 왠지 낯이 익었다. 빨강머리 근처에 양키들이 키득거리며 그녀의 노출된 몸을 희롱했다. 양키들이 빨강머리가 선명하다며 여자를 "티티안 레드"라고 불렀다. 건너편 테라스에서 빨강머리를 바라보며 술을 마시던 하철의 의자에 물이 차올랐다. 물은 따뜻하고 찝찝

했다.

늙은 백인 남자가 빨강머리의 어깨에 손을 얹고 술집 안으로 들어갔다. 하철이 맥주 한 병을 단숨에 들이켠 후 빨강머리를 따라 들어갔다. 자줏빛 등이 곳곳에 있는 술집은 음침했다. 백인들과 태국 여자들이 뒤엉켜 술에 절었다. 서양을 위해 타락한, 동양의 공간이었다. 백인이 빨강머리를 데리고 술집 지하실로 내려갔다. 하철도 주황색 철제로 만든 구름다리 아래로 내려갔다. 백인이 빨강머리를 기둥에 묶었다. 온몸이 털로 뒤덮인 백인이 빨강머리한테 채찍을 휘둘렀다. 하철은 그대로 보기만 할 뿐이었다. 마음만 분노할 뿐 몸은 그대로 있었다. 백인의 채찍질이 더욱 거셌다. 백인은 점점 괴물로 변했다. 하철은 빨강머리를 구할 용기를 내지 못했다.

끼르끼르끼르…… 빨강머리가 하철을 보며 웃었다. 〈오디션〉에 나오는 시이나 에이히의 기괴한 미소였다. 빨강머리는 하철에게 구해달라고 도움을 요청하지도 않았다. 채찍을 맞는 빨강머리의 얼굴이 점점 붓기 시작했다.

눈을 뜨자 베개에 식은땀이 흥건했다. 불을 켜고 노트에다 꿈에서 본 빨강머리의 얼굴을 스케치했다. 꿈에 본 그 느낌이 그대로 살아 있지 못했다.

하철이 미술학원에서 한 시간을 넘게 기다렸다. 에소프레소를 테이크아웃해서 왔는데 식어버렸다. 약속 시간을 훌쩍 넘어도 오지 않았다. 김형주는 미술학원에서 아이들에게 입시를 지도했다. 하철이 김형주를 알게 된 건 5년 전이었다. 당시 순수미술을 포기한 김형주는 강력계 형사인 사촌오빠의 주선으로 용의자의 몽타주를 그리는 일을 임시로 하고 있었다. 방 사장이 김형주를 소개했다. 당시 하철이 찾아야 하는 사람의 사진이 없었다. 유일하게 남아 있는 건 그의 중학교 졸업앨범이었다. 그의 부모는 이혼했다. 그의 아버지는 이혼 후 중국에서 사업을 했다. 8년 만에 아버지가 한국으로 돌아와 아들을 찾았다. 7년 전에 아들은 집을 나가버렸다. 하철이 김형주한테 아들의 현재 모습을 그려달라고 했다. 김형주는 열여섯 살 소년의 사진으로 스물세 살 청년의 현재를 그렸다. 하철이 결국 몽타주를 토대로 청년을 찾아냈다. 헤어스타일만 빼고 몽타주와 놀랍도록 비슷했다. 그 후 하철은 김형주를 '미래파'라 불렀다.

김형주가 왔다.

"어쩐 일?"

"도둑놈이 도둑질하러 왔지."

"난 또 프러포즈하려고 만나자는 줄 알았네. 하긴 프러포즈도 도둑질이긴 하지."

"잘 그려주면 생각해볼게."

"돌싱도 괜찮아?"

"신입사원보다는 경력사원이 일을 잘하지 않겠어?"

하철이 혜실의 사진을 건넸다. 10년간 낯선 남자한테 감금돼 있었을 것이고 햇빛을 잘 보지 못했을 거라고 설명했다. 표정도

어두워졌을 것이다. 처음부터 어두웠던 게 아니라서 더 어두울
것이다.

"원래는 말괄량인데 10년 동안 갇혀 있었을 거야."

"예쁘게 자랄 수가 없겠네."

"예쁘게 자라려면 원래 예쁘게 태어났어야지."

"역시 자기는 선천주의자야. 미국에 있는 국립실종학대아동
센터인가? 거기다 실종 당시 사진이랑 가족사진을 보내면 현
재 어떤 모습일지 사진을 만들어서 보내준다던데. 거기 알아봐
줄까?"

"아동센터는 열심히 하라고 하고. 나는 당신이 그려줘."

김형주가 식은 에스프레소를 한 모금 입에 댔다.

"내일 점심때 오세요. 두 장 그려놓을게."

"세 장 그려주세요. 한 장씩 복사해서 머리를 선명한 빨간색
으로 하나 더."

"선명한 빨간색? 취향이 수상하다니까. 나도 찾고 싶은 사람
하나 있는데."

"누구?"

"찾아줄 거야?"

"아름다운 이야기면."

"첫사랑인데."

"그런 비경제적인 건 가슴속에 묻어."

"부자가 됐다더라고."

"이번 거 해결하고 바로 찾자고."

"첫사랑이 날 보고 실망하면 어쩌지?"

"뭐가 달라졌는데?"

"그땐 날씬했지. 15킬로쯤 불었을걸."

"좋아진 건 없어?"

"마음의 여유?"

"찾지 마. 멍청한 남자들은 여유의 매력을 알아차리지 못하거든."

"그 사람이 멍청한 남자라고 확신해?"

"모든 남자는 멍청하니까."

"날 보고 실망할까?"

"15킬로면, 백 프로."

하철이 미술학원을 나왔다. '티티안 레드'의 이미지가 아직도 생생했다.

삼계탕집은 북적거렸다. 김형주는 하철에게 세 장의 몽타주를 주었다. 하철은 뚝배기에서 끓고 있는 삼계탕을 먹을 수 없었다. 머리카락이 쭈뼛 섰다.

"왜? 너무 음침한가? 그러게 한국 사람한테 빨강머리가 웬말이야?"

몽타주 세 장 중 한 장은 꿈속에서 본 빨강머리였다.

4

현심이 서울 방향 맨 뒤에서 전철을 기다렸다. 성북행 전철이
곧 온다는 방송이 나왔다. 2시 3분이었다. 현심이 전철에 올랐
다. 2시 넘어서 처음으로 오는 성북행 전철을 타라고 했다.

"날 보지 말고 창밖을 보세요."

하철이 어느새 옆에 왔다.

"고마워요."

현심이 하철을 보지 않고 말했다. 하철도 폭행당한 흔적이 가
시지 않은 현심의 얼굴을 차마 볼 수 없었다. 현심은 하철에게
배미자가 준 쪽지를 건넸다.

"저 혼자 갈게요."

하철이 말했다.

"저도 그 아줌마 다시 보고 싶지 않아요."

하철은 쉬지 않고 주변을 흘끗거렸다.

"얼굴은 왜 그렇게……?"

현심이 배미자한테 인천공항 쪽지를 받은 날이었다. 집으로
돌아오는 골목에서 누군가 쫓아오는 것 같아서 뒤를 돌아보는
데 갑자기 여기저기서 주먹이 날아왔다.

"동네 깡패인 거 같아요."

현심이 별거 아니라는 듯 말했다. 동네 깡패가 뭐하려고 아줌
마를 미행해서 주먹을 휘두르겠나. 놈들은 지갑 안에 신용카드
도 그대로 두었다. 경고를 한 것이다. 배미자를 만나고 온 날에

폭행을 한 건 더 이상 배미자를 만나지 말 것이며 혜실을 찾지 말라는 뜻이다. 부동산에서 방 사장의 휴대폰으로 사진을 보는 순간 하철은 환풍구로 빨려 들어가는 것 같았다. 최소한 돼지소녀의 가족은 건드리지 않을 줄 알았다. 아무리 천민자본주의라도 최소한의 상도덕이라는 게 있어야 하니까.

현심이 가방에서 두툼한 봉투를 꺼냈다. 춘천에서 받아 온 사건일지와 착수금이었다.

"몸조리 잘하세요. 저하고 접촉하는 건 조심하고요. 피도 눈물도 없는 놈입니다."

"그럴게요."

하철이 구로역에서 먼저 내렸다.

*

하철이 오선시 용성읍에 왔다. 거리 곳곳에 오선시 국회의원 보궐선거 당선인의 당선사례가 걸려 있었다. '마음껏 부려먹으세요. 당선인 배상.'

영복이 혜실을 만났다고 한 시기에 용성읍은 댐 공사 중이었다. 기술자들의 장기투숙을 위해 일반 가정집이 여관 역할을 했다. 공급이 모자라 임시로 쪽방촌이 만들어졌다. 댐 공사가 끝난 지 오래됐고 그 후 쪽방촌도 거의 철거되었다. 뜨내기들은 대부분 용성읍을 빠져나간 것이다.

한 계장이 복사해준 사건일지는 두 개였다. 사건이 강원경찰청 특수본에서 송천경찰서로 이송되었기 때문이다. 둘 다 허술했다. 그토록 시끄러웠던 사건인데도 불구하고 경찰이 민첩하게 움직인 흔적이 보이지 않았다. 신문기사와 비교해보니 당시 강원도지사의 행보를 경찰이 뒤따라갔다. 돼지소녀 실종사건 이후 도지사는 재임에 성공했고 정치적으로 거물이 되어 현재 제2당의 대통령 후보다. 제3당의 후보와 범야권 후보 단일화를 앞두고 있다. 돼지소녀 실종사건의 유일한 수혜자인 것이다.

사건일지가 납득이 가지 않았다. 9월 18일 14시에 본부장이 언론에 브리핑하면서 돼지소녀를 납치한 게 중년 여자라고 했다. 그 후 특수본은 신속하게 중년 여자를 수배하는 데 전력을 기울이지 않았다. 구름다리에 네 개 중대를 동원해서 수색했다. 다음 날도 마찬가지였다. 구름다리에서 목격된 중년 여자가 아직도 구름다리에 있을 리 없는데 경찰은 왜 구름다리에 집착했을까. 산속에서 지문이라도 채취하려 했을까. 중년 여자를 수배하는 게 우선이어야 하지 않았을까. 중년 여자의 몽타주를 배포한 게 9월 23일이었다. 언론에 브리핑한 9월 18일보다 닷새나 뒤였다. 목격자의 진술을 확보한 건 실종 다음 날인 9월 11일이었다. 몽타주 한 장 그리고 배포하는 데 12일이나 걸릴 일이었을까. 비공개로 수사를 진행한 것도 그렇고 몽타주를 그리는 데 시간이 많이 걸린 것도 수상하다. 구름다리 수색은 여론에게 보여주기 위한 어설픈 쇼였을까.

돼지소녀의 현재 몽타주와 어릴 때 사진을 들고 하철은 주변 사람들한테 물었다. 아무도 과거의 돼지소녀와 현재의 돼지소녀를 이곳에서 봤다는 사람은 없었다. 실종사건 자체를 모르는 사람도 많았다.

하철이 슈퍼마켓으로 들어가 아이스크림을 하나 샀다. 70대 정도로 보이는, 깡마른 노인이 보청기를 꺼내서 만지작거리고 있었다. 하철이 몽타주를 보여주었다. 노인이 보청기를 귀에 넣었다.

"이 그림의 처자는 모르겠고. 요 사진 속에 요 계집애는 오래 전에 봤던 거 같은데?"

"보셨다고요! 언제요?"

"여기로 가게 옮기고 얼마 안 됐을 때니까. 10년이 좀 안 됐지, 아마."

노인이 손가락을 셌다. 하철이 아이스크림을 꿀꺽 삼켰다.

"어디서 보셨어요?"

"어디긴 어디야. 여기지. 가만있어봐."

노인이 초점을 맞추려 사진을 앞뒤로 움직였다.

"꽃무늬 옷을 입고 있었지, 아마? 애 아빠도 같이 있었고."

"애 아빠요?"

"전봇대 옆에 차를 세우고 와서는 애 아빠가 계집애 손을 꼭 잡고서 아이스크림을 샀어."

"어떤 찬지 기억하시겠어요?"

"옛날에 순경이 타고 다니는 자동차 있잖아. 네모난 거. 까 맣고."

"9년 전 일인데 생생하게 기억하시네요?"

"장사하는 사람들은 원래 그래. 동네 장산데 못 보던 얼굴이 와봐."

노인은 그 두 사람을 딱 한 번 봤을 뿐이라고 했다. 경찰이 수사를 했을 때 왜 노인을 만나지 못했을까.

"그때 내가 병원에 있었거든. 고혈압 때문에 천당 가는 줄 알았는데. 뚱보들만 고혈압이 있는 게 아니야. 뭐하려고 아직도 살아 있나 몰라. 갈 사람은 빨리빨리 가는 게 순린데. 그래도 꼴에 죽기 싫은지 퇴원하고 나서 고기는 안 먹어."

"그 남자는요, 어떻게 생겼는지 기억하세요?"

"키는 나보다 요만큼 정도 컸지. 덩치는 좋고."

"얼굴은요?"

"마스크를 썼어. 감기에 걸린 거 같아서 나도 말을 안 시켰어. 늙으면 면역력이 약해서 까딱하면 옮거든."

노인의 기억은 거기까지였다. '누군가'의 키는 170 정도. 철저한 '누군가'가 왜 돼지소녀를 데리고 아이스크림을 샀을까. 자신과 돼지소녀가 노출될 수도 있는 위험한 상황이었다. 돼지소녀가 도망칠지도 모르기 때문에 손을 꼭 붙잡고 있었을 것이다. 돼지소녀가 아이스크림을 먹고 싶다고 했을 것이다. '누군가'가 혼자 와서 아이스크림을 사 갈 수도 있었을 것이다. 단순한 실수일까. 자동차를 타고 가다가 딸아이가 덥다고 칭얼대며 아이스크림이 먹고 싶다고 말하고 아빠가 슈퍼마켓 앞에 차를 세우고 아이스크림을 사 주는 건 더없이 자연스럽다. '누군가'는 부녀관계를 원했던 걸까.

하철이 돼지소녀의 아버지가 자필로 도지사에게 보낸 편지를 읽었다.

존경하는 도지사님.

저는 우리 혜실이 아빠, 송영복입니다. 도지사님도 아드님이 두 분 있다고 알고 있습니다. 그래서 우리끼리는 서로 자식에 대한 사랑을 잘 알고 있지 않습니까? 세상에 자식보다 더 중요한 게 어디 있겠습니까? 부귀영화도 그다음이지요. 저도 아들을 하나 더 낳고 싶었지만 마누라가 몸이 약해서 딸 하나로 만족해야 했습니다. 도지사님 사모님께서는 건강이 괜찮은지요? 도지사님은 딸이 있었으면 좋겠다고 생각을 많이 하셨을 겁니다. 제 말이 맞지요? 분명 그러셨을 겁니다. 아무리 도지사님이고 아무리 일자무식쟁이라 해도 부모 마음이 다 똑같은 거 아닙니까? 그래도 도지사님은 자식이 둘이지요. 저는 하나입니다. 그건 제 자식은 도지사님의 두 아드님을 합친 것과 같다는 말입니다. 자식이 하나만 더 있다면 혜실이가 없어도 저의 반만 없어진 것이지만 저한테는 딸년 하나밖에 없어서 제 전부가 없어진 겁니다. 도지사님, 두 아드님이 모두 실종되었다고 생각해보십시오. 어떻게 삽니까? 저는 그런 일을 당했습니다. 하지만 저는 힘이 없습니다. 도와주십시오. 무슨 일이 있어도 도와주십시오. 제가 다시 아빠가 될 수 있게 도와주십시오. 저는 하루하루 피가 마릅니다. 저 혼자 힘으로는 아무것도 할 수가 없단 말입니다. 제발.

5

하철이 인천공항 3층으로 올라갔다. 배미자가 택배를 부치고 있었다. 직원한테 도와달라고 할 수도 있을 텐데 배미자는 꼬장꼬장하고 자존심도 강한 노인네였다. 하철을 발견하고서 배미자는 무덤덤했다. 하철이 택배 부치는 걸 도와주었다.

"교토로 가시네요?"

하철이 배송지 주소를 보고 말했다.

"손가락이 병신 다 됐어."

배미자의 딸이 일본에 살고 있었다. 지난주에는 아들이 손녀를 데리고 일본으로 나갔다. 배미자도 이번에 나가면 언제 올지 모른다고 했다.

"방사능 때문에 일본은 좀……."

"늙은이가 얼마나 산다고. 지들이 일본까지는 안 오겠지. 내가 김대중이도 아닌데."

하철이 스카치테이프로 한 번 두르고 다른 짐을 싸려는데 배미자가 테이프를 한 번 더 붙였다.

"거기는 안기분가, 거기 사람 아니지?"

"예, 아닙니다."

배미자가 10년간 숨겼던 이야기를 시작했다. 사건 전후가 뒤죽박죽이어서 하철이 이야기를 들으며 머릿속으로 재구성해야 했다.

며칠 동안 비가 내렸다. 배미자는 비닐하우스 배수로가 걱정돼 나와 봤다. 앙칼진 소리가 어렴풋이 들렸다. 뭔 일인가 싶어 소리가 나는 쪽으로 갔다. 멀리서 어떤 남자가 어린 여자아이를 뒤에서 안아 들고 가는 게 보였다. 여자아이는 발버둥치고 있었다. 옥수수밭 앞에 망가진 경운기가 있었고 그 옆에 못 보던 자동차가 있었다. 배미자는 나중에 뉴스에서 실종된 여자아이가 칠부바지에 노란색 티셔츠를 입었다는 걸 듣고 자신이 본 여자아이가 돼지소녀라는 걸 알게 됐다. 자동차는 미스코리아처럼 미끈했다. 번호판을 보려고 했지만 눈이 침침해서 잘 보이지 않았다. 아이를 안고 간 남자의 얼굴도 보이지 않았다. 집에 돌아온 배미자가 바로 경찰에 신고를 하기 위해 전화를 걸었다. 전화는 불통이었다. 그날 오후 장촌리 삼거리 고가도로 근처에서 공사를 했는데 작업하던 인부의 실수로 지하에 깔린 전화회선이 절단되었다. 배미자는 강평파출소로 가서 목격한 걸 증언했다. 경찰은 사건을 접수한 후 다시 연락할 수 있으니 집에 가서 기다리라고 했다. 집으로 돌아온 배미자는 곧바로 쌀을 안치고 집안일을 했다. 비가 와서 동네 아낙들과 수다를 떨지도 않았다. 그 사람이 찾아오지 않았다면 다음 날 온 동네가 배미자가 목격한 걸 다 알았을 것이다. 그날 이후 배미자는 유일한 낙이었던 동네 여편네들과 수다 떠는 일을 10년 동안 하지 않았다. 수다를 떨다가 혹시 부지불식간에 사실을 털어놓을 수도 있는 자신을 믿지 못해서였다. 그날 해가 지자마자 경찰복을 입은 사람이 찾아왔다. 파출소까지 가자고 했다. 경찰은 감기에 걸렸다면서 마스크를 쓰고 있었다. 남편은 술을 마시느라 귀가가 늦었다. 배미자는 그 남자가 경찰 옷을 입었기 때문에 아무 의심도 없이 따라갔다. 집 앞까지 자동차가 들어올 수 있는데 이상하게도 한참 멀리 있는 곳에 경찰 봉고차가 있었다. 경찰은 배미자와 나란히 걷지 않았다. 배미자가 말을 걸어도 대답하지 않았다. 경찰 모자만 깊게 눌러쓰고 배미자를 앞서 갔다. 봉고차에 다다르자 경찰이 갑자기 배미자의 입에 손수건을 댔다. 눈을 떠 보니 봉고차 뒷좌석이었다. 옆에 다른 두 사람이 있었다. 한 명이 김동수고 다른 한 명은 여영순이었다.

봉고차가 서 있는 곳은 인적이 드문 실개천이었다. 여름휴가 때 복잡한 휴양지를 피해 간혹 사람들이 와서 돗자리를 펴놓고 쉬기도 하지만 평소엔, 특히 밤에는 사람들이 지날 일이 없는 곳이었다. 자동차에 불은 꺼져 있었고 배미자와 다른 목격자들의 팔이 뒤로 묶여 있었다. 앞좌석에서 남자가 손전등을 비추며 말했다. 내일 아침에 파출소로 가서 목격한 걸 지금부터 불러주는 대로 다시 말하라는 것이었다. 모두 구름다리 근처에서 혜실이를 봤다고 증언하라고 했다. 구름다리는 배미자의 집에서 비닐하우스와 반대편에 있었다. 구름다리에 갈 일이 없었다. 경찰이 왜 거길 갔냐고 물으면 어떻게든 그럴듯하게 각자 이유를 만들라는 것이었다. 시키는 대로 하지 않으면 세 사람 모두 자식들 얼굴을 보지 못할 거라고 했다. 봉고차 안을 두리번대던 김동수에게 남자가 눈동자 돌리지 말라고 경고했다. 배미자는 그때 자식들을 보지 못할 거라고 말하는 그 남자의 목소리를 아직도 생생하게 기억했다. 남자는 골초인지 목소리가 걸걸했다.

그때까지 배미자는 속이 메스꺼워서 남자의 말을 허술하게 듣고 있었는데 남자가 사진을 건넸다. 사진 속에는 배미자의 두 아이가 있었다. 김동수도 여영순도 각자의 새끼들 사진이 있었던 것이다. 남자가 다시 사진을 걷어 갔다. 사진을 뺏긴 것만으로도 남자한테 아이들을 빼앗긴 것 같았다. 그때부터 정신이 바짝 들었다. 여영순이 지금까지 한 이야기를 다시 말해달라고 했다. 시키는 대로 무조건 하겠다고. 배미자도 바로 그 말을 하고 싶었다. 남자가 갑자기 여영순의 따귀를 때렸다. 한 번만 더 말할 테니까 잘 들으라고 했다. 봉고차 안이 숙연해졌다. 세 사람이 공통적으로 목격한 바에 따르면 돼지소녀를 납치한 범인은 남자였는데 여자로 바꾸라고 했다. 그때 왜 그런 거짓말을 해야 하냐고 김동수가 따졌다. 도대체 당신은 누구며 왜 우리를 여기에 잡아놓는 거냐고 화를 냈다. 남자가 한참 동안 김동수를 보았다. 어둡기도 했고 똑바로 볼 수도 없었지만 남자의 시선이 느껴졌다. 언젠가 한 번 마주친 살쾡이의 눈빛에서 나오던 살기였다.

"마음대로 해봐."

배미자는 '마음대로 해', '두고 봐'처럼 별거 없는 말도 없다고 생각해왔다. 남자가 새끼들 사진을 들고 마음대로 해보라고 말한 후에 그 말보다 더 무서운 말이 없었다. 그 말에 잡혀서 10년을 마음대로 하지 못했다.

허스키 보이스가 '누군가'다.

'누군가'가 중년 여자의 외모를 설명해주지 않았다. '누군가' 는 거기까지 준비하지 못한 것이다. '누군가'는 굉장히 치밀한 사람이다. 돼지소녀 실종사건은 치밀하게 준비된 납치가 아닌 것이다.

"그때 그 남자랑 돼지소녀를 납치했던 사람이랑, 같은 사람 인 것 같으세요?"

"아닐 거야. 봉고 안에 있던 이는 키가 크지 않았고 납치한 사 람은 컸어."

납치는 또 다른 누군가가 하고 '누군가'는 뒤치다꺼리를 했 을 것이다.

하철은 '누군가'가 왜 죽어가는 김동수를 죽였는지 알 것 같 았다. 배미자와 여영순은 '누군가'의 말에 순종적이었지만 김 동수는 반항적인 면이 있었다. 10년 만에 돼지소녀 실종사건 을 파헤치려는 움직임이 보이자 '누군가'는 배미자보다 김동수 가 위험하다고 판단했을 것이다. 배미자는 아직 살날이 창창하 지만 간암 말기인 김동수는 어차피 죽을 거 모든 진실을 폭로할 수도 있을 테니까.

'누군가'는 목격자들한테 평생 죽을 때까지 이 일을 입 밖에 내지 말라고 했다. 당신들 자식들을 계속 지켜볼 것이고 손자들 까지 지켜볼 거라고 했다. 배미자는 그 후 '누군가'가 언제나 자 신을 지켜보고 있는 것 같았다. 밭에서 일을 하다가도 마당에서 빨래를 널다가도 식당에서 밥을 먹다가도 찜질방에서 몸을 지지다가도, 문득 뒤를 돌아보았다. 하도 뒤를 돌아봐서 그런지 목에 디스크가 생겼다. '누군가'의 처음은 무거웠다. 경찰서에서는 목격자들을 비밀로 할 테니까 다른 사람에게 절대로 목격한 사실을 말하지 말라고 했다. 혹시 벌써 말을 했다면 거짓말이라고 시치미를 떼라고 했다. 세 명 중 한 명만이라도 이상한 말을 하면 그의 자식이 어떻게 되는지 나머지 두 사람이 보고 배우라고 했다. 일이 잘못돼서 목격자들이 세상에 드러나게 되면 반드시 지금 이 자리에서 약속한 대로 중년 여자가 구름다리에서 여자아이를 납치한 걸로 일관되게 진술하고 다른 말은 일체 하지 말라고 했다.

'누군가'가 세 사람 자식들의 이름과 학교를 모두 말했다. 당시 배미자의 아들이 복무하는 부대 이름과 위치도 알고 있었다. 딸이 다니던 직장도 알고 있었다. 배미자는 심장에 쥐가 난 것 같았다. 숨 쉬기가 버거웠다. 심장을 진정하느라 '누군가'의 다음 말이 들리지 않았다. 목격자들이 봉고차에서 내렸다. '누군가'가 목격자들을 풀어주고 각자 돌아보지 말고 집으로 바로 가라고 했다. 잰걸음으로 집에 가보니 새벽 5시 반이었다.

"얼굴에 뭐, 이상한 건 없었어요?"
"얼굴은 못 봤지. 새 신부처럼 보여주질 않아서. 말하면서 자꾸 찡그리는 거 같았어. 보이지는 않지만 왜, 안 보여도 보이는 게 있잖아."

"왼쪽이요? 오른쪽?"

"글쎄……."

"저번에 그놈이 찾아왔습니까?"

"아니, 그이는 아니야. 어린 총각이었어."

"어디로 갔다 오신 거예요?"

"어딘지는 모르지. 눈을 가리고 차에 타서 한참을 갔어. 전에 조카가 사는 서울에 아파트 19층에 가봤는데 그 정도 높이쯤 됐을까. 아파트는 아니고 오피스텔인가 뭣인가 같은 데야. 거기서 하루 갇혀 있다 왔어. 그 총각이 준 휴대폰으로 통화만 했어. 자기를 기억하냐고. 그러면 자기가 10년 전에 했던 말도 기억하냐고. 그리고 끊었어. 얼마나 무서웠는지 속옷이 다 젖어버렸어."

젊은 총각은 단지 '누군가'의 심부름꾼일 것이다.

"그때, 파출소에 신고하러 가셨을 때 담당 경찰이 누군지 아세요?"

"알지, 박덕순이. 그이 마누라 이름이 안춘석이야. 여자가 남자 이름이고 남자가 여자 이름인 사람끼리 만나서 살면 잘 산대. 둘이 잘 맞아. 애도 여섯이나 낳고."

"잘 아세요?"

"잘 아는 건 아닌데, 그이 마누라가 계주였거든. 이제 내가 아는 건 다 말했네."

배미자가 생수를 마셨다.

"그 돼지 엄마는 어떻게 잘 지내는지 모르겠네."

"잘 지낼 리가 없겠죠."

배미자의 얼굴에 미안해하는 표정을 찾을 수 없었다.

"내가 어쩔 수 있었을까……."

배미자가 출국 수속을 밟으러 갔다. 출국하면서도 뒤를 돌아보며 흘끗거렸다. 허리와 다리가 온전하지 않은 팔자걸음이었다. 배미자는 일본으로 가서 돌아오지 않을지도 모른다. 10년을 가슴 졸이며 산 나라가 몸서리치게 싫다고 했다. 일본에 가는 것도 아주 조심스럽게 준비했다고 말했다. 살고 있는 집도 처분하지 않았다. 복덕방을 하는 친척한테 인감도장을 주고 일본에 간 후 집과 땅을 처분해달라고 부탁했다. 언제나 감시당하고 있다는 공포에 시달렸다. 많은 사람이 있는 곳에 가야만 안심이 됐다. 많은 사람이 있어도 그중 누군가 보고 있을 것 같아 가슴이 두근거렸다.

멀어지는 배미자를 보며 하철은 배미자 또한 돼지소녀 가족에 버금가는 피해자일 수 있다고 생각했다. 돼지소녀의 가족 입장에서는 가해자와 다름없겠지만.

6

하철이 완주에 있는 문화체육센터에 들어섰다. 어제는 허탕을 쳤다. 전주에서 하룻밤 묵고 다시 찾았다. 체육관 입구에는 신인왕전을 통해서 김태식, 박종팔, 백인철, 장정구 등 걸출한 복싱 스타가 배출되었다는 플래카드가 걸렸다. 그들은 역사책에 나오는 인물 같았다. 예선전이 한창 진행 중이었다. 두 선수가 인생이라도 건 듯 필사적으로 싸우고 있었다. 멀리서도 거친 호흡이 들릴 정도였다. 하철이 들고 있는 신문에는 이번 신인왕전에 참여한 특이한 선수들의 기사가 실렸다. 서울대에 재학 중인 선수도 있었고 한의대생도 있었다. 러시아 국적의 참가자는 신인왕에 올라 코리안 드림을 이루겠다는 각오를 다졌다.

하철이 건너편에 앉아서 사각의 링을 보고 있는 예령을 발견했다.

"어제는 안 왔던데?"

하철이 옆에 앉으며 말했다. 예령이 깜짝 놀랐다.

"그러니까 교회든 절이든 가서 회개하고 살라니까."

"웬일이에요?"

"비빔밥 한 그릇에 만 2천 원이나 하는 건 너무하지 않아?"

"김밥천국 가면 4천 원인데."

"목포에 가면 홍어를 먹어야지. 전주에 왔는데 전주비빔밥을 안 먹을 순 없잖아."

"여기 있는 거 어떻게 알았어요?"

"뛰어야 벼룩이지."

"이왕이면 다른 비유 없어요?"

"뭐가 좋을까?"

"뛰어야 사슴?"

"사슴이 얼마나 잘 뛰는데."

언젠가 술자리에서 예령은 복싱을 좋아해서 경기가 있을 때

154

면 경기장에 자주 간다고 말했다. 특히 신인왕전은 무명의 가능성을 직접 확인할 수 있는 자리라 꼭 간다고 했다.

"별걸 다 기억하는 남자네요?"

"관심 있는 사람한테만."

"감옥 갔다는 말은 들었는데?"

"나한테 관심이 많구나?"

"워낙에 시끄럽게 사니까."

"부탁할 게 있는데."

"부탁 같은 거 안 받은 지 오래됐는데?"

"남의 부탁 거절하면 다크서클이 점점 짙어진다는 연구 결과가 나왔대."

"말도 안 돼."

예령이 웃었다.

"박덕순이라는 경찰에 대해서 알아봐줘. 당시 계급은 경장인 거 같고. 10년 전에 강평파출소에 근무했거든. 그리고 10년 전에, 아니 그보다 더 전에 경찰 중에 열 살 정도 되는 딸이 죽은 사람이 있으면 찾아줘. 없으면 나이 상관없이 딸이 죽은 사람으로."

예령이 경기로 고개를 돌렸다. 3연타로 콤비네이션을 당한 청코너 선수의 눈에서 피가 많이 흘렀다. 심판이 경기를 중단하고 응급조치를 지시했다.

"피까지 흘리면서 먹고살아야 되는 거야?"

"먹고살 수만 있다면 피 정도야 아무것도 아니죠."

"알아봐준다는 걸로 알고 갈게. 거기 내 전화번호랑 이메일 혹시 몰라서 적어놨으니까 연락해."

하철이 메모지를 예령에게 건넸다.

"10년 전에 실종된 돼지소녀라고 알아? 돼지소녀를 찾다 보니까 그 뒤에 경찰이 있는 것 같아서. 해줄 거지?"

예령이 새침하게 입을 오므렸다.

"마지막이에요."

"이별 통보 같네."

하철이 경기장을 나왔다.

예령은 일본 총리의 위안부 망언이 나온 직후 일본 외무성의 전산망을 뚫어 서버를 다운시켰던 유명한 해커였다. 사이버수사대에서 예령을 특별 채용했다. 경찰이 된 후 예령은 경찰의 조직문화에 경멸을 느꼈지만 일단 참고 견뎠다. 계급이 높아지기를 기다렸다. 사이버수사대장이 여경 두 명을 노래방으로 불러 옷을 벗고 자신의 옷과 바꿔 입으라고도 했다. 예령은 수사대장과 옷을 바꿔 입었고 다른 여경은 강제로 그에게 키스를 당했다. 예령이 반복되는 성추행을 더 이상 참지 못했다. 다른 여경은 아무 일도 없었다는 듯 끝까지 잘 견뎠다. 그녀는 지금도 경찰이다. 혼자서 끙끙 앓던 예령은 언론에 폭로할까 고민했지만 성추행 피해자로 세상에 알려질 용기가 나지 않았다. 대신 사표를 썼다. 두 달 후 사이버수사대의 내부 비리가 언론에 연일 폭로되었다. 무명의 제보자가 경찰 내부 문건을 언론에 제보한 것이다. 일본 외무성 정도는 뚫을 만한 해킹 솜씨여야 가능한 일이었다.

7

하철이 송복순네 집으로 갔다. 낡은 벽돌로 간신히 버티고 있는 집이었다. 담벼락은 군데군데 반 이상 무너져서 담의 역할을 하지 못했다. 무너진 담 사이로 고양이가 비밀을 나르듯 은밀하게 들락거렸다.

현심이 한 말에 따르면 시집가기 전에 송복순은 은심한테 깍쟁이 시누이였다. 결혼하고 5년쯤 지났을 때 남편한테 폭행을 당해서 머리를 다친 후 어린아이가 돼버렸다. 송복순의 남편을 감옥에 보내야 한다고, 올케인 은심이 강경하게 말했다. 물러터진 영복이 매제와 술을 마시고 와서는 그래도 인간이 어떻게 그러냐며 앞으로 복순을 끝까지 책임지겠다는 각서를 받아 왔다면서 용서해주자고 했다. 두 남자가 술 마시다가 쓴 각서는 물론 법률적 효력이 없는 것이었다. 인간적 효력도 없었다. 자기 마누라를 뇌가 다치도록 때리는 놈이 끝까지 책임지겠다고 하는 거짓부렁을 은심은 믿을 수 없다고 했다. 송복순의 남편이 다른 여자랑 살림을 차렸다는 소문이 돌았다. 은심이 영복에게 그럴 줄 알았다며 그런 인간을 용서한 것에 대해 욕을 퍼부었다. 영복이 송복순을 데려와 두 달쯤 함께 살았다. 어느 날 송복순이 행방불명되었다. 사방팔방으로 찾았는데 결국 그녀는 자신의 발로 남편한테 돌아가고 말았다. 어떤 이유에선지 송복순은 남편과 함께 살고 싶어 했다. 은심도 포기할 수밖에 없었다. 정신연령이 어릴수록 자기가 좋아하는 것에 솔직할 테니까.

하철과 송복순이 평상에 나란히 앉았다.

"오빠가 정신병원 입원할 때, 동의서 누가 썼어요? 송복순 씨가 쓴 거예요?"

송복순의 표정이 불투명했다.

"김춘웅은 언제 와요? 신랑."

"신랑? 흐흐……."

송복순이 입가에 함박웃음을 지었다. 자신을 이렇게 만든 남편을 사랑하고 있는 걸까. 반어법일까.

"남자가 하는 일을 여자가 알아 뭐하게!"

송복순이 남자 목소리를 흉내 내며 말했다. 이런 상태에서 자기 오빠를 정신병원에 보냈을 리가 없다. 남편, 김춘웅이 송복순의 도장을 찍었을 것이다.

하철이 방 사장과 부동산을 나와 점심을 먹으러 갈비탕집에 들어갔다.

"사람을 찾으라고? 내가? 너가 아니고?"

"내가 다 먹는 거 아니잖아. 송복순 남편한테 중요한 단서가 있어."

방 사장이 화장실에 갔다. 방 사장은 식당에서 주는 물수건을 쓰지 않고 꼭 화장실에 가서 손을 닦았다. 그의 결벽증도 반어법일까.

방 사장이 스포츠신문을 펼쳤다.

"배삼룡이 병원비가 없어서 퇴원도 못 했다는데? 그 위대한 코미디언이."

"배삼룡? 죽지 않았나?"

"재작년에 죽었는데. 돈 많이 벌었을 텐데, 왜 그랬지?"

"재작년에 죽었는데 병원비 얘기가 왜 이제 신문에 나와?"

"구봉서가 지금에 와서 말을 한 거지. 안타깝고 죄송하다고."

갈비탕이 나왔다. 방 사장이 후추를 뿌렸다.

영복의 병원비는 누가 댔을까. 아직도 병원에 있으니까 병원비는 누가 대고 있을까.

"방송국 로고 찍힌 공문 하나만 써줘. 〈그것이 알고 싶다〉 정도면 괜찮겠다."

"왜?"

"그것이 알고 싶으니까."

"요즘엔 그런 거 위험해. 간통 사건이 하나 들어왔는데, 어때? 쌍둥이폰은 준비해뒀거든. 사진만 찍어 오면 돼."

"그냥 사랑하라고 해."

*

하철이 '희망원'에 들어섰다. 병원 특유의 약 냄새와 락스 냄새 때문에 속이 메슥거렸다. 방송국 피디라고 가짜 명함을 준 후 원장 면담을 요청했다. 원장은 출타 중이라며 대신 원무과장한테 안내되었다.

"이제 와서 돼지소녀 실종사건을 왜 취재하실까?"

"알고 싶어 하는 사람들이 있으니까요."

"원하는 게 뭡니까?"

"송영복의 병원비를 누가 대고 있을까요? 행려병자가 아니니까 국가가 비용을 지불하는 것도 아닐 거고."

"그런 것까지 꼭 방송을 해야 해요? 알아야 할 게 얼마나 많은 세상인데."

원무과장이 SBS 보도국 협조공문을 꼼꼼히 읽으며 말했다. 문서위조는 방 사장의 전문 분야다.

"병원비를 내는 사람의 동의가 있지 않는 한 말씀드릴 수가 없습니다."

"누군지 말씀해주시면, 제가 동의를 구해 오겠습니다."

원무과장이 웃었다.

"굳이 누군지 말씀해주시지 않는다는 건, 뭔가 있다는 거네요."

"말씀이 좀 지나치시네요. 뭐가 있다는 말이죠?"

"숨겨야 할 거겠죠."

원무과장이 하철을 물끄러미 보았다. 하철도 기꺼이 원무과장의 눈빛을 피하지 않았다.

"입원 동의서를 작성한 건 누굽니까?"

"가족이지 누구겠습니까?"

"송영복 씨 직계가족은 여동생 하나밖에 없었습니다. 송영복의 형님은 돌아가셨고. 부인은 식물인간 상태인 거, 아시죠? 그리고 송영복 씨 여동생은 정상이 아니잖습니까? 그런 사람한테 동의서를 받았다는 게 말이 됩니까? 병원비를 내는 누군가가 의뢰한 거겠죠."

법적으로 정신병원 입원은 보호의무자의 동의가 있어야 한
다. 정신보건법 제21조에 따르면 보호의무자는 당사자의 부모
나 생계를 같이하는 친족 등이다. 엄격히 따지면 시집간 여동생
은 생계를 같이하지 않기 때문에 보호의무자가 될 수 없겠지만
관례를 언급하며 송복순한테 동의서를 받았을 것이다. 동의서
는 두 명 이상 작성해야 하지만 보호자가 한 사람일 경우 한 사
람의 동의서만 작성하면 된다. 은심에게 동의서를 받지 못할 테
니 '누군가'가 김춘웅한테 접근해서 송복순의 동의서를 받고
대가를 지불했으리라.

"동의서 말고 의사의 입원 권고도 있어야 하죠?"

"잘 아시네."

"입원을 권고하는 진단을 한 의사가 원장입니까?"

원무과장이 녹차를 한 모금 마셨다.

"다른 병원에서 정신병 치료를 받은 기록이 있어야 입원이
되는 걸로 알고 있는데, 있습니까?"

"우리 병원은 그 누구도 절차상의 하자가 없어요. 영장을 가져
오시면 정보를 주죠. 한국의 정신병원 강제 입원율이 92.8퍼센
트요. 세계 1위. 2위가 몇 퍼센트인 줄 아시오? 오스트리아, 18퍼
센트. 강제 입원율이 그렇게 높다는 건 한국만의 특성이라 경찰
이 수사할 거리도 못 되지. 우리나라는 정신병원에 입원한 환자
가 7만 5천 명이오. 7만 5천분의 1에 경찰이 콧방귀나 뀔까요?"

"자신 있으신가요?"

"이게 무슨 자신이 있고 없고의 문제는 아니죠."

"병원비를 대는 사람만 알려주세요. 그럼 저도 입원 절차상의 하자는 건드리지 않겠습니다."

원무과장이 찻잔을 내려놓으며 웃었다. 아까 웃음소리하고는 어딘가 느낌이 달랐다.

"우리 기자분이 재밌으시네."

"윗선과 상의하실 시간이 필요하십니까? 제가 송영복 씨 면회하는 동안 결정을 해주셨으면 좋겠습니다."

"면회는 안 됩니다."

"안 된다고요?"

"환자의 상태에 따른 내부 규정입니다."

"환자 상태가 어떤데요?"

"현재 불안정한 감정과 행동이 지속되고 있어요. 불안장애 증세가 아주 심각한 상태입니다."

"환자 상태가 지금 갑자기 결정된 거 아닙니까?"

"좋을 대로 생각하세요."

"송영복의 상태에 대한 의사의 소견을 볼 수 있습니까? 작년에 인권위에서 전문의의 면회금지 지시 여부가 명확하지 않은 채 면회를 금지하는 것에 대해 문제를 제기했던데. 정신병원에서 일하고 계시니까 알고 계시죠?"

"직계가족도 아닌 방송국 피디한테 전문의의 소견서를 보여주어야 할 의무는 없어요."

"좋습니다. 그럼, 제 제안을 거절한 걸로 알고 희망원에 대해서도 본격적으로 취재를 하겠습니다. 일을 더 크게 만드는 재주가 있으시네요."

"뭐요!"

시종 차분하던 원무과장이 흥분했다. 하철이 자리에서 일어났다.

"혹시라도 생각이 바뀌시면 바로 연락 주세요. 생각하실 시간은 많지 않습니다."

"우리 병원은 아무 하자가 없으니 취재 열심히 하세요."

원무과장의 말투가 제자리로 돌아갔다.

"원장님이 송영복 집안에 정신병력이 있다고 했는데 그게 말이 안 됩니다. 여동생은 남편의 폭력 때문에 뇌가 다친 거지 집안에 정신병력이 있는 게 아니거든요. 그런데 원장은 왜 그런 진단을 했을까요? 섣부르게."

'섣부르게'가 원무과장의 심기를 건드렸는지 입가에 작은 경련이 일었다.

"그 사실도 방송에 나가면 희망원에 심각한 타격을 주지 않겠습니까?"

하철이 주차장으로 나왔다. 2층에서 몇몇 환자들이 전화를 하고 있었다. 희망원은 입원하고 2주 동안 전화나 면회를 할 수 없다. 2주 후부터는 하루 한 차례 전화를 할 수 있다. 영복은 어디에도 전화를 하지 않았을 것이다. 어디에도 전화를 받아줄 사람이 없을 것이다. 영복은 안젤라 신드롬이 아니었다. 정말로 딸을 만났고 딸을 찾기 위해 홀로 고군분투했던 것이다. 은심의 말대로 영복은 소심하고 약해서 도저히 홀로 딸을 찾을 수가 없었다. 아내는 식물인간으로 누워 있고 1년이 지나자 세상은 더 이상 영복을 도와주지 않았다. 영복은 사람들의 시선을 견디지 못했을 것이다. '누군가'가 이 모든 열쇠의 가장 중요한 키워드지만 '누군가' 혼자서 했을 수는 없다. '그들'이 지휘자고 '누군가'는 연주자에 불과할지도 모른다. '그들'은 복수가 아니라 단수의 지휘자 '그'이고 복수의 연주자인 '그들' 중 하나가 '누군가'일 수도 있다. '누군가'를 통해 '그'에게 접근할 수 있을 것이다. 적어도 지금까지 알아낸 공통분모로 허스키한 목소리의 '누군가'가 있다. 영복은 '누군가'와 대면했다. '누군가'는 영복이 싸울 수 있을 만한 상대가 아니다. 세상에 도움을 요청했지만 누구도 영복을 믿어주지 않았다. 영복은 홀로 '누군가'와 그 뒤에 있는 '그' 또는 '그들'과 싸워야 했다. 외로운 싸움에 지쳐갈 즈음 희망원에서 영복을 붙잡아 갔다. '그들'은 송복순의 남편을 돈으로 매수해 동의서를 작성하게 했을 것이다. 영복은 모든 걸 수용했을 것이다. 그렇지 않아도 포기하고 싶었을 텐데 적절한 때가 때마침 온 것이다. 홀로 싸우고 견뎌야만 했던, 정신병원 밖으로 다시는 돌아가고 싶지 않았을 것이다. '그' 또는 '그들'이 마련해준 희망원으로 영복은 도피한 것이다. 어떤 의사가 정신병원에 입원하는 건 "출소일 없는 구속"이라고 말했다. 감옥에 있으면서 하철은 단 하루, 단 한 순간도 출소일을 손꼽지 않은 적이 없었다. 영복은 출소를 더 두려워하고 있을지도 모른다. 정신을 차려서 정신병원을 나가면 다시 딸을 찾는 끔찍한 싸움을 계속할 수밖에 없다. 정신병원으로 붙잡혀 온 김에 그 안으로 더 깊숙이 도망치고 있지 않을까. 돼지소녀를 찾기 전에는 영복을 만나지 않는 게 영복에게 좋을지도 모른다.

휴대폰에 메시지가 떴다. 발신자 표시는 없었다.

─박덕순 정복. 신도림역.

예령한테 온 메시지다. 하철이 내비게이션에 신도림역을 입력했다. 225킬로미터.

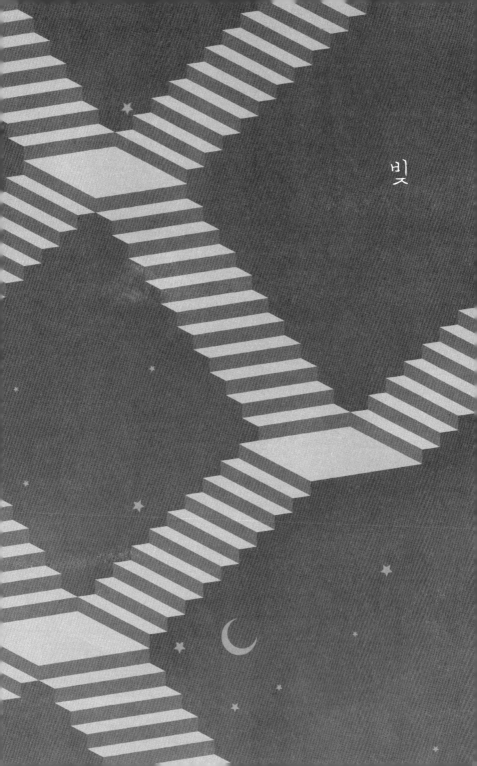

빛

1

하철이 테크노마트에 주차하고 신도림역 안으로 들어갔다. 보관함의 비밀번호를 눌렀다. 갈색 서류봉투가 웅크리고 있었다. 쇼핑몰 지하 커피숍으로 갔다. 박덕순의 사진부터 그의 이력과 지역신문에 난 사건과 그 사건에 참여한 박덕순의 업무보고까지 꼼꼼하게 있었다. 13년 전에 열한 살짜리 딸이 죽은 경찰을 한 명 찾았는데 그도 11년 전에 죽었다. 예령은 딸을 잃은 경찰을 다시 찾아보겠다고 했다. 그럴 필요가 없을지도 모른다. 돼지소녀의 아빠가 되고 싶었다면 범인은 왜 영복에게 딸을 보여주었겠나. 진짜 아빠를 보여주면 자신이 아빠가 될 수 없을 텐데.

휴대폰이 울렸다. 방 사장이었다.

"내 차 좀 빌려주라."

"김춘웅은 찾았어?"

"지금 어디냐?"

"신도림."

"부동산으로 와. 그리고 내가 말했나? 내 차 보험이 나밖에 안 된다는 거. 불쌍한 내 차 좀 빨리 가져와."

"오늘 또 써야 되는데?"

"안 돼. 오늘 와이프 생일이야."

"택시 타요. 근사한 데 똥차 끌고 가서 분위기 망치지 말고."

"결혼 못한 너가 알 수 없는 게 있어. 빨리 가져와. 안 그러면 도난신고 할 거야. 나의 애마를 출소한 지 얼마 안 된 전과자가 가져갔다고."

"렌트를 하든가."

"내 차 안에는 우리 가족의 안락함이라는 게 있다고. 올 때 기름 이빠이, 잊지 말고."

하는 수 없이 하철이 부동산으로 갔다.

"새 차 한 대 사요. 똥차는 일할 때 쓰는 걸로 하고."

"먹고살기 빠듯하다. 그리고 똥차 아니야."

"그러면 밥만 먹고 다시 돌려줘."

방 사장이 웃었다.

"왜 웃어요?"

"너가 가끔 열심히 할 때가 있잖아. 나는 그게 왜 이렇게 웃기냐? 너는 진지하면 웃겨. 웃기려고 마음먹으면 썰렁하고. 너는 유전자가 역설적인가 봐."

"김춘웅은 어떻게 됐어요?"

"행방불명."

"일 안 할 거야?"

"진짜야. 한국에 없어. 참치 잡으러 태평양 갔어. 원래 배 타던 사람이던데, 뭘."

"언제 오는데?"

"내년 봄에."

김춘웅은 포기할 수밖에 없다. 내년 봄이면 이미 모든 게 끝나야 한다.

방 사장이 저녁을 먹는 동안 하철이 부동산에서 예령에게 메시지를 보냈다. 희망원과 『울트라강원』에 대해 알아보라고 했다.

*

미북파출소 건너편에 쌀로 만든 '미북피자' 가게가 있었다. 그 앞에 차를 대고 하철이 차 안에서 피자를 먹었다. 경찰을 만나는 건 껄끄럽다. 권위를 만나야 하니까. 스쿠터들이 배달하러 나가고 들어오며 곡예를 했다.

하철이 피자 부스러기를 털고 파출소로 들어갔다.

"소장님 좀 뵈러 왔습니다."

"어떻게 오셨는데요?"

"박민호 일로 왔다고 전해주세요."

하철이 곧바로 파출소장실로 안내받았다.

"우리 민호가 왜요?"

박민호는 박덕순의 아들이다. 박민호는 소장실에 바로 들어오기 위한 미끼며 소장에 대한 뒷조사를 좀 했다는 성의 표시였다. 박덕순은 가운데 머리가 빠졌고 옆머리를 길러 1대 9로 넘겨서 가운데를 덮었다.

"돼지소녀를 기억하시죠?"

"돼지소녀?"

전화벨이 울리자마자 박덕순이 기다렸다는 듯 단번에 받았다. 외근하는 경찰에게 업무를 지시하면서 하철을 흘끗흘끗 보았다. 카센터에 도둑이 든 모양이었다. 박덕순은 건너편에 있는 편의점의 CCTV를 확보해서 분석하라고 지시했다. 하철이 소장실 안을 둘러보았다. 돼지소녀가 납치된 경로에는 어떤 CCTV도 없었다. 배미자, 김동수, 여영순이 생물적 CCTV 역할을 했지만 그 여섯 개의 CCTV는 조작이 가능했다.

박덕순은 눈매가 아래로 향한 게 천생 시골에서 하루하루 안전하게 사는 촌부의 얼굴이었다.

"당신은 뭐하는 종자야?"

박덕순의 질문에 하철이 방송국 피디 명함을 건네고 프로그램에서 다루고 있다고 대답했다.

"기자 냄새가 안 나는데?"

"어떤 냄새가 기자 냄새일까요?"

"당신, 돼지소녀 엄마가 보냈어?"

소파가 낮아서 하철이 박덕순을 올려 봐야 했다. 창밖에서 시끄러운 소리가 났다. 하철이 대답도 피할 겸 자리에서 일어나 창가로 갔다. 창밖에선 피자를 배달하던 스쿠터가 넘어지고 말았다.

"배미자가 외국으로 간 건 알고 계십니까? 김동수, 여영순은 죽었고."

"그런 걸 민생에 파묻혀 사는 파출소장이 알아야 하나?"

하철이 소파로 와서 팔걸이에 걸터앉았다.

"소장님이 배미자한테 사건을 신고 받으셨죠?"

"그랬나? 그랬다 치고. 그래서?"

목격자의 이름을 되짚어보지 않아도 박덕순은 기억하고 있었다.

"제가 궁금한 건 그때 신고를 받고 누구한테 보고했냐는 겁니다. 잘 아시겠지만 배미자가 목격한 게 조작됐거든요."

"말조심해!"

"목격자들은 남자가 돼지소녀를 납치해 갔다고 진술했는데 경찰은 용의자가 중년 여자라고 발표했습니다. 사건 수사에 혼선을 주기 위해서 트랜스젠더를 해버린 거죠. 내가 범인이었다면 기분 나빴을 겁니다. 거세를 당했으니까. 소장님이 사건을 접수하고 위에다 보고를 했는데 누군가 와서 거래를 했겠죠?"

"거래?"

"소장님이 그 명령에 복종할 수밖에 없는, 힘이 있는 윗선이었을 겁니다."

"그만 가시오. 파출소장이 삼류 추리소설을 들어줄 만큼 한
가한 자리가 아니니까."

박덕순이 일어나서 소장실 문을 열었다. 밖에서 일하던 경
찰들의 시선이 집중되었다. 제법 덩치가 좋은 순경이 자리에서
일어났다. 소장이 지시하면 바로 들어와서 하철을 끌어낼 기세
였다.

"마을 잔치에서 술을 마시다 총기를 분실했던 적이 있었죠?"

박덕순이 잠시 머뭇댔다.

"여기, 커피 좀 타 와."

박덕순이 소파로 가서 앉았다. 하철도 소파에 앉았다. 이제야
두 사람의 눈높이가 일치했다.

"12년 동안 경장이었는데 총기를 잃어버리고 얼마 지나지 않
아서 돼지소녀 사건을 접수하고 한 달 후에 어떻게 갑자기 경사
로 진급을 하셨습니까?"

"원래 떨어질 때가 돼서 떨어진 거야. 멍텅구리들은 까마귀
가 날아서 배가 떨어졌다고 생각하지. 자네처럼."

"근무시간 중에 음주에다 총까지 잃어버렸다면 경찰한테 치
명적인 과실 아닙니까? 분실한 후에 상부에 보고를 했을 텐데
아무런 제재조치가 없었더라고요. 형사과장이나 수사과장은
왜 총기 분실에 따른 책임을 묻지 않았을까요? 당시 형사과장
과 수사과장도 곧 조사해볼 예정입니다만."

"원하는 게 뭔가?"

"사실대로 말씀해주시면."

"나한테 줄 건 뭔데?"

"돼지소녀 실종사건과 소장님의 관계는 전혀 밝히지 않겠습니다."

"해볼 테면 해봐!"

박덕순이 탁자를 내려쳤다. 촌부의 얼굴을 교활한 눈빛이 집어삼켰다. 노크 소리가 났다. 순경이 커피를 들고 들어왔다.

"데리고 나가."

순경이 하철의 팔을 잡았다.

"그때 소장님이 보고한, 목소리가 허스키한 사람. 경찰이었거나 전직 경찰이었겠죠?"

박덕순이 일어나 책상으로 가서 앉아 전화를 했다. 하철이 박덕순의 표정 변화를 관찰했다.

"씨발, 놔봐!"

박덕순은 '누군가'를 알고 있다.

세월교에 차를 댔다. 경찰 두 명과 몸싸움을 하느라 팔과 어깨가 뻐근했다.

하철이 세월교 아래를 흐르는 거센 물살을 보았다. 이곳으로 '누군가'가 영복을 찾아왔다. '누군가'는 왜 돼지소녀를 보여주었을까. 돼지소녀는 납치된 후 적어도 1년 동안 살아 있었다. 영복을 정신병원에 가둔 건 돼지소녀가 죽었기 때문일까. 죽었다면 오히려 시체를 유기하고 그 장소를 사람들이 발견하게 해서 사건을 완전히 끝냈을 것이다. 감쪽같은 솜씨가 있지 않나. 돼지소녀는 아직 살아 있을까.

옥수수밭 근처에 차를 댔다. 배미자가 이곳에서 돼지소녀를 목격했다. 돼지소녀는 몸이 약한 엄마한테 산삼을 캐서 주겠다고 말하고서는 집을 나섰다. 그날 돼지소녀가 밖으로 나간 시간만 해도 며칠간 내리던 비는 소강상태였다. 돼지소녀는 산에 갔다가 비를 만나 집으로 돌아오는 길이었을 것이다. 비도 오고 인적도 드물어 납치범한테 기회가 왔을 것이다. 비는 어딘가 있을 수밖에 없는 목격자들의 시야를 가리기에 최적의 조건이었을 것이다. 게다가 공사 도중 전화선이 잘렸고 부근에 집전화가 되지 않았다. 그건 우연이었을 것이다. 그렇게까지 조직적으로 보이진 않는다. 일이 되려니 아귀가 맞아떨어졌던 것이다. 유명 인사를 납치하는 건 위험하다. 단지 소녀 하나가 필요했다면 돼지소녀는 아니었을 것이다. 다른 소녀가 아닌 돼지소녀가 필요했을 것이다.

도대체 왜…….

하철이 차에 탔다. 시동을 걸고 차창을 내리자 강바람이 불었다. 선글라스를 썼다. 햇볕이 제법 강렬했다. 살아 있다면 돼지소녀는 햇볕이 들지 않는 곳에서 음습한 곰팡이와 함께 기거하고 있을 것이다. 살아 있을 것이다. 하철은 자신이 좀 더 가치 있는 일을 하고 있는 중이라고 믿고 싶고 그래서 살아 있다고 확신하기로 했다.

하철이 오른쪽 사이드미러를 보았다. 뒤에 오는 검정색 무쏘가 수상했다. 앞유리 선팅이 유독 진해서 운전자는 보이지 않았다. 직진 신호가 황색으로 바뀌었다. 이어서 좌회전 신호가 올 것이다. 하철의 자동차는 좌회전과 직진이 모두 가능한 2차선에 서 있었다. 무쏘는 차 두 대 뒤에 있었다. 좌회전 신호로 바뀌기 직전, 하철이 직진으로 나갔다. 그동안 신호는 좌회전으로 바뀌었다. 무쏘가 3차선으로 급하게 나와 하철을 따라 직진하는 게 백미러로 보였다. 애초 직진을 할 거라면 3차선으로 변경했어야 했다. 따라오는 게 분명하다.

하철이 방 사장한테 전화를 걸었다.

"빨리 자동차 번호 하나만 추적해봐."

"왜? 미행?"

하철이 무쏘의 번호를 불렀다. 건물 지하로 들어갔다. 입구가 좁았고 지하주차장은 한산했다. 주차한 곳에서 엘리베이터 입구로 가려면 코너를 돌아야 했다. 엘리베이터 버튼을 눌렀다. 자동차가 주차장으로 들어오는 소리가 들렸다. 하철이 뒤를 돌아봤지만 주차장은 보이지 않았다. 주차장을 보러 일부러 다시 나간다면 의심을 살 것이다. 별로 솜씨가 좋은 미행은 아니다. 갑작스러운 직진을 눈치채지 못했다. 사거리에서 좌회전을 하고 다음 기회를 노려야 했다. 나를 당장 제거하라는 명령을 받은 게 아니라면.

휴대폰이 주머니 안에서 진동했다. 멀리서 구두 소리가 다가왔다. 휴대폰을 열어 메시지를 확인했다.

―없는 번호.

하철이 휴대폰을 주머니에 넣고 구두 소리를 기다렸다. 등록되지 않은 차량 번호판을 달고 다닌다면 백 프로다. 구두 소리는 한 명이다. 엘리베이터가 2층에서 내려오고 있다는 표시가 붉게 반짝거렸다. 구두 소리가 엘리베이터 앞에 섰다. 하철의 손이 축축하게 젖었다. 눈치채지 않았다는 걸 보여주기 위해 돌아보지 않았다. 놈의 얼굴이 궁금해서 미칠 것 같았다. 느긋해야 이긴다. 서툴면 깨진다.

엘리베이터 출입문 옆에 CCTV가 있었다. 엘리베이터 안에도 CCTV가 있을 것이다. CCTV가 있기에 놈은 함부로 하지 못할 것이다. CCTV를 의식하지 않을 수도 있다. 놈이 '누군가'라면 나를 제거하고 통제실에 가서 CCTV를 제거할지도 모른다. 동일범의 수법은 동일하게 마련이다. 싸움에 자신 있지만 기습에는 당할 도리가 없다. 놈이 다가오면 최대한 예민하게 그의 움직임을 관찰해야 한다. 심장이 분주하게 날뛰었다.

엘리베이터가 열렸다. 하철과 남자가 함께 탔다. 5층 버튼을 눌렀다. 남자는 누르지 않았다. 엘리베이터 문은 거울 효과가 나지 않았다. 뒤편에 붙은 조그만 거울이 하나 있었다. 거울을 돌아본다면 의심을 살 것이다. 옆의 시선으로 느껴지는 남자는 덩치가 좋았다. 머리는 짧았다. 강하거나 강하게 보이고 싶어 하는 외모. 남자가 주머니에 손을 넣고 있었다. 칼이라도 꺼낸다면 낭패다. 몸을 뒤로 돌려 놈의 무릎을 걷어찰 수 있을까. 공간이 좁다. 차라리 총이 낫지 칼이 내뿜는 서늘한 빛을 보면 간담이 서늘해진다. 남자의 손이 주머니 안에서 무언가를 만지작거렸다. 칼집에 넣은 칼일 수 있다. 칼을 주머니에서 꺼내 버튼을 눌러 칼날을 빼내는 동안 놈을 제압할 수 있을까. 남자가 주머니에서 손을 뺐다. 하철은 반사적으로 남자의 허벅지를 무릎으로 찍었다. 생각보다 행동이 먼저 나왔다. 남자가 비명을 지르며 한쪽 무릎을 꿇었다.

"너, 누구야?"

하철이 물었다.

"아, 젠장······."

남자는 눈빛부터 둥그스름한 얼굴 모양까지 악해 보이지 않았다. 엘리베이터가 5층에서 섰다. 문이 열렸다. 아이를 안은 여자가 들어오려다 주춤거렸다.

"자기야."

여자가 남자를 불렀다. 아이가 아빠를 보고 반겼다. 남자가 주머니서 꺼낸 건 휴대폰이었다. 남자가 일어나 하철의 멱살을 잡았다. 여자는 어떻게 된 거냐며 자초지종을 물었다. 하철이 오해했다면서 사과했다. 5층에는 소아과 병원이 있었다. 여자가 남자를 끌고 내리려 하는데 남자는 하철의 멱살을 놓지 않으려 했다. 하철은 거듭 죄송하다고 말했다. 아내한테 마지못해 끌려 나가던 남자가 갑자기 하철의 복부를 주먹으로 때렸다.

하철이 지하주차장으로 내려갔다. 주차장엔 무쏘가 없었다.

송천 IC로 진입해서 부평 IC를 빠져나올 때까지 사이드미러와 백미러를 살폈지만 무쏘는 보이지 않았다. 처음부터 무쏘가 따라온 적이 없던 건 아닐까. 두려움이 만들어낸 환영이 아니었

을까. 다시 뛰어들긴 했지만 돼지소녀 실종사건 속으로 들어갈
수록 하철은 겁이 났다.

2

집 안에 켜켜이 쌓인 먼지를 닦고 있는데 방 사장한테 문자가
왔다. 내일 자동차를 써야 되니까 부동산에 가져다 놓으라고 했
다. 하철이 빨래를 돌렸다. 냉장고를 뒤져 오래된 음식물을 버
렸다. 머릿속에서 생각이 복잡하게 얽힐 때 하철은 청소를 한
다. 하이네켄 세 개를 비운 후 잠이 들었다.

밖이 소란스러웠다. 간만에 푹 잠이 들었기에 하철은 짜증
을 내며 잠에서 깼다. 일어나 물을 마시며 창밖을 보았다. 사람
들이 모여서 불이 나는 걸 구경하고 있었다. 하철도 고개를 창
밖으로 내밀었다. 멀리서 사이렌 소리가 들렸다. 자동차가 불에
타고 있었다. 자리가 익숙했다!

하철이 대충 걸쳐 입고 밖으로 뛰어나갔다. 방 사장의 2001년
식 SM520V가 불타고 있었다. 소방관이 자동차에다 물을 뿜었
다. 경찰은 자동차가 폭발할지도 모른다며 구경 나온 사람들을
멀리 떨어지게 했다. 자동차가 내뿜는 검은 연기가 하철의 가슴
에 불을 질렀다.

끝까지 가는 거다.

할머니는 하철이 따돌림을 당하는 것에 대해 별로 걱정하지 않았다. 할머니 또한 종종 술에 취할 때면 어린 하철에게 "예수병 걸린 화냥년의 새끼"라고 욕했다. 하철은 초등학교 때 맨 앞자리에 앉아야 할 만큼 키가 작았다. 할머니는 며느리 때문에 손자가 위축돼서 크지 못하는 거라고 말했다. 할머니가 돌아가신 후 하철은 3년 동안 1년에 10센티미터 이상씩 컸다. 하철을 괴롭힌 건 키가 크고 덩치가 좋은 아이들만이 아니었다. 왜소한 아이들조차 큰 아이들 옆에서 괴롭혔다. 아이들은 해맑은 미소 안에 잔혹한 본성을 숨기지 않았다. '천진난만'하다는 말 그대로 아이들은 "화냥년의 새끼"한테 자신들의 본질을 꾸미지 않았다. 아이들은 하철의 실내화를 조각칼로 갈기갈기 찢어놓기도 하고 계단에서 하철을 밀기도 했다. 처음엔 담임에게 도움을 요청했고 담임도 아이들에게 주의를 주었다. 시간이 갈수록 아이들의 폭력은 교묘해졌다. 가해 사실이 드러나지 않도록 조직적이고 계획적으로 일을 꾸몄다. 무엇보다 견딜 수 없었던 건 아무도 하철과 말을 섞지 않았던 것이다. 한 명쯤은 집단적 어리석음에서 벗어나 말을 나눌 수도 있을 텐데, 아무도 없었다. 어느 날 하철의 가방에 죽은 병아리를 넣고 있는 뚱보를 목격했다. 하철이 주먹으로 뚱보의 얼굴을 갈겼다. 하철은 약해서 괴롭힘을 당한 게 아니었다. 오히려 또래 아이들보다 강했다. 뚱보의 어머니가 학교에 찾아왔고 교무실에 불려갔다. 자초지종을 설명할 시간이 주어졌다. 침착하게 뚱보가 한 짓을 설명했다. 담임은 방관자가 되었다. 뚱보의 엄마는 자기 자식의 천

진난만함을 꾸중하지 않았다. 하철을 자세히 보더니 "얘가 똥 갈보 새끼 아니야?"라며 비웃었다. 하철은 그 말이 무슨 뜻인지 당시엔 사전적 의미를 알 수 없었지만 그녀의 어감과 눈빛으로 충분히 말뜻을 알아들었다. 아줌마는 담임한테 하철을 전학시키라고, 하철의 기억으론 명령했다. 그러면 그냥 넘어가겠다는 것이었다. 어차피 하철의 집에 돈이 있을 것도 아닐 테니까 치료비는 필요 없다고 했다. 똥보는 부잣집 아들이라 점심시간이 되면 아이들이 그의 곁에 모여 똥보가 오늘은 무슨 반찬을 싸 왔는지 구경했다. 똥보는 넉넉하게 반찬을 싸 와서 마음에 드는 아이들한테 베풀었다. 아이들과 세상은 죽은 병아리를 하철의 가방에 넣은 똥보 편이었다. 하철은 담임이 할머니한테 말하지 않기만 바랄 뿐이었다. 그랬다간 할머니가 또 어머니의 피를 욕할 거니까. 똥보는 주먹으로 갈길 수도 있지만 할머니의 "예수병 걸린 화냥년의 새끼"는 어쩔 도리가 없었다. 담임은 할머니를 학교로 불렀다.

"CCTV를 저도 좀 같이 볼 수 있을까요?"

묻는 대로 적당히 협조하면서 하철이 경찰에게 요구했다.

"왜요?"

"제가 아는 사람일 수 있으니까 제가 더 잘 알아볼 수 있지 않겠습니까?"

"원한 관계라고 생각하세요?"

"아마도요."

"짚이는 데는 있습니까?"

"그런 건 아니고요."

경찰은 주변 상점의 CCTV가 확보되는 대로 연락을 주겠다고 했다.

급하게 달려온 방 사장은 금방이라도 오열할 것 같았다.

"어떤 개, 후레, 호로 새끼가!"

방 사장이 새까맣게 재가 된 자동차를 보며 가슴 아파했다.

길길이 날뛰던 방 사장이 좀 잠잠해지자 하철이 그를 데리고 양꼬치집으로 갔다. 안주가 나오지도 않았는데 각각 칭따오 맥주 한 병씩을 단숨에 비웠다.

"자차 보험 들었을 거 아니야? 명품이라며."

"소중한 걸수록 소홀히 관리하는 게 나의 방법이야."

방 사장이 꼬치를 먹었다.

"이 집 괜찮네. 누린내도 별로 안 나고. 그나저나 도대체 무슨 일을 하고 다니는 거냐?"

"너무 많은 걸 알려고 하지 마. 다칠지도 몰라."

하철이 맥주를 한 병 더 시켰다.

"궁금해?"

"아니. 그냥 너만 알고 있어라."

"겁은 많아서."

"난 처자식이 있잖아."

"처자식이 있으면 약해지는 거야? 강해지는 거야?"

"조심스러워지는 거지."

두 사람은 호프집으로 자리를 옮겨 2차를 마셨다. 방 사장은 정치에 대한 이야기를 꺼냈다.

"적어도 여종성은 인간적이잖아. 박도원은 너무 느물느물해. 여종성이 옛날에는 날카로웠는데 도지사 하고 나서 사람이 변했어. 얼굴에 살도 붙으니까 둥그스름한 게 인간적이지 않냐?"

"이미지는 거짓말이야."

"너는 박도원을 지지하는 거야? 〈똘이 장군〉에 나왔던 돼지 새끼 같은 얼굴을?"

"난 내 통장 잔액만 지지할 뿐, 그 외엔 누구도 지지하지 않아."

"고대 마야인들이 만든 달력의 마지막 날이 바로 지구 멸망의 날인데 그게 언제인 줄 아냐? 이번 대통령 선거하고 이틀 후야. 즉, 대한민국의 대통령이 결정되고 나서 지구가 멸망한다는 거지."

"그것도 괜찮겠다."

"근데 언제부터 너가 나한테 반말했지?"

"어느 순간 깨달았지. 사실은 내가 사장님을 먹여 살리는구나. 그러니까 저절로 반말이 나오더라고."

방 사장이 고개를 절레절레 흔들며 건배를 청했다.

"그 여고생 또 집 나갔단다."

"윤아?"

"찾아봐. 너 통장 잔액을 지지한다면 얼마나 좋은 기회냐? 이번에도 천이야. 니 몫은 6할. 그리고 하나 더 있다. 이건 너 혼자 안 되고 같이해야 될 거 같아."

"뭔데?"

"이것도 윤아 아빠가 시킨 건데, 뒷조사 좀 하자."

"늘 하는 거면서 새삼스럽긴."

"아주 입에 딱 붙는구나. 나한테 백 년 동안 반말을 해왔던 거 같다."

방 사장이 휴대폰에 있는 늙수그레한 남자의 사진을 보여주었다.

"잘생겼는데?"

"여자 좀 후렸겠지?"

"남자를 후렸을 수도 있고."

"혹시 너 빵에서 취향이 바뀐 거냐?"

"바뀌었지. 옛날에는 글래머가 좋았는데 이젠 아담한 게 좋아."

"여자는 볼륨이지. 뭔 소리를 하고 있는 거야. 그건 그렇고. 낙마시킬 꼬투리를 잡으면 최소 5천, 최대 1억. 나도 직접 움직일 거니까 너는 3할, 너가 결정적인 역할을 하면 4할."

조사해야 할 사람의 이름은 문영술이었다. 윤아 아빠가 국회의원 보궐선거에 출마할 예정이었다. 문영술은 상대편 후보로 나올 사람이었다. 문영술은 이미 국회의원을 한 번 지냈던 사람이고 지난번엔 낙선했다. 윤아 아빠보다는 강력한 후보라고 했다. 문영술은 평소 호탕한 성격이고 술을 좋아했다. 여자관계도 복잡하다는 소문이 돌았다. 문영술의 여자관계를 밝히라는 것이다.

"다른 것도 구린 게 보이면 캐고. 조심해. 문영술이 경찰 출신이야."

"감옥 갔다 나오니까 대한민국엔 경찰만 사는 거 같아."

"결혼해봐라. 대한민국에 젊고 탱탱한 여자들만 살고 있지. 요즘 애들은 왜 이렇게 볼륨이 큰 거야. 환장하겠다, 아주."

집에 돌아와 침대에 눕자 하철은 금도끼가 생각났다. 지난번에 도박 빚 갚으라고 전화가 온 후 연락이 없었다. 자동차에 불을 지른 것이 금도끼의 연락 방법일까. 1억도 아니고 천만 원을 받기 위해 자동차에 불을 지르는 건 무모하다. '누군가'의 짓이다.

하철이 경찰과 함께 주변 CCTV를 사흘간 보고 또 보았다. 경찰 말대로 '노가다'였다. 그날 원룸 주차장에 공간이 없어서 자동차를 부평역 남부에서 지하철 선로 벽을 끼고 늘어선 주차 공간에 주차했다. 거주자 우선이 아니라 먼저 주차하는 사람이 임자다. 빵집, 편의점, 채소가게 CCTV가 자동차 쪽으로 가는 사람들을 찍긴 했지만 어떤 사람이 자동차에다 불을 질렀는지는 알 수 없었다. 자동차에 불이 난 때는 늦은 밤에서 이른 새벽으로 넘어가는 시간이라 인적이 드물었다. CCTV도 별로 선명하지 않았다. 의심을 가지고 보면 의심스러운 사람이 한두 명이 아니고 별생각 없이 보면 의심스러운 사람은 없었다. 인명 피해도 없었고 재산 손실도 그렇게 크지 않은 사건이라 수사 사흘이 지나자 경찰의 의지가 꺾였다.

3

하철이 버스와 택시를 번갈아 탔다. 누군가 따라오지 않을까 싶어 일부러 뛰기도 했다. 미행당한다면 어디선가 당황해서 같이 뛰는 사람이 있을 것이다. 미행당하지 않고 있다는 확신이 들자 신인왕전 준결승이 열리고 있는 완주 문화체육센터로 들어갔다.

"내일 서울 올라가서 보면 되는데?"

"비빔밥이 생각나서. 뭐 좀 알아냈어?"

"청코너 선수 보이죠? 김석영이라고 유명우를 사사한 선수래요. 내가 제일 좋아하는 선수가 유명우거든요. 무지 귀엽게 생겼는데 에너지가 장난이 아니었잖아요. 쉬지 않고 상대를 후려갈기는 그 힘은……."

"역시 여자들은 힘 좋은 남자를 좋아한단 말이야."

"남자는 힘없는 여자를 좋아하잖아요."

"고등학교 3학년 때 담임선생이란 작자가 서울대 출신이었거든. 자기가 어떻게 서울대에 갔는지 공부 방법을 우리한테 알려줬어. 우리 반은 꼴찌 반이었지. 담임은 계속 우리가 이해가 안 된다고 하더라고. 유명우한테 배웠다고 최고가 되는 건 아니야. 그런데 자기는 왜 아마 복싱을 좋아해?"

"프로는 공정하지 못한 경우가 많아요. 인기가 있는 선수랑 인기가 없는 선수랑 붙어서 비슷할 경우에 인기 있는 선수한테 손을 들어주는 경우가 종종, 아니 자주 있거든요. 아마는 정확히 타격으로 보는 거니까, 나름 공정하죠.”

2라운드를 시작하는 종이 울렸다.

“105개월 동안 송영복의 병원비를 댄 사람이 있어요.”

“브라보! 역시 달라. 누군데?”

“칭찬 좀 더 해봐요.”

“오늘 옷발도 잘 받는 거 같아. 화장발도. 또…….”

“됐어요. 최선국이라고 IMF 때 정리해고 당하고 나서 행방불명된 사람이에요.”

“대포통장이란 말이네?”

“최선국 명의의 기업은행 통장에서 자동이체가 됐는데 그 통장으로 매달 5일 날 돈이 들어온 거죠.”

“그러니까 누군가 행불자 통장을 만들어서 거기다 자기가 돈을 입금하고 행불자가 보낸 것처럼 송영복의 병원비를 댔다?”

“정리를 해야 할 만큼 어려운 얘기였어요?”

함성이 경기장에 울렸다. 청코너 선수가 다운되었다. 다시 일어났지만 다리가 풀렸다. 심판이 경기를 계속할 의향이 있냐고 물었다. 청코너는 고개를 끄덕였지만 아직 다운될 때 맞은 어퍼컷의 충격에서 헤어 나오지 못했다. 심판이 TKO로 경기를 마무리했다.

“뭐 이렇게 어설퍼?”

하철이 청코너 선수를 보며 말했다.

“실수가 한 번 있었어요. 105개월 중에 딱 한 번. 2008년 3월 6일 날 정신병원에 최선국이 아니라 한연숙이란 이름으로 송금이 됐어요."

"한연숙?"

"왜 그랬는지는 잘 모르겠어요."

"대포통장을 썼다는 건 자신이 드러나면 안 되는 건데, 이름을 노출했다? 그건 단순한 실수야. 매번 최선국 통장으로 송금을 했는데 깜박한 거지. 은행 갈 시간은 없었고. 병원비를 내야되는 날이고. 그런데 외출을 했다가 생각이 났겠지. 아니면 해외여행을 갔다 오는 바람에 깜박 잊고 있었다던가. 부랴부랴 자기 현금카드로 송금을 한 거지. 마음이 급했던 거야. 입금이 안되면 정신병원에서 연락이 올 거고, 그럼 괜히 껄끄러우니까."

"한연숙이 원래 알던 사람은 아니죠?"

"그럴 리가. 한연숙에 대해서는 알아봤어?"

"그 남편이 왕제명이라는 사람이에요. 사진은 안에 넣었어요."

예령이 하철에게 서류봉투를 건넸다.

"왕제명은 또 누구야?"

"강원경찰청장."

"뭐?"

경기를 준비하느라 관계자들이 링 위를 마른 걸레로 닦았다.

"왕제명이 돼지소녀 실종사건하고도 연관이 있더라고요."

"어떻게?"

"그때 특별수사본부장이었어요. 아사모사한 건 충청도에서 기동대장을 하던 사람이 왜 갑자기 강원도로 가서 특별수사본부장이 됐냐는 거예요. 그리고 『울트라강원』이 보도한 사진은 못 찾았어요."

"폐기됐겠지."

"애초 없다면?"

"있어, 분명. 도저히 찾을 수 없을까?"

"내 능력으로는. 화장실 좀 갔다 올게요."

예령이 비상구로 나갔다.

『울트라강원』의 이석호 기자가 송천경찰서에 출입하다가 돼지소녀를 찍은 사진이 제보됐다는 사실을 밝혔고 그에 대한 기사를 썼다. 다음 날 바로 돼지소녀의 유골이 발견됐다는 보도가 나왔고 이석호 기자의 특종 '돼지소녀 살아 있다'는 유야무야되었다. 이석호는 신문사를 몇 군데 옮기면서 기자 생활을 7년 더 하고 현재는 영국에서 언론학 석사과정을 밟는 중이라고 했다. 이석호도 제보가 있었다는 것만 알고 있었지 사진을 확인했던 건 아니었다. 만약 이석호가 사진을 확보했거나 직접 봤다면 후속 기사가 나왔을 것이다. 그도 결국 압력에 굴복했거나. 예령은 이석호 연락처도 알아냈다. 나중에 이석호가 필요하게 되면 연락할 것이다. 경찰이 '돼지소녀 살아 있다' 기사를 물타기하려고 유골을 조작했던 것일까. 왕제명이 맡은 돼지소녀 실종사건 특별수사본부는 넉 달 만에 해체되고 유골은 수사본부 해체 이후 두 달 만에 발견된 것이다. 왕제명이 겉으로는 손을 뗐지만 계속해서 돼지소녀 실종사건을 통제하고 있었던 것이다. 왕제명이 영복의 병원비를 냈다. 그가 영복을 정신병원에 입원시키고 송복순의 남편한테 입원 동의서를 받았던 것이리라.

라이트급 두번째 준결승이 시작됐다.

"왕제명에 대해서 좀 더 알아보고. 경찰 중에서 안면에 마비 증상이 있고, 한쪽에만. 목소리가 허스키한 사람을 찾아봐줘. 그리고 그때 양심선언 했던 국과수 부검의는?"

"그 사람 이름이 이희찬인데 겁이 많아요. 압력이 있었다고 양심선언을 해놓고 스스로 뒤집었잖아요. 사건이 발생하고 5년 뒤에 『우먼로망』이라는 여성잡지에서 돼지소녀 실종사건에 대해 기사를 썼더라고요."

"여성잡지에서 왜 그런 기사를 쓰지? 여성잡지에는 불륜, 이런 것만 나오는 거 아닌가?"

"잘 모르나 본데, 진짜 중요한 사건은 여성잡지에 나와요. 아무튼 『우먼로망』에 이희찬이 인터뷰를 했어요. 당시에 압력이 있었다고 말한 것에 대해서 기자가 물었더니 그런 일이 절대 없었다고 했어요. 언론에 잘못 나간 거라고. 단순한 해프닝이었다는 거죠."

"그 사람 연락처도 안에 있어?"

"있어요."

"이희찬은 지금 뭐해?"

"법의학 부교수예요. 그런데 지금 한국에 없어요."

"왜?"

"휴식년이라 태국에 갔다던데."

태국을 다시 가야 할까.

두번째 준결승은 홍코너의 일방적인 게임으로 끝났다.

집에 돌아와 예령이 준 USB를 열었다. 돼지소녀 실종사건 당시 언론과 가진 인터뷰 동영상이 있었다. 왕제명의 목소리는 허스키 보이스가 아니었다. 얼굴근육도 불편해 보이지 않았다. '누군가'는 아니다. 직접 움직이기에는 왕제명의 계급이 높다. 박덕순과 왕제명 사이에 '누군가'가 있다. 박덕순은 '누군가'에 의해 조종되었을 것이다. 솜씨가 좋은 경찰일 것이다. 강력계 반장 정도가 아니었을까. 왕제명은 현재 강원경찰청장이다. 그에게 접근하기 어려울 것이다. 일개 파출소장과는 다르다.

4

아테네 올림픽 기간 중에 야당 당대표의 부인이 밤늦게 뺑소니 사고를 당했던 적이 있었다. 당시 수사과장이었던 문영술이 그 수사를 지휘했다. 별 증거가 없었는데도 끈질긴 추적 끝에 범인을 검거했다. 야당 당대표가 강남경찰서를 방문해서 문영술한테 직접 고맙다는 말을 전했다. 그 후 두 사람의 인연이 시작됐다. 사건에 대해 기자회견에 나선 문영술의 말솜씨가 좋았다. 야당 대표는 문영술을 정치권으로 끌어들였다. 방 사장이 만난 문영술의 지인들에 따르면 그는 젊었을 때 난봉꾼이었는데 나이가 들면서 잠잠해졌다고 한다. 바람을 피우는 방법이 치밀해진 것일 뿐이라는 게 방 사장의 생각이었다.

문영술이 커피숍에서 사람들을 만나고 나온 후 사우나에 들렀다. 하철은 사우나 주차장 입구가 보이는 노상 주차장에 주차해놓고 커피를 마셨다. 며칠간 돼지소녀 실종사건을 재검점할 겸 문영술을 따라다녔다. 주차 관리인이 자동차 밖으로 나오지 않는 하철을 이상하다는 듯 힐끗거렸다. 문영술의 차, 오피러스가 지하주차장에서 나왔다. 하철이 시동을 걸었다. 주차 관리인을 불러 5천 원을 건넸다. 거스름돈을 받지 않고 오피러스를 쫓아가다 모퉁이를 도는데 백미러에 문영술의 모습이 보였다. 브레이크를 밟았다. 차를 돌리려는데 유턴이 불가능했다. 후진을 해서 간다면 문영술이 이상하게 볼 것이다. 하철이 길을 살폈다. 우회전하려는데 자동차가 한 대 들어왔다. 경적을 누르며 빨리 지나가라고 재촉했다. 박스 자동차 안에는 아줌마가 운전하고 있었다. 하철이 일단 차를 세우고 내려서 사우나로 갔다. 문영술이 택시를 타고 있었다. 8646. 하철이 택시 번호를 외며 차를 세워두었던 곳으로 돌아왔다. 엉거주춤하던 박스 자동차는 지나갔다. 하철이 차를 우회전해서 한 바퀴 돌아 다시 사우나 앞으로 왔다. 택시가 보이지 않았다. 대로변으로 나왔다. 주변을 둘러보았다. 뒤차가 빨리 가라고 경적을 울렸다. 비상깜빡이를 켰다. 뒤차도 차선을 변경할 수 없어 그대로 기다렸다. 사거리에서 좌회전하는 8646이 보였다. 8646의 진행 방향은 고가도로 쪽이었다. 고가도로를 타버리면 뒤늦게 쫓아가기 힘들 것이다.

"불법 유턴 7만 원."

하철이 불법으로 유턴했다. 8646과 일정 거리를 유지했다. 자가용을 보내고 택시를 탄 건 보나 마나다. 며칠 만에 제대로 걸렸다. 8646 택시가 오피스텔 앞에 섰다. 택시 뒷좌석에서 내린 남자는 마스크와 빵모자를 쓰고 있었다. 그래 봤자 사람들 눈을 피하려는 문영술이다. 문영술이 설렁탕집을 지나 오피스텔 안으로 들어갔다. 오피스텔 옆 건물에 있는 설렁탕집은 식사 시간이 지나서 한가했다. 설렁탕집 종업원들이 주차하는 싼타페를 주목했다. 방 사장이 선불을 주었고 하철은 중고 싼타페를 구입했다. 하철이 오피스텔로 뛰어 들어갔다. 출입구에 '경비 모집' 구인광고가 붙어 있었다. 로비에 문영술은 없었고 엘리베이터가 올라가고 있었다. 하철이 오피스텔 입구에 있는 관리사무실로 갔다. 눈을 질끈 감고 문을 열었다.

"어떻게 오셨죠?"

관리실 안에는 남자가 한 명 있었다.

"경비 뽑는다고 해서."

"아, 예. 소장님하고 약속하셨어요?"

"예? 뭐, 그건 아닌데……."

"소장님한테 전화해볼게요."

남자가 전화를 걸었다. 그동안 하철은 CCTV를 살펴보았다. 모니터에는 화면이 열여섯 개로 분할돼 있었다. 엘리베이터 영상을 찾았다. 빵모자가 혼자 타고 있었다.

"잠깐만 기다리시라는데요. 5분 안에 오신다고."

"예."

"커피 한잔 드릴까요? 아니면 녹차?"

"커피, 좋죠."

남자가 커피를 타는 동안 CCTV를 다시 보았다. 엘리베이터가 열리고 문영술이 내렸다. 15층 CCTV에 문영술의 뒷모습이 보였다.

"소장님이 좋아하겠는데요. 경비 아저씨들이 나이가 너무 많아서 밤잠이 많거든요. 우리 오피스텔은 젊은 분들이 많아서 늦게 들어오는 경우가 많아요. 예쁜 여성 거주자들도 많고요."

전화가 왔다. 남자가 하철에게 커피를 건네고 전화를 받았다. 문영술은 CCTV 가장 구석에 있는 문 앞에 서 있었다. 곧이어 문이 열렸다. 문을 열어준 사람이 여자인지는 보이지 않았다. 문영술이 안으로 들어갔다. 하철이 화장실 좀 갔다 오겠다며 관리사무실 밖으로 나왔다. 엘리베이터 버튼을 눌렀다. 엘리베이터가 위에서 내려왔다. 소장으로 보이는 사람이 관리사무실로 들어갔다. 하철이 엘리베이터를 타고 15층을 눌렀다.

하철이 15층에 내려 CCTV에서 본 각도를 찾았다. 1509호, 문영술이 들어간 곳이다. 그가 나오는 것까지 확인한다면 완벽하지만 그동안 복도에서 서성이는 걸 누군가 수상히 볼 수도 있다. 이곳에 다시 와야 될 수도 있기 때문에 소동을 피워서는 안 된다.

오피스텔 밖으로 나와 방 사장한테 전화를 걸어 오피스텔 이름과 호수를 말했다.

"너가 시작한 일은 너가 마무리해야지."

"얼굴 팔렸어. 1509호 들어가서 CCTV만 몰래 설치하면 게

임 끝이야."

"일하면서 왜 얼굴을 팔고 다녀. 차라리 몸을 팔든가. 내가 집에 몰래 어떻게 들어가냐? 걸리면 빵에 가는데."

"나는?"

"너는 가족도 없잖아."

하철은 실소를 금치 못했다.

"어쨌든 너가 잘 마무리해."

"그러지, 뭐. 최근 감옥 돌아가는 사정도 내가 더 잘 아니까."

하철이 전화를 끊었다.

다음 날 하철이 버스를 타고 오피스텔로 왔다. 1509호 앞에 섰다. 장갑을 낀 손으로 초인종을 눌렀다. 반응이 없었다. 옥상으로 올라가서 담배를 한 대 피우고 다시 내려가서 초인종을 눌렀다. 이번에도 반응이 없었다. 소방관들이 불난 집 전자키를 열기 위해 사용하는 자석을 도어에 대자 문이 열렸다.

현관에 신발을 벗고 안으로 들어갔다. 바닥에 깔린 우드륩과 창문의 블라인드가 짙은 고동색으로 색깔을 맞췄다. 벽에 렘브란트의 솜씨가 여러 개 걸려 있었다. 황금 투구를 쓴 남자, 웃고 있는 자화상 등 한 사람만 등장하는 그림이었다. 오피스텔 안에 집주인의 사진은 눈에 보이지 않았다. 하철은 〈책 읽는 노부인〉 앞에 서서 책을 읽기 위해 살짝 고개를 숙인 그녀의 표정을 보았다. 책 속에 진리의 조명이라도 있는 듯한 명암이었다. 노부인의 경건함 속 평정심이 느껴졌다. 노부인이 정면을 응시했다면 보이지 않았을 것이다. 노부인이 읽고 있는 책은 무슨 내용일까. 이미 알고 있지만 겸손하게 다시 확인하고 있는 삶의 진리 한 쪽이지 않을까. 이러고 있을 때가 아니다.

하철이 두리번거렸다. 일단 눈에 띄지 않는 곳이어야 한다. 침대에 앉았다. 침대가 정확히 보이는 곳에 몰래카메라를 설치하려면 역으로 침대에서 각도를 보면 된다. 침대에서 가장 정확하게 보이는 곳이 텔레비전 옆 스피커였다. 하철이 스피커를 뜯어서 그 안에 적당히 몰래카메라를 설치했다. 또 한 군데 블라인드 대가리 안에 끼워 넣었다. 열아홉 시간 연속촬영이 가능하며 동작감시센서가 있어 대기시간이 일주일이다.

엘리베이터에 타자 식은땀이 흘렀다.

5

미북파출소엔 박덕순이 없었다. 아무리 기다려도 나타나지 않았다. 모텔에서 하룻밤을 자고 하철은 이른 아침부터 파출소 근처를 서성였다. 파출소 앞마당에 박덕순이 코란도C를 주차했다. 차에서 내리던 박덕순이 하철을 보고도 모른 채 파출소로 들어가려 했다.

"왕제명 경찰청장, 맞죠?"

박덕순이 멈춰서 돌아봤다.

"당시 특수본부장이었고요."

"청장님한테 시비를 걸겠다고?"

"청장님이 왜 송영복의 병원비를 105개월이나 냈을까요?"

박덕순이 갑자기 뒤를 도는 바람에 하철이 급하게 멈췄다. 겁먹은 것처럼 보일 수 있는 어정쩡한 자세였다.

"자네는 왜 파출소 근처에서 이틀이나 똥 마려운 개새끼처럼 서성거리나?"

"어제 제가 온 걸 아셨네요. 피하신 겁니까?"

"똥 덩어리는 더러워서 피하는 거야."

"저는 무서우셔서 피했습니까?"

"말조심해!"

박덕순이 멱살을 잡았다. 하철은 어떤 방어도 하지 않았다.

"파출소장이 우습게 보여? 난 경찰대학 나온 애송이 소장이 아니야. 밑바닥부터 올라왔다고! 니깟 놈한테 겁먹을 줄 알아?"

박덕순이 고개를 돌려 침을 뱉었다. 바람 때문에 침 부스러기가 하철의 얼굴로 튀었다. 상대를 모욕하기에 더럽게도 절묘한 방법이었다.

"켕기는 게 없으면 왜 이렇게 흥분하십니까?"

"기자 좋아하시네. 너 뭐하는 놈이야?"

"뒷조사까지 하신 걸 보니 저를 두려워하셨네요."

출근하던 경위가 박덕순한테 인사를 해야 하나 말아야 하나 망설이다 그대로 파출소로 들어갔다.

"아니면 소장님과 왕제명 청장 사이에 있는 누군가에게 보고를 했겠죠. 그래서 그 작자가 제 뒤를 캐고 제 자동차를 불태우고."

박덕순이 멱살을 놓았다.

"경찰 협박하는 게 니놈이 하는 일이야? 목적이 뭐야? 돈 좀 뜯으려고?"

"소장님이 두려워한 건 돼지소녀 실종 때 목격자를 숨긴 사실입니까? 아니면 목격자를 숨기라고 지시한 사람들이 아직도 두려우십니까?"

"내가 두려워하는 건 너 같은 사기꾼을 감옥에 보내지 못해서 선량한 사람들이 피해를 입는 거다, 왜?"

박덕순이 당당하게 머리를 쓸어 넘겼다.

"한 번 더 찾아오면 공무집행방해죄로 콩밥 먹을 줄 알아."

박덕순은 흔들릴 거 같지 않았다.

"마지막으로 10분만 시간을 주시는 건 어떻습니까?"

박덕순이 손수건으로 이마에 흐르는 땀을 닦았다.

"5분."

두 사람이 코란도C에 탔다.

"제가 초등학교 다닐 때, 왕따였습니다."

"그때도 그런 게 있었나?"

"세상이 변한다고 생각하십니까?"

"변하지. 자네가 보릿고개를 알아?"

박덕순이 담배를 한 대 피웠다.

"학교만이 아니라 동네에서도 왕따를 당했죠. 옆집에 사는 형도 저랑 친했는데, 어느 날부터 다른 아이들이랑 같이 저를 놀렸습니다. 다른 아이들은 그렇다 치고 저는 그 형한테 심한

배신감을 느꼈죠. 그 형도 다른 아이들 사이에 끼지 않으면 자기가 위험하다고 판단했을 겁니다. 집단이란 게 그런 거 아니겠습니까? 지금이야 사람들이 다들 그렇게 산다는 걸 아니까 이해가 되지만 그땐 이해할 수 없었죠. 할머니랑 둘이 살았는데 우리는 이사를 가게 됐습니다. 이사 가기 전에 그 형한테 복수를 하고 싶었습니다. 그 형네 집 강아지 두 마리를 훔쳤습니다. 그 형이 끔찍이 아끼던 거였거든요. 태어난 지 얼마 안 된 강아지였습니다. 저는 화분에다 강아지 두 마리를 넣어서 산으로 갔습니다."

출근하던 순경이 자동차 밖에서 경례했고 박덕순이 손을 들어 화답했다.

"왕따는 왜 당했는데?"

"그건 그냥 묻어두죠."

산에다 땅을 파고 화분을 그대로 엎어놓고 산을 내려왔다. 강아지들은 힘이 없어서 스스로 화분을 뒤집어 나오지 못했을 것이다. 그날 밤에 잠이 오지 않았다. 산에 엎어놓고 온 강아지 두 마리가 하철을 괴롭혔다. 하철도 강아지를 좋아했다. 그 형하고 강아지랑 함께 잘 놀기도 했다. 지금이라도 강아지를 꺼내주어야 하지 않을까. 꺼내준다면 죽지 않을 텐데. 그 늦은 밤에 강아지를 꺼내러 갈 수도 없었다. 다음 날 할머니와 하철은 용달차를 불러서 이사를 갔다. 강아지는 까마득히 잊어버렸다. 이삿짐을 다 싸고 용달이 출발하는데 옆집 형이 지나가는 게 보였다. 형과 눈이 마주쳤다. 용달은 골목을 빠져나가느라 속도를 내지 않고 천천히 이동하는 중이었다. 그 형을 보자 다시 강아지가 생각났다. 하철은 망설였다. 그 형의 얼굴은 울상이었다. 이제라도 형한테 말을 하고 갈까. 용기가 나지 않았다. 결국, 아무 말도 하지 않고 그곳을 떠났다.

"이사를 가고 나서도 한동안 죄책감에 시달렸습니다."

"무슨 말을 하고 있는 거야?"

"지금이라도 늦지 않았습니다. 강아지를 어디 묻었는지 말씀해주시면 강아지는 죽지 않겠죠. 이미 죽었더라도 부모는 진실을 알고 싶어 합니다."

박덕순이 담배꽁초를 캔 커피 안에 넣었다.

"내 며느리가 애완견 키우면서 돈 쓰는 거 보면 도통 뭔 짓을 하는 건지 한심하단 말이야. 한 달에 30만 원이 든대. 미친년이지. 지 시부모한테는 한 달에 10만 원도 안 쓰면서. 그런 개 같은 짓이 어딨어?"

하철이 정중하게 인사하고 나왔다. 박덕순은 끝까지 말을 하지 않을 것이다. 다시 박덕순을 찾아왔으니 그가 왕제명이나 '누군가'와 연락을 취할 것이다. 그쪽에서 더욱 속도를 내서 다가올 것이다. 어느 쪽으로 오나 길목을 잘 지키고 있으면 의외로 쉽게 '누군가'에게 접근할 수 있을 것이다.

그때 옆집 형한테 강아지를 산에다 묻었다고 말했다면 할머니는 분명 그 어미에 그 새끼라고 욕했을 것이다. 할머니는 분명 손자를 사랑했다. 돌아가시기 며칠 전까지도 그렇게 아득바득 일하신 건 아버지 없는 손자를 위해서였다. 할머니는 손자에 대한 맹목적인 사랑과 손자를 홀로 키워야 하는 박복한 팔자에 대한 지향점이 없는 내면 깊숙한 증오심, 그 둘 사이에서 끊임없이 갈등했을 것이다.

하철은 전학을 가자마자 주먹다짐하기 일쑤였다. 다른 아이들은 자기 주먹이 더 세다는 걸 증명하려는 목적밖에 없었기 때문에 하철보다 약했다. 왜 전학을 왔는지 소문이 난다고 해도 하철의 주먹이 무서워 건드리지 못하게 하고 싶었다. 기술이나 힘으로 밀릴 수밖에 없는 아이와 붙어도 끝까지 깡다구를 부렸다. 결국 상대가 무릎을 꿇었다. 전학 간 학교의 주먹을 평정했다. 싸움에 대한 갈망은 중학교, 고등학교로도 이어졌다. 근원을 알 수 없는 증오심이 끓어오를 때 아무나 끌고 가서 분풀이를 했다. 이유는 없었고 굳이 이유를 만들지도 않았다. 고등학교 2학년 때 얌전해 보이는 친구를 놀이터로 데려갔다. 그 친구는 중학교 때 전국체전에 태권도 선수로 나간 적이 있었다. 놀이터에서 그 친구의 돌려차기를 정통으로 맞고 쓰러졌다. 누워서 하늘을 올려다보았다. 어둑해지는 하늘에 성급하게 별이 반짝이기 시작했다. 하철은 지금껏 자신과 싸우고 있었다는 걸 알게 됐다. 싸움은 언제나 패배였다. 하늘을 보니 웃음이 흘러나왔다. 후련했다.

하철이 집으로 돌아와 저녁을 먹고 나자 몸살기가 퍼졌다. 이틀을 자고 먹고 또 잤다. 깨어 있는 시간엔 인터넷에서 돼지소녀 실종사건과 관련된 신문기사를 다시 꼼꼼히 찾아보았다. 하루 몇 번 레몬티를 마셨다. 캐나다에 어학연수를 갔던 명훈이 감기에 걸려 병원에 갔더니 의사가 약은 처방하지 않고 레몬티를 마시라고 했단다. 캐나다는 병원비를 내지 않는 나라다. 의사들은 약장수가 될 필요가 없기 때문에 캐나다 사람들은 건강하게 산다고 했다. 실종된 딸을 보고 싶어 난동을 부리는 아빠는 지극히 정상이다. 한국에선 그런 아빠를 직계가족의 동의서를 위조해 9년 동안 정신병원에 가둔다. 없는 병도 만드는 이 땅에선 건강하게 살 수 없다.

6

몸살을 털어낸 하철이 꽁지머리의 뒤를 밟았다. 꽁지머리는 미행을 전혀 눈치채지 못했고 윤아에게 안내하지도 않았다. 며칠 더 미행해보고 윤아와 접촉하지 않으면 꽁지머리를 조지는 수밖에 없다.

하철이 출출해서 김밥집에 들어가 김밥을 시켰다.

"김치 좀 더 주세요."

"셀프인데요."

하철이 김치를 담고 있는데 전화가 왔다.

"김춘웅이 귀국했대요."

현심이었다.

병원 로비에서 현심을 만났다. 현심이 언니가 입원한 병원에 오는 건 일상일 것이고 하철만 조심해서 오면 둘의 접촉이 '누군가'에게 노출되지 않을 수 있을 것이다. 하철이 그동안의 경과에 대해 보고했다. 경찰이 깊이 개입된 것 같다는 말에 현심이 놀랐다. 현심은 폭행당한 흔적이 아직 얼굴에 남아서 불편한 표정이었다.

"경찰이 왜 그랬대요?"

"아직 잘은 모르겠지만, 점점 가까이 가고 있는 것 같습니다."

현심이 한숨을 길게 내쉬었다.

"여기."

현심이 배낭을 테이블 위에 올렸다. 가방 안에는 현금이 수북했다.

"4천이에요."

작은 체격의 여자가 현금 4천을 들고 로비에서 기다리다니. 돈은 은심의 뜻이라고 했다. 왜 돼지소녀가 살아 있으면 주겠다고 한 5천이 아니고 범인은 찾으면 주겠다고 한 4천일까.

"혜실이를 찾으면 우리 막내가 3천을 더 주겠대요. 그리고……."

현심이 뜸을 들였다. 현심의 얼굴엔 어둡고 깊은 피붙이의 먹먹함이 묻어났다.

"이 얘기를 해야 될 것 같은데……."

두 사람은 병원 건너편에 있는 커피숍으로 자리를 옮겼다.

"언니가 처녀 때 유치원 교사로 일했던 적이 있어요."

은심은 처녀 적에 유치원 보조교사였다. 교사들이 순번제로 돌아가면서 유치원 셔틀 봉고차에 타서 원생들이 집에 가는 길을 함께했다. 그날은 금요일이었다. 퇴근 후에 데이트가 있었다. 은심은 한껏 차려입었다. 예고도 없이 비가 주룩주룩 내렸다. 봉고차가 동네 구석구석 정차해서 아이들을 내려주었다. 원래는 봉고차에서 인솔교사가 내려 아이가 안전하게 하차하는 걸 확인하는 게 원칙이었다. 비가 오지 않았거나 데이트가 없었다면 은심은 원칙대로 했을 것이다. 할머니나 엄마가 아이를 마중하러 나왔지만 그렇지 않은 경우도 종종 있었다. 동우빌라 입구에 봉고차가 정차했다. 은심은 봉고차 문을 열고 '풀잎반' 영선이가 내리는 걸 기다렸다. 봉고차 안에서 두 남자아이가 티격태격하고 있었다. 은심이 두 남자아이한테 주의를 주느라 영선이가 안전하게 내리는지 보지 못했다. 지금은 운전석에서 뒷바퀴까지 확인할 수 있는 광각후사경이 의무화되었지만 당시엔 그렇지 않아서 운전자도 차에서 내린 어린 꼬마를 보지 못했다.

그때, 슈퍼마켓에 탑차가 물건을 다 내리고 후진하다가 영선을 치고 말았다. 모퉁이라 탑차는 봉고차를, 봉고차는 탑차의 움직임을 알 수 없었다. 그 모퉁이에서 영선은 탑차 바퀴에 깔린 것이다. 비명도 지르지 못했다. 봉고차는 차 문을 닫고 출발했다. 탑차 뒷바퀴가 영선을 타고 넘었다. 작은 흉골이 1.5톤을 못 견디고 으스러졌다. 부서진 갈비뼈가 심장을 찔렀고 그녀를 사랑한 모든 사람의 가슴을 찔렀다. 영선의 아빠는 광분했고 영선의 엄마는 은심의 머리채를 잡고 놓지 않았다. 영선은 사망했다. 은심은 그 충격으로 실어증에 걸렸다. 은심은 집 밖에도 거의 나가지 않았다.

사고가 난 후 반년이 지난 어느 날 외지에 나가 있던 현심이 집에 와서 언니를 데리고 함께 저녁을 먹으러 나갔다. 은심은 회복해가고 있었다. 자매는 칼국수를 먹으러 갔다. 식사 후에 은심이 커피자판기에서 커피를 뽑고 있었다. 자판기 옆에 걸린 거울에서 따가운 시선이 느껴졌다. 은심이 거울을 보았다. 거울 안에서 영선 아빠가 노려보고 있었다.

"결혼해서 꼭 새끼를 낳아. 빚을 갚아줄 테니까."

거울에 영선 아빠의 으스스한 미소가 번졌다.

"그걸, 왜 이제……!"

현심이 입술을 꼭 다물었다. 하철이 담배를 들고 흡연실로 들어갔다. 자리에 앉으려 의자를 빼는데 가죽잠바를 입은 남자의 다리에 의자가 부딪혔다. 남자 뒤에는 여자 친구가 서 있었다. 하철이 자리에 앉았다.

"아저씨, 사과하셔야죠."

건장한 남자가 테이블에 두 손을 얹고 말했다. 뒤에서 여자가 남자의 팔을 끌며 가자고 했다. 하철이 남자와 여자를 번갈아 보며 비웃었다. 남자의 얼굴을 향해 담배연기를 뿜었다.

"씨발놈아, 누가 일로 지나가래?"

남자와 하철이 눈싸움을 했다.

"아니, 아저씨. 언제 봤다고 욕을 해요?"

"그냥 가. 대가리 빵꾸 나고 싶지 않으면."

하철이 남자의 눈을 뚫어버리겠다는 듯 노려보았다. 여자가 남자를 끌어내려 애썼다. 남자는 못 이긴 척 고개를 절레절레 흔들며 여자와 밖으로 나갔다. 하철이 담배에 불을 붙여 길게 내뿜었다. 연기가 흩어지고 앞에 현심이 앉았다.

"죄송해요. 일부러 말 안 했던 건 아니고 까맣게 잊어먹고 있었어요. 어저께 언니가 말해서 나도 기억이 났어요."

하철이 진정하려 담배를 두 모금 연거푸 빨고 뱉었다. 영선 아빠가 '누군가'일까.

"그 아이 아빠 직업이 뭐였는지는 아세요? 경찰 아니었어요?"

"거기까진 모르겠어요."

"또 다른 건 없습니까?"

현심이 고개를 저었다.

"저는 이따 김춘웅한테 가보겠습니다."

칼국숫집에서 영선 아빠를 만난 후 은심은 극도로 쇠약해졌다. 한약도 여러 번 지어 먹고 병원도 오랫동안 다녔다. 도저히 정상적인 생활을 할 수 없었다. 강릉의 요양병원에 입원하고 말았다. 영복이 그 병원에서 경비 일을 하고 있었다. 두 사람이 만나기 시작했고 영복은 황폐한 은심 곁에 있었다. 은심이 영복의 아이를 뱄고 그게 혜실이었다.

커피숍을 나와서 하철이 방 사장한테 전화를 걸었다.

"그 일에서 손 떼는 건 어때?"

방 사장이 말했다.

"왜?"

"윤아나 찾으면서 살자."

"갈 데까지 가보고."

"갈 데 없어 월세 살고 있는 놈이 어디까지 가려고?"

"송복순 남편이 귀국했으니까 일단 그것부터 정리해야지. 사장님은 영선 아빠 좀 찾아줘."

"조직을 싫어하면서도 너는 가끔 보면 보스 기질이 있단 말이야."

"사장님은 공무원 기질이 있어."

"뭔 소리야?"

"시키지 않으면 알아서 일을 안 하잖아."

전화를 끊고 하철이 길을 걸었다. 지하철 공사 중이라 길이 어수선했다.

7

장례식장은 붐볐다. 문상객이 별로 없다면 고인과 인연이 없는 하철을 사람들이 행여 궁금해할 수 있으니 북적거리는 게 좋았다. 하철이 구석에 자리를 잡고 육개장을 먹었다. 참치잡이 배가 뉴질랜드에 정박했을 때 김춘웅이 동생과 연락하다가 어머니가 위독하다는 걸 알고는 급하게 귀국했다.

분향실에서 "요단강 건너서 만나리……"가 떼로 열창됐다. 자주 입을 맞췄는지 음정 박자가 완벽했다. 목사의 기도 소리가 잦아들고 분향실에서 사람들이 나왔다. 하철은 답답해서 장례식장 입구로 나와 담배를 피웠다. 하철이 들어오자 김춘웅이 테이블에 앉아 사람들과 이야기를 나누고 있었다. 바닷바람을 맞아 까맣게 탄 김춘웅은 탄탄해 보였다. 청바지에 항공점퍼를 입고 있었다. 헤어스타일은 수사반장에 나오던 김상순과 비슷했다.

김춘웅이 자리에서 일어나자 하철이 다가갔다.

"송복순 씨 남편이시죠?"

"누구…… 누구세요?"

"여쭤볼 게 있는데 이야기 좀 할 수 있을까요?"

"뭔 이야기?"

김춘웅은 무턱대고 적대적이었다.

"방송국 피디입니다."

하철이 명함을 건넸다.

"담배 한 대 피우시겠습니까?"

하철이 최대한 공손하게 말했다.

"그러지, 뭐."

두 사람이 장례식장 입구에 있는 화단 옆으로 나와 담배를 피웠다.

"방송국이 왜?"

"돼지소녀 실종사건을 조사하고 있습니다."

김춘웅이 하철을 훑어보았다.

"뭘, 어쩌자고? 내가 범인이라도 된단 말이야?"

"그럴 리가 있겠습니까?"

"그런데 왜 나한테 왔어? 아무 상관도 없는데."

"조카가 실종됐는데 아무 상관도 없는 건 아니죠. 송복순 씨가 송영복 씨 정신병원 입원 동의서를 작성할 수가 없지 않겠습니까?"

김춘웅이 하철을 째려보며 머리카락을 옆으로 넘겼다.

"그게 뭐가 중요한데?"

"동의서를 작성해달라고 온 사람만 알면 누가 돼지소녀를 납치했는지 알 수 있으니까요."

"뭐?"

김춘웅이 담배를 깊이 빨았다. 눈을 이리저리 굴렸다. 동의서를 작성해달라고 온 사람이 있다는 걸 기정사실화하는 것에 대해 김춘웅은 부정하지 않았다.

"내가 말하면? 방송에 나가는 거야?"

"방송에 나가려면 카메라를 들고 왔겠죠. 지금은 취재만 하는 겁니다."

"방송 출연 한번 하나 했더니 그것도 아니야?"

"하고 싶으세요?"

"됐어. 안 나가는 거 확실하지?"

"물론입니다."

"그런데 말이야. 어쨌든 위험하지 않겠어?"

김춘웅이 잠시 뜸을 들였다.

"위험하지, 위험해. 세상엔 비밀이 없거든. 당신이 날 찾아온 것만 해도 그렇잖아. 어떻게 알고."

김춘웅이 화단에 가래침을 뱉었다.

"위험한 일을 하면, 위험수당이라는 게 있잖아."

하철의 주먹이 불끈 쥐어졌다.

"방송국은 돈도 많은 데잖아. 건물도 으리으리하고. 방송국 건물 옥상에 있는 안테나를 보면 거대한 게 에펠탑 같단 말이야. 그때 그 여자가 왔을 때 빚을 갚아줬지."

한연숙이 김춘웅을 만나러 왔단 말인가. 하철은 '누군가'가 왔을 거라 생각했다.

"얼마나요?"

"2천."

"여자 혼자 왔습니까?"

"아니. 차 안에 남자도 있었어. 더럽게 폼 잡더라고."

"남자는 얼굴을 찡그리는 습관이 혹시 있었습니까?"

"몰라, 그딴 거. 내가 남자한테 관심 갖는 사람으로 보여? 여자가 있으면 여자만 보는 게, 남자다운 남자지. 그때 2천이면 지금은 3천은 되겠지. 하지만 2천, 어때?"

하철이 눈을 떨어뜨렸다. 김춘웅의 낡은 구두가 보였다. 얼음처럼 차가운 생맥주를 마시고 싶었다. 김춘웅이 가래를 뱉더니 담배를 한 대 더 피웠다. 하철도 진한 침을 뱉고 한 대 더 피웠

다. 배를 타서 회를 자주 먹다 보니 김춘웅의 뇌 안에까지 버러
지가 기어 다니는 모양이다.

"바로 드릴 테니까 같이 가시죠."

하철이 담배를 바닥에 버리고 발로 밟았다.

"저기 국민은행 있던데?"

김춘웅이 병원 본관 출입구를 가리키며 말했다.

"국민은행하고는 거래를 안 해서요. 뒤편에 보니까 우리은행
기계 있던데 같이 가시죠."

하철이 앞섰고 김춘웅이 뒤따랐다. 장례식장에서 병원 뒤편
으로 가는 길은 으슥하고 한갓졌다. 병원 정문 쪽에 있는 응급
실조차 간혹 휴대전화를 받으러 사람들이 나올 뿐 분주하지 않
았다. 두 사람이 후문에 다다랐다. 철문이 하나는 닫혀 있었고
하나만 열렸다. 담쟁이가 담벼락을 타고 오르거나 흘러내렸다.
담쟁이는 모든 소리를 흡수할 것 같았다.

하철이 뒤돌았다. 김춘웅의 얼굴에 주먹을 날렸다. 무방비로
한 대 맞은 김춘웅이 반걸음 뒤로 물러났다.

"이 잡놈이 돌았나!"

하철이 김춘웅의 목을 조르고 무릎으로 복부를 걷어찼다. 김
춘웅이 하철의 얼굴을 향해 머리로 반격했다. 하철이 가뿐히 피
하고 김춘웅의 낭심을 무릎으로 쳤다. 김춘웅이 신음소리를 토
하지도 삼키지도 못하며 주저앉았다. 무릎으로 전해지는 낭심
은 물컹했다. 하철은 찝찝함을 털듯 무릎을 흔들었다. 김춘웅의
머리를 잡아 일으켜 세웠다. 주저앉으려는 힘과 일으키려는 힘

이 충돌하는 곳에 김춘웅이 어중간하게 서 있게 되었다.

"너, 씨발…… 누구야?"

김춘웅은 급소를 맞은 고통을 진정하지 못했다.

"사람……!"

도움을 요청하려는 김춘웅의 복부에 주먹을 날렸다. 김춘웅이 일어나면서 하철의 가슴을 머리로 받았다. 하철이 두어 번 기침을 쏟은 후 다시 주먹을 뻗었다. 우지직…… 이빨 하나쯤 부러지는 느낌이 주먹에 전달됐다. '우지직……'이 하철을 자극했다. 김춘웅의 양 턱을 원투 스트레이트로 가격했다. 이미 기를 빼앗긴 김춘웅은 샌드백처럼 저항하지 못했다. 김춘웅의 등이 담벼락에 달라붙었다. 하철의 발이 김춘웅의 명치를 짓밟았다. 다시 정신없이 주먹을 마구 휘둘렀다. 유명우처럼 거침없었다. 바닥에 무릎 꿇은 김춘웅이 괴성을 질렀다. 입에서는 피가 흘렀다. 하철이 그를 일으키려는데 김춘웅이 머리로 하철의 복부를 들이받았다. 힘이 없었다. 하철이 김춘웅 목을 잡아 돌려서 벽으로 밀었다. 벽에 붙은 김춘웅을 마구 짓밟기 시작했다. 김춘웅에게 적당한 대우는 짓밟는 것이다. 김춘웅이 뭐라고 말을 했지만 하철은 듣지 못했다.

눈앞에 플래시가 터지듯 번쩍였다. 귀가 먹먹했다. 눈앞에 조그만 무언가가 아른거렸다. 눈을 감았다. 화분 속에서 강아지 두 마리가 보였다. 낑낑대는 강아지의 공포가 귀를 난도질했다.

사이렌 소리가 들렸다. 하철이 깨어났다. 김춘웅 위에 올라타 목을 조르고 있었다. 김춘웅이 사지를 움직이며 발버둥 쳤다.

이대로 죽는다 한들 안타까울 거 하나 없는 버러지 인생이다. 감옥의 음산한 냄새가 났다. 하철이 손을 놓았다. 곧 숨이 넘어가려던 김춘웅이 이산화탄소를 거칠게 토했다. 김춘웅이 벌벌 떨며 말했다. 아까부터 반복했던 말 같은데 하철은 이제야 밖의 소리가 들렸다. 사이렌 소리가 응급실 쪽으로 멀어졌다.

"탤런트…… 옛날에…… 〈부산 깍쟁이〉에 나왔던……."

하철이 벽에 기대앉아 휴대폰으로 〈부산 깍쟁이〉를 찾았다. 12년 전에 8개월 동안 방영했던 드라마다. 출연진에서 깍쟁이 친구로 나왔을 만한 인물을 하나씩 클릭해서 사진을 보여주었다. 김춘웅이 가리킨 탤런트는 채승미였다. 한연숙 사진은 하철의 집에 있었다. 〈부산 깍쟁이〉에 출연한 채승미를 닮은 여자가 왔는데 그녀가 한연숙이라는 말이다.

한 무리의 남자들이 장례식장 쪽에서 점점 가까이 다가오는 소리가 들렸다. 하철이 일어섰다.

"아니면, 죽는다."

하철이 병원을 나왔다. 지하철을 타고 자리에 앉아 차창에 시체처럼 기댔다.

집에 돌아와 한연숙의 사진을 찾았다. 인터넷으로 채승미 프로필을 검색하고 그중 가장 평범한 사진을 화면에 띄워 한연숙과 비교했다. 채승미는 탤런트치고 예쁜 얼굴이 아니다. 한연숙은 일반인치고 예쁜 얼굴이다. 둘 다 갸름하며 눈도 크다. 둘 다 피부가 깨끗하다. 두 사람은 닮지 않았다. 특히 눈매가 달랐다. 채승미는 도화살이 흐르는 눈빛이지만 한연숙은 신사임당 초

상화의 그것이었다.

다음 날 아침 일찍 하철이 다시 장례식장을 찾았다. 김춘웅은 보이지 않았다. 김춘웅의 누나한테 그가 어디 갔느냐고 물었다.

"누구신데요?"

"같이 배 타는 사람입니다."

어젯밤 이후 김춘웅은 자취를 감췄다.

"연락도 없습니까?"

"원래 그런 놈인데, 뭐."

"발인은 언젭니까?"

"내일이요."

"산소는요?"

"화장할 거예요. 벽제에서."

여자가 문상객을 맞으러 갔다.

하철이 화장터에서 기다렸지만 김춘웅은 나타나지 않았다. 그의 집에도 없었고 다녀간 흔적도 없었다.

8

구립도서관 뒤편에 난 이면도로를 따라 닭발집들이 모여 있었다. 평일에다가 자정이 지난 시간이라 별로 붐비지는 않았다. 인터넷에서 알아본 대로 '영선닭발집'이 가장 장사가 잘됐다. 하철이 영선닭발이 잘 보이는 맞은편 '신신닭발집'으로 들어갔다.

"미역국 좀 더 드릴까?"

주인여자가 물었다.

"영선닭발이 여기서 제일 유명한가요?"

"제일 맛있는 건 아닌데, 장사가 잘돼요."

"여기가 더 맛있는 거 같은데, 왜 영선닭발이 제일 잘되는지 모르겠네."

주인여자가 환하게 웃었다. 영선닭발은 '안남닭발거리'에서 가장 유명한 맛집이라고 소문이 났다.

"장사는 운이 따라야 되는데, 집터가 좋아."

"영선은 딸 이름이겠죠?"

"죽은 딸."

"딸이 죽었어요? 왜요?"

"오래됐지. 내가 여기서 장사한 지 30년 됐는데, 장사한 지 한 5년이나 됐을까, 애가 처참하게 죽었어요."

"어떻게 죽었는데요?"

"유치원 봉고차에서 내리다가 버스에 치여서."

주인여자의 기억이 트럭을 버스로 바꿔버렸다.

"원래 장사가 잘되던 집이 아니었는데 이상하게 애가 죽고 나서 장사가 잘되더라고. 부처님이 애를 데려간 대신에 돈을 준 거지 뭐예요. 그렇다고 위로가 될까마는."

"그러면 딸 죽인 사람을 가만두지 않았겠네요?"

"모르고 그랬지. 누가 어린 꼬마를 일부러 차로 치었을까 봐."

216

"유치원 선생은 뭘 했대요? 봉고차에 타고 있었을 텐데?"

"그러니까 애 엄마가 유치원 선생을 그렇게 원망했지."

의도대로 주인여자는 잘 따라왔다.

"저 같았으면 유치원 선생을 가만두지 않았을 것 같은데. 사장님도 그렇죠?"

"할 수 없지, 어쩌겠어요. 애 죽고 나서 애 아빠가 유치원 선생을 죽인다고 술 마시고 고래고래 떠들고 그랬어요. 난리도 아니었지만, 뭐…… 다들 애 키우는 사람들이라 같은 심정이었지."

"저도 딸이 하나 있는데 상상도 할 수 없는 일이잖아요. 실제로 복수를 하지는 않았을까요?"

주인여자가 도리질했다.

"사람이 소심해."

"원래 소심한 사람들이 더 잔인하죠."

"그런가?"

"FBI가 그러는데 연쇄살인범들은 전부 평소엔 소심한 사람이래요."

"그래요? 우리 집 양반도 소심한데. 남자가 뭐 한마디만 하면 삐쳐가지고. 영감이 아니라 내가 마누라랑 사는 거 같아요."

주인여자가 소녀처럼 까르르 웃었다.

"애 죽고 나서 툭하면 장사도 며칠 쉬고 그랬겠네요?"

"웬걸, 우리는 무조건 월요일엔 쉬는데, 저기는 쉬는 날이 없어. 지독하지. 남자애가 하나 더 있는데, 죽은 애 동생. 미국에 유학 갔거든요. 쎄빠지게 돈 벌어서 유학비 댄다던데?"

주방에서 주인여자를 불렀다. 하철이 남은 잔을 비우고 맥주를 한 병 더 시켰다.

주인여자가 맥주를 한 병 들고 왔다.

"딸이 죽고 나서 부모들이 변했겠네요?"

"손님이 그 얘기가 재밌으신가 보네."

주인여자가 맞은편 영선닭발을 한 번 쳐다봤다. 부러움과 동정 중간에서 어디에도 속하지 않는 표정이었다.

"애 아빠가 그 전에는 농담도 곧잘 했는데 딸이 죽고 나서는 일체 웃지를 않아. 사람이 또 가끔 잊어버릴 때도 있는 건데, 그 사람은 잊지를 않는 것 같아. 딸이 죽고 장례 치르고 며칠이 지났을 때 가게 앞에 멀뚱하니 앉아 있더라고. 20년 동안 그 표정이야."

주인여자가 주방으로 가서 소쿠리 한가득 숟가락과 젓가락을 가져왔다. 테이블 위에 소쿠리를 놓고 마른행주로 수저를 닦은 후 다른 소쿠리로 옮겼다. 하철이 닭발을 김에 싸서 먹었다. 도대체 무슨 맛으로 닭발을 먹는지 알 수 없었다.

"저 같았으면 복수를 했을 것 같은데. 직접 하지는 않고. 경찰 중에 아는 사람이 있으면 유치원 인솔교사의 아이를 납치하게 한다든가."

"예끼, 그렇다고 사람이 그러면 쓰나."

"애 아빠는 어때요? 그동안 좀 이상한 적 없었어요?"

"했으면 영창 갔겠죠."

"몰래 하죠. 다른 사람 시켜서."

"아고, 끔찍해라. 그랬으려나? 한 길 사람 속은 모르지만서도."

"저 집에 경찰이 드나들진 않았어요?"

"글쎄, 난 못 봤는데."

가게에 단체 손님이 왔다. 주인여자는 바빠졌고 하철이 계산하고 나왔다. 구립도서관 앞에 있는 벤치에 앉아 영선닭발집을 보았다. 하얀색 바탕에 파란색 명조체로 쓴 간판은 평범해서 별로 눈에 띄지 않았다. 다른 집 간판들은 네온사인이 각양각색으로 화려했다. 영선 아빠가 경찰과 접촉을 했어도 사람들 눈에 띄지 않게 했을 것이다. 영선 아빠와 왕제명 사이의 연결고리만 밝혀내면 답이 나올 것이다.

9

꽁지머리가 케레스타 광장으로 갔다. 어스름 저녁, 우울한 청춘들이 광장에 가득했다. 꽁지머리가 친구들을 만나 계집애처럼 뛰며 좋아했다. 낯익은 얼굴이 보였다. 윤아다. 하철이 모자를 더 깊게 눌러썼다. 꽁지머리와 윤아의 친구들이 집 안에선 이야기를 들어 줄 사람이 없어서 가출을 한 것처럼 한참 동안 수다를 떨었다. 미니스커트를 입은 한 여자아이가 다른 친구들에게 과장되게 손을 흔들고 대로변으로 나갔다. 하철이 미니스커트를 따라가다 그녀가 모퉁이를 돌자 어깨를 잡았다.

"어머!"

하철이 경찰 신분증을 보여주었다.

"윤아 아빠가 누군지 알아? 경찰서장이야. 나는 그 밑에서 일하고."

"그, 정말요?"

"구치소에서 하룻밤 지낼래? 구치소에 오는 언니들 왕년에 면도칼 씹던 사람들이거든. 여차하면 얼굴에 껌 뱉고 긁어버려. 껌 속에 면도칼이 있는 거지. 얼굴이 쫙 나가는 거야. 아니면 협조할래?"

윤아가 공연무대 앞에 나타났다. 하철이 뒤에서 다가가 윤아의 팔을 잡았다.

"아! 짜증 이빠이."

"오랜만이다."

"아저씨, 나 모른 척해주면 안 돼요?"

"떡볶이나 먹으면서 생각해보자."

하철이 윤아를 데리고 떡볶이집으로 들어갔다.

"원래 여기서 노냐?"

"남이사."

떡볶이를 먹으면서 윤아의 눈동자가 이리저리 움직였다. 하철은 윤아의 마음이 보였다. 어떻게 여기서 벗어날지 머리를 굴리고 있는 것이다.

"걱정 말고 먹어. 데려가지 않을 거니까."

"예? 정말요? 그럼 왜 왔어?"

"그냥 어떻게 살고 있나, 궁금해서. 할 말도 있고."

220

"무슨 말?"

"말이 짧아진다?"

"아저씨는 머리가 짧아졌네? 길었을 땐 얼굴을 좀 가려서 그나마 봐줄 만했는데."

하철이 튀김을 시켰다.

"튀김은 안 먹어요. 기름기는 뱃살인데."

"내가 먹을 거야."

"정말 안 데려갈 거예요?"

하철이 지갑에서 5만 원을 꺼내 윤아에게 주었다.

"밥이나 사 먹어."

"난 신사임당이 마음에 안 들어. 뭐라 그러지? 너무…… 지엄해."

하철이 신사임당을 도로 집으려 하자 윤아가 가로챘다.

"뭐, 성의니까. 혹시 딴생각하는 거예요?"

"무슨 생각?"

"음흉한 생각."

하철이 윤아의 머리를 쥐어박았다. 윤아가 짜증을 부렸다.

"여자들이 제일 싫어하는 게 머리 때리는 거거든요?"

"아까 너한테 전화한 여자애는 오해하지 마라. 내가 협박해서 전화한 거니까."

"오, 의외로 섬세하네요? 다리만 예쁜 멍텅구리 입장도 신경 써주고."

"엉덩이도 예쁘던데?"

"그렇긴 하지. 커피 한 잔만 사주시면 안 돼요?"

두 사람이 커피숍으로 갔다. 카페라테 두 잔을 주문했다. 커피숍은 시끌벅적했다. 커피를 들고 밖으로 나와 걸었다. 윤아의 화장이 진했다.

"노래방 같은데 나가지 말고. 인생 훅 가는 거 하루아침이다."

"훅 가봤어요?"

"훅 갔다 돌아왔는데 다시 가고 있어."

윤아가 해맑게 웃었다.

"내가 못 찾았다고 하면 너네 아빠가 다른 사람 시킬 거야. 지방으로 떠. 그리고 아빠한테 전화 한번 드려."

윤아가 비웃었다.

"왜 집을 나가는지 그 이유는 말해줘야 하지 않겠냐?"

"말해도 알아야 말이지. 용돈 충분히 주고 필요한 거 다 사주고, 뭐가 부족하냐? 만날 그 소리."

"서울에서 공중전화로 해. 그럼 너가 서울에 있을 거라고 생각할 테니까. 그리고 지방으로 뜨면 너를 서울에서만 찾겠지. 꼰대들은 멍청하거든."

윤아가 휴대폰에 도착한 메시지를 확인했다. 걷다 보니 전태일 다리까지 왔다.

"아저씨 전화번호 가르쳐주면 안 돼요?"

"왜?"

"심심할 때 전화하게."

"예쁜 여자한테만 가르쳐주는데?"

"헐······."

하철이 윤아의 휴대폰에 번호를 찍어주었다.

"지방은 어디가 좋아요?"

"유명하지 않고 서울이랑 멀고 가출 청소년이 모이지 않는 곳."

"하나 추천한다면?"

"경상북도 영주? 거기 시장에 쫄면이 기가 막히게 맛있거든."

"쫄면 때문에?"

"영주 근처에 소백산이 있는데 거기서 멸종 위기에 있는 한국 토종 여우를 복원했거든. 여우는 소백산으로 가는 거지."

"그거, 설마 개그?"

윤아가 웃었다.

"아저씨 고마워요. 나, 이런 말 거의 안 해봤는데."

"잘 살아. 잡히지 말고."

"아저씨만 나 잡으러 오지 않으면 안 잡혀요."

윤아가 손을 내밀었다. 두 사람이 악수했다.

하철이 윤아와 헤어지고 걸었다. 청계천을 보고 있는데 방 사장한테 전화가 왔다.

"야, 어디야?"

"동대문."

"동대문은 왜?"

"옷 좀 사러."

"빨리 와."

"왜?"

"경찰서에서 연락 왔어. 자동차 불탄 거."

하철이 모니터를 뚫어져라 보았다. 낚시꾼 복장을 한 범인이 능숙하게 자동차 문을 열고 가방에서 꺼낸 페트병을 자동차에 쏟는 모습이 보였다. 범인이 라이터로 신문지에 불을 붙였다. 불이 붙은 신문지를 차 안에 던지며 주변을 두리번거리지도 않고 범인이 걸어갔다.

"페트병에 든 게 휘발유겠지? 주변 주유소를 뒤지면 찾을 수 있을까? 아니야. 미리 멀리서 가져왔겠지? 저 새끼 완전 프론데."

방 사장은 무성영화의 변사라도 된 듯 화면을 생중계했다. 자동차에 불을 지르는 범인의 모습은 선명하지 않았다. 늦은 밤이고 가로등이 멀리 있었기 때문에 블랙박스의 화질이 좋을 리 없었다. 범인이 앞으로 걸어가서 돌아선 지점은 두 동짜리 신축빌라와 허름한 집들이 양쪽에서 편을 가르고 있는 길이었다. 경찰과 그 길을 가보기로 했다.

"날짜가 꽤 지났는데 아직도 블랙박스에 저장돼 있네요?"

방 사장이 경찰한테 물었다.

"아, 제보하신 분이 선생님 자동차가 불난 날 아침에 접촉사고가 있었다고 합니다. 블랙박스 안에 있는 걸 컴퓨터에 통째로 옮겨놨다가 잊어버리고 있었는데, 사고 난 곳 근처에다 플래카드 거셨죠? 그거 보고 제보했다더라고요."

"플래카드를 걸었어? 뭐라고?"

하철이 물었다.

"목격자를 찾는 것이 정의입니다."

불을 지른 놈이 걸어간 길은 자동차 두 대가 서로 마주 보고 오면 조심해서 운전해야 할 만큼 좁았다. 신축 빌라 입구에 CCTV가 있었다. 각도만 잘 맞는다면 범인의 앞모습이 찍혔을 것이다. 빌라에는 주차장과 출입구를 비추기 위해 두 대의 CCTV가 있었다. 경찰의 도움으로 당시 날짜를 찾아 확인했다. 아직 한 달이 되지 않아서 용케 남아 있었다. 범인의 모습이 찍혔지만 거리가 멀고 어두워서 얼굴을 알아볼 순 없었다. 작은 편이지만 단단한 체격으로 보였다. 범인이 CCTV의 위치와 거리를 예상하고 비켜서 걸어간 것 같았다. 범인이 걸어간 '버들로'로 하철 일행이 따라갔다. 재건축을 기다리는 허름한 집들과 군데군데 빌라가 섞여 있었다. 빌라에는 CCTV가 있지만 1층에 있는 주차장으로 들어가지 않는 한 찍히지 않는 각도였다.

삼거리가 나왔다. 간판도 없이 중고 가전제품을 판매하는 가게가 터줏대감처럼 삼거리 중앙에 자리 잡고 있었다. 세탁기, 정수기, 냉장고 등이 가게 안에 전부 들어갈 수 없어서 밖에도 물건들이 나와 있었다. 일행이 중고 가게로 들어갔다. 물건을 최대한 쌓아놓아서 가게 안이 비좁았다. 경찰이 주인에게 상황을 설명했다. CCTV가 있었다. 놈이 찍혔을 것 같은 앵글이었다. 하철은 가슴이 두근거렸다. 드디어 '누군가'를 확인할 수 있을까.

"아, 그래서 그랬나?"

주인이 얼굴을 문지르며 말했다.

"18일인 거 같은데, 이상하더라고요. 가게 문을 여는데 문 앞에 있던 정수기 한 대에 흠집이 있는 거예요. 원래 깨끗했는데. 자세히 보니까 위치도 좀 바뀐 거 같고. 도둑이 들었나, 해서 CCTV를 봤는데 싹 지워졌어요."

"씨발……."

하철이 부지불식간에 욕을 했다. 일행이 가게 밖으로 나왔다.

"못 찾을 거 같네요."

경찰이 말했다. 하철이 하늘을 올려다봤다. '누군가'는 기가 막히도록 치밀하게 자신을 드러내지 않는다. 10년 동안 빈틈없이 자신을 지켜왔다. 그런 사람이 왜 영복한테 딸을 보여주었을까.

10

하철이 신도림역 보관함에 있던 봉투를 꺼냈다. 봉투 안에는 영선의 사고 당시 트럭을 운전했던 고지석과 봉고차를 운전했던 오봉연의 이후 행적이 표시돼 있었다. 화살표 중간중간에 포스트잇을 붙여 자세히 설명했다. 오봉연은 사고가 난 후 유치원을 그만두고 연고가 전혀 없는 목포로 내려가서 마을버스를 운전했다. 지금은 택시 운전을 하고 있다. 아들 둘, 딸 하나를 두었는데 막내아들과 함께 살고 있고 다른 자식들은 모두 출가했다. 그동안 은밀하게 살해 위협에 시달렸을지도 모른다.

비탈길에 다세대주택이 빽빽이 들어서 있었다. 비탈길 맨 꼭대기에 교회가 있었다. 교회 바로 옆, 성령의 보호라도 받고 싶어 하는 위치에 오봉연의 집이 있었다.

어깨가 처진 남자가 멀리서 뚜벅뚜벅 걸어왔다.

"오봉연 씨 되시죠?"

"누구⋯⋯세요?"

"돼지소녀 실종사건을 기억하세요?"

"예?"

하철이 돼지소녀 실종사건과 그 엄마가 홍은심이며 22년 전 '샛별유치원'의 보조교사였고 구영선이라는 아이가 트럭에 치여서 죽었을 때 인솔교사였다는 사실을 설명했다. 이야기를 들으면서 오봉연의 표정이 점점 건조해졌다.

"소주 한잔하시겠습니까?"

"아니오. 집사람이 아파서 바로 들어가봐야 돼요. 왜 날 찾아오셨죠?"

오봉연의 손에 봉지가 들려 있었다. 봉지 사이로 대파의 이파리가 삐져나왔다.

"돼지소녀를 납치한 게 영선이 아빠가 아닐까 생각하고 있습니다."

"정말인가요?"

"아직은 추측입니다."

"나쁜 사람 같아 보이지는 않았는데?"

"혹시 선생님한테도 영선이 아빠가 찾아오거나 협박을 한 적은 없습니까?"

오봉연이 완강하게 고개를 저었다. 하철이 담배를 권했다. 퇴근하는 사람들이 하나둘 골목으로 들어왔다. 당시엔 별일 아닐 거라 생각하고 넘어간 일이지만 돌이켜보면 이상한 일이 있을 수도 있다.

"이상한 일이야, 뭐. 살다 보면 종종 있는 건데."

오봉연이 담배꽁초를 비닐봉지에 넣었다. 하철은 꽁초를 바닥에 버렸다.

"영선이 아빠가 날 해코지한 적은 없어요."

"혹시 기억이 나면 연락 주세요."

하철이 명함을 주었다. 오봉연은 명함을 받고 집으로 들어갔다. 다세대주택들 사이로 전봇대가 서 있고 전선들이 기억처럼 어지럽게 얽혀 있었다. 기억이 풀리면 연락할 것이다.

*

'오진유통'에서 배달하던 고지석은 영선을 치고 나서 일을 그만두고 형이 운영하는 떡집에서 일하다 그것도 그만두고 막노동판을 전전하다 신도시 건설현장에서 일하고 있었다. 낡은 배낭을 메고 퇴근하는 고지석한테 하철이 다가가 찾아온 용건을 설명했다.

"배고픈데 요기나 하지, 뭐."

하철과 고지석이 쌈밥집으로 갔다. 고지석은 제육을 쌈에 싸서 게걸스럽게 먹었다. 반주로 소주를 마셨다. 하철은 운전을 해야 한다며 맥주를 마셨다. 제육을 추가하고 소주 한 병을 다 비우고서 고지석이 입을 열었다. 영선을 치고 나서 바로 119를 부르지 않고 우왕좌왕했다. 슈퍼마켓 주인이 119를 불렀고 구급요원이 현장에 도착했을 땐 이미 영선의 숨이 끊긴 상태였다. 고지석은 아무런 판단을 할 수 없었다. 영선 아빠는 고지석을 형사고발했다. 고의가 없었기 때문에 무죄 판결이 나왔다. 영선 아빠는 항소하겠다고 했다.

"힘드셨겠습니다."

"나야 사람을 죽였으니 힘든 게 당연한데 마누라가…… 애가 떨어졌지."

아내가 고지석 몰래 영선 아빠를 만났다. 통장 세 개를 보여주며 이 돈 전부와 전세방을 빼서 보증금을 다 드릴 테니까 용서해달라고 했다.

"좋은 여자지. 나 같은 놈한테는 어울리지 않아. 고등학교까지 나왔어."

고지석이 소주 한 병을 더 시켰다. 눈이 조금 풀렸고 얼굴이 붉어졌다.

"항소를 했잖습니까. 그럼 전세 보증금은 안 받은 건가요?"

"구석현의 목적은 돈이 아니었거든."

고지석은 결국 징역 6월에 집행유예 1년을 선고받았다. 집행유예 1년을 무사히 도과하게 되면 형의 선고가 효력을 잃게 되는 것이었다.

"그런데 감옥에 가셨잖아요?"

"내가 빵에 가지 않으면 포기할 사람이 아니었어."

"협박을 했습니까?"

"사정을 했지. 빵에 가달라고. 안 그러면 자기가 견딜 수 없겠다고 했어. 나도 차라리 빵에 갔다 와서 마음 편하게 살고 싶었어."

고지석은 영선 아빠와 합의했다. 집행유예 기간 중에 고지석이 일부러 술을 마시고 운전을 해서 오지현이라는 10대 후반의 여자아이를 치었다. 오지현은 오봉연의 딸이었다.

하철도 소주를 한 잔 마셨다. 맥주로 들을 이야기가 아니었다.

오지현은 다리가 부러져서 병원에 입원했다. 고지석은 오지현과 일부러 합의를 시도하지도 않았다. 혈중알코올농도 0.16퍼센트인 상태로 운전대를 잡았다. 집행유예 기간이라 징역 1년을 선고받고 복역했다. 고지석이 감옥에 가자 아내는 그 충격으로 유산했다.

"그러고서는 마누라가 임신을 못 했지. 재작년에 저세상으로 갔고."

"출소한 다음에는 영선 아빠가 괴롭히지 않았습니까?"

"죗값을 치렀잖아."

소주를 한 병 더 시킨 고지석을 두고 하철이 계산한 후 쌈밥집을 나왔다. 영선 아빠는 일부러 감옥에 간 고지석을 용서해주었다. 고지석의 아이도 유산됐기 때문에 더 이상 복수할 이유가 사라진 것이리라. 영선을 죽게 만든 가장 직접적인 이유는 고지석이다. 봉고차를 운전했던 오봉연보다 영선 아빠는 영선의 가슴을 짓뭉갠 트럭을 운전한 고지석을 더 원망했을 것이다. 오봉연의 딸을 고지석이 차로 치게 한 걸로 오봉연에 대한 복수는 끝났던 것이다. 남은 건 은심이다. 칼국숫집에서 빚을 갚아주겠다고 해놓고 그 후로 어떤 응징도 없었다. 보다 큰 계획이 있었을 것이다. 그 계획이 바로 돼지소녀 실종사건일까.

11

하철이 오피스텔에 몰래 들어가 몰래카메라를 수거한 후 다른 걸로 교체했다. 동영상을 확인했지만 문영술은 찾아오지 않았다. 아무도 방문하지 않았다. 오피스텔엔 문영술의 내연녀로 보이는 여자와 렘브란트의 인물들뿐이었다. 내연녀는 미모가 출중했다. 텔레비전을 틀어놓고 맥주를 마시며 침대에 웅크리고 앉아 있는 그녀를 보며 하철도 함께 맥주를 마셨다.

*

하철이 사흘간 왕제명의 뒤를 미행했다. 왕제명은 아침 8시면 정확하게 집에서 나온다. 집에서 경찰청까지는 4킬로미터밖에 떨어져 있지 않았다. 12시에 정확하게 점심을 먹으러 나온다. 12시 50분쯤 다시 경찰청으로 들어간다. 퇴근시간은 일정하지 않았다. 말을 걸어볼 틈이 나지 않았다.

왕제명이 등산복을 입고 집을 나섰다. 사흘 만에 기회가 온 것이다. 장성한 두 아들도 아버지와 동행했다. 군복무 중인 큰 아들이 휴가를 나와서 왕제명도 휴가를 내고 대학교에 다니는 작은아들까지 함께 세 부자가 등산에 나선 것이다.

하철은 계획에 없이 산을 올랐다. 그나마 운동화를 신은 게 다행이었다. 사람을 찾는 일을 하다 보니 구두를 신을 일이 없었다. 방 사장은 구두를 신고 출근한다. 아내가 구두만 사준다고 한다. 운동화가 편하다고 해도 아내는 구두를 고집한다. 방 사장은 주말에 아내와 아이들을 데리고 나들이를 가는 게 유일한 낙이라고 한다. 하철은 단 한 번도 단란함을 맛본 적이 없었다. 아주 어렸을 때 기억나지 않는 나이에 있었을지도 모른다. 아니, 없었을 것이다. 아무리 어리더라도 그런 이질적인 기억이 있었다면 가족에 대한 아련한 그리움이 남아 있을 것이다. 성실하게 돈을 모아 가족을 꾸리고 싶다고 생각해본 적도 있었다. 그게 가능할까. 가족을 꾸리는 꿈을 꾸고 실행하는 사람들은 단란했던 경험을 소유했을 것이다.

하철의 아버지는 산악인이었다. 산만 오르는 게 아니라 카센터에서도 일했다. 지금은 전문 산악인들이 기업의 후원을 받아서 생계를 꾸릴 수도 있겠지만 당시엔 그러지 못했다. 아버지는 히말라야의 막내라고 불리는 시샤팡마를 오르는 데 성공했다. 세계 최초로 로부제 동벽을 오르는 게 아버지의 꿈이었다. 아버지가 죽은 후에 한국 산악인이 세계 최초로 로부제 동벽을 정복했다. 결혼을 하고 아이를 낳는다고 해서 가족이 꾸려지는 게 아니다. 산을 오른다고 해서 그 산을 정복했다고 생각하는 건 착각이다. 아버지는 직장을 자주 옮겨야 했다. 군대에서 배우고 나온 자동차 수리 기술이 밥을 먹게 해주었지만 산에 오르기 위해 외국으로 나갈 때면 직장을 그만둘 수밖에 없었다. 그럴 때면 어머니와 며칠, 때론 몇 달간 싸웠다. 그러면서도 어머니는 아버지가 산을 향해 떠날 즈음 새벽기도를 나갔다. 어머니도 생계를 위해 식당에서 일을 해야 했기에 새벽기도를 다닐 땐 피골이 상접했다.

아버지는 매일 새벽 10킬로미터를 뛰었다. 그런 성실함을 가족을 위해서 할애했더라면 좋았을지도 모른다. 산악 잡지와 한 인터뷰에서 아버지는 히말라야를 좋아한다고 말했다. 눈으로 뒤덮여 있어서 순수하지 않느냐고. 그럼 산에 오르는 건 순수를 찾는 것이냐고 기자가 물었다. "산에 오르는 건 무엇을 찾으러 가는 게 아니라 덜어내러 가는 겁니다. 히말라야가 순수해서 좋다는 것이지 순수를 찾으러 가는 건 아닙니다." 그럼 무엇을 덜어내기 위해서 산을 타냐고 물었다. "나를 덜어내러 갑니다." 자신을 덜어내려고 그 멀리까지 가야 했을까. 아버지가 덜어내고 싶었던 건 가족이 아니었을까.

하철이 초등학교 4학년 때 아버지가 해발보다 4,990미터가 높은 로부제 동벽을 향해 출발했다. 해발과 가까운 인천은 아버지한테 중력이 무겁게 내리누르는 곳이었으리라. 아버지가 떠나고 2주일이 지나서 MBC 〈뉴스데스크〉에 나왔다. "산악인 오태헌 씨가 로부제 동벽을 오르다 사망했습니다. 산소 부족이 원인인 것 같다고 합니다. 산소 부족은 눈사태나 추위, 크레바스보다 더 위험하다고 하는데요. 안타까운 일이 아닐 수 없습니다." 앵커는 안타깝다는 표현이 무색하게 바로 다음 뉴스를 밝은 표정으로 전했다. "서울 아시안게임 준비가 순조롭게 잘 진행되고 있다고 합니다."

하철의 가족은 공황상태에 빠졌다. 유명한 산악인이 광고에서 말한 "산의 뜻"은 아버지를 가족으로부터 자유롭게 하는 것이었다. 할머니는 자리에 누웠다. 어머니는 견디지 못하고 기도원에 들어갔다. 할머니는 "예수병 걸린" 며느리 때문에 아들이 죽었다며 그때부터 어머니를 원망하기 시작했다. 원망은 저주로 깊어졌다. 하철에게 가족은 서로를 원망하고 증오하고 함께할 수 없는 관계다. 가족은 실패다.

왕제명이 능선에서 "야호!"를 외쳤다. 임신한 야생동물이 '야호' 때문에 낙태한다는 걸 모르지 않을 것이다. 왕제명은 산에 올라 맑은 공기를 마시며 스트레스를 풀고 가면 그만인 것이다. 돼지소녀를 납치해서 무언가를 얻을 수만 있다면 그녀의 가족이 어떤 피해를 입더라도 상관이 없었을 것이다. 두 아들이 잘 자라기만 한다면 가난한 집 딸인 돼지소녀 하나쯤 아무렇게나 살아도 '야호'를 외칠 것이다.

두 아들이 능선에서 자기들끼리 이야기를 하는 동안 왕제명이 약수를 마시러 내려갔다. 왕제명이 약수터 주변에 있는 비슷한 나잇대 사람들과 어울려 이야기를 나누고 있었다. 하철이 두 주먹을 불끈 쥐고 왕제명 옆으로 갔다.

"안녕하십니까? 경찰청장님이시죠?"

"날 알아봐주는 사람이 다 있네."

"돼지소녀는 누가 납치한 겁니까?"

왕제명의 얼굴에서 미소가 순식간에 자취를 감췄다.

"돼지소녀의 아버지를 정신병원에 가두고 한연숙 씨가 대포통장으로 병원비를 냈더라고요. 최선국이라는 이름으로 105개월 동안이나."

능선에서 두 아들이 아버지를 돌아보았다. 아들들에게 왕제명이 손을 흔들었다.

"재밌는 친구네."

왕제명은 화를 가라앉히려 애썼고 하철은 두려움을 가라앉히려 애썼다.

"직접 돼지소녀를 납치하셨습니까?"

"뭐야!"

주변 사람들의 시선이 집중되었다. 왕제명의 눈매가 어느새 호랑이로 변했다. 왕제명이 사람들을 피해 노송 아래로 갔다. 하철도 따라갔다. 다리가 후들거렸다.

"경찰은 당시에 수사를 했다기보다 감추는 데 급급했더라고요. 목격자들은 남자를 봤다고 했는데 특수본부장님이 기자회견에서 목격자들이 중년 여자를 봤다고 거짓말을 했죠. 기자들이 목격자를 알아낼까 봐 시선을 돌리려고 미국에서 돼지소녀를 목격했다는 또 다른 조작을 했고요.『울트라강원』이 돼지소녀를 촬영한 사진이 제보됐다는 특종을 내보내니까 유골이 발견됐다고 또 조작을 하고. 셋 다 청장님 솜씨 아닌가요? 더럽게 깔끔하던데."

"젊은 사람이 말이 걸군. 나는 조작 솜씨는 없어. 남자치고 요리 솜씨는 좋은 편이지만."

"구석현하고 무슨 관계입니까?"

두 아들이 내려오고 있는 걸 왕제명과 하철이 동시에 보았다.

"대한민국 경찰이 졸로 보이나?"

"돼지소녀는 아직 살아 있습니까?"

"나도 궁금해. 자네가 누군지 모르겠지만 다시 한 번 이런 무례한 짓을 하면 나도 어떻게 할지 몰라. 애들 오니까 그만 비켜."

"쉽게 물러설 거라면 애초 찾아오지도 않았습니다."

왕제명이 앞으로 가자 하철이 쉽게 물러섰다. 그 기운에 맞설 수 없었다. 왕제명이 다가오는 두 아들에게 갔다. 하철에게서 몇 걸음 가지도 않았는데 왕제명은 더없이 다정한 아버지로 변했다.

하철이 산을 내려왔다. 왕제명을 만나서 얻은 게 없었다. 하철의 존재를 알렸을 뿐이다. 이미 알고 있었을 것이다. 좀 더 준비를 하고 만났어야 했는데 섣불렀다. 두 아들이 다가왔을 때 이야기를 더 했어야 했다. 아들 앞에서라면 왕제명이 당황했을 것이다. 사슴의 탈을 쓴 호랑이와 계속 맞설 수가 없었다. 왕제명은 로부제 동벽 같았다.

*

하철이 오피스텔 1509호로 몰래 들어갔다. 몰래카메라를 수거하고 충전해두었던 다른 카메라로 교체했다. 엘리베이터를 타고 1층으로 내려왔다. 한 여자가 엘리베이터를 탔다. 그녀였다. 동영상에서 본 여자는 머리가 쇄골을 덮을 정도였는데 지금은 단발이었다. 렘브란트를 좋아하며 문영술과 그렇고 그런 관계일 게 분명한 여자. 조금만 늦었다면 꼼짝없이 1509호에서 마주칠 뻔했다. 그녀가 머리를 자른 이유가 뭘까. 혹시 문영술과 헤어진 게 아닐까.

엘리베이터에 탄 여자를 돌아보았다. 눈이 마주치자 여자가 고개를 돌렸다. 엘리베이터 문은 빨리 닫히지 않았다. 여자의 표정은 쓸쓸해 보였다. 쓸쓸함은 여자가 가지고 있는 게 아니라 그녀를 보는 배경지식이 만들어낸 걸지도 모르지만.

집으로 돌아오자마자 하철은 동영상을 확인했다. 여자가 집에 돌아오면 컴퓨터를 먼저 켠 후 겉옷을 벗고 컴퓨터로 음악을 틀었다. 재즈를 틀어놓고 욕실로 들어갔다. 욕실 문을 열어놓고 샤워를 했다. 샤워를 마치고 나온 그녀는 크리스털 잔에 따른 주스를 마셨다. 혼자 있는 시간을 아름답게 채우고 싶어 하는 여자다. 자신을 사랑하는 여자는 아니다. 자신을 사랑한다면 중늙은이한테 몸을 팔지는 않겠지. 초인종이 울렸다. 여자가 문을 열어주었다. 문영술이다.

그녀가 커피를 타는 동안 문영술은 화장실에 갔다가 나와서 컴퓨터를 검색했다. 그녀가 커피를 두 잔 들고 조그만 테이블에 앉았다. 마이크 성능이 좋지 않고 텔레비전 소리와 섞여서 두 사람의 대화가 정확하게 들리지는 않았다. 어쩌면 별 사이가 아닐지도 모른다. 예상과 달리 정치적 동지거나 그녀가 문영술의 상담치료사 같은 걸 수도 있다.

그녀가 침대로 와서 누웠다. 문영술이 옷을 벗고 그녀의 옷도 하나씩 벗겼다.

두 사람의 정사가 담긴 부분을 편집해서 파일로 만드는 동안 방 사장한테 문자가 왔다.

— 내일 저녁 먹자. 7시 부동산 앞으로 와.

— 그러든가.

방 사장한테 이 파일을 넘겨주면 윤아 아빠가 1억은 줄 것이다. 하철의 몫은 4천이다. 당분간 먹고사는 문제는 걱정하지 않아도 된다. 방 사장은 6천에다 윤아 아빠와 돈독한 관계, 그의 약점도 얻을 것이다. 문영술을 직접 상대할까. 방 사장한테는 문영술이 찾아오지 않았다고 둘러대면 된다. 문영술한테 2억을 요구해볼까. 지난 국회의원 시절에 하천 정비사업 입찰 과정에서 돈 좀 벌었다는 소문이 있었다. 동영상은 소득재분배의 수단이 될 수 있다. 문영술이 경찰 출신이라서 협박하는 게 쉽지는 않겠지만.

고백

1

"시청자 여러분 안녕하십니까? MBC 〈저녁뉴스〉 시작하겠
습니다. 평화정의당 대통령 후보 여종성 전 강원도지사와 공정
사회당 손진걸 의원의 후보단일화가 결정됐습니다. 일명, 원샷
모바일 경선으로 진행된 이번 후보단일화에서 여종성 후보가
4.8퍼센트 차이로 앞섰습니다. 아슬아슬한 박빙의 승부였는데
요. 오차범위 안이라 다시 해야 한다는 의견도 분분합니다만 손
진걸 의원이 패배를 인정하고 여종성 후보를 지지함으로써 여
종성 후보가 최종 단일후보로 결정됐습니다."

이 뉴스가 중요한 게 아니었다.

"시청자 여러분 안녕하십니까? KBS 〈정오뉴스〉입니다. 어제
야권의 단일후보로 여종성 전 도지사가 결정되었는데요. 오늘

여당의 대통령 후보인 박도원 전 지식경제부 장관의 비서였던 진모 씨가 충격적인 고백을 했습니다. 진모 씨는 아이가 둘 있는 엄마이기도 한데요. 조금 전 라디오 생방송에 출연해서 박도원 후보를 사랑했었고 지금도 그렇다는 말을 했습니다. 그 내용을 직접 들어보시죠."

진미현의 고백은 삽시간에 전국을 강타했다. 모든 언론의 관심이 진미현과 박도원의 관계로 모아졌다. '지퍼 게이트'라고 호들갑을 떠는 언론도 있었다.

여태껏 한국 정치 역사에서 가장 로맨틱한 이슈가 터졌다. 야당 후보가 결정되면서 이제 본격적으로 여야 두 후보의 정책 검증이 시작될 무렵에 스캔들이 난 것이다. 이로 인해 정치가 그어떤 아이돌 스타보다 국민의 관심을 받고 있다. 안타까운 건, 정치는 정책으로 관심을 사야 하는데 사랑타령 때문에 정책 경쟁이 실종될지도 모른다는 사실이다. 우리의 정치의식 수준이 뼈아프다. 언론은 술자리 뒷담화처럼 가십에 치중하지 말고 냉철하게 정책을 검증해야 한다. 다시 한 번 말하지만 이런 스캔들을 확산시키지 말고 정책을 검증해야 한다.

－『L일보』

야당 원내대표가 기자들과 함께한 저녁식사 자리에서 이 소식을 듣고 즉각적인 반응을 보였다. 걸러지지 않은 원내대표의 발언이 언론을 탔다.

"불능이 아닌 이상 사랑은 필연적으로 섹스를 동반하지 않겠나. 박도원은 간통범이다."

원내대표는 언론에 전달된 자신의 말이 과장되었다고 해명했다. 적어도 간통범이라는 말은 하지 않았다는 것이다. 야당 원내대표에 대한 예우 차원에서 언론은 간통범 발언을 더 이상 언급하지 않았다. 왜 지금 시점에서 진미현이 간직해온 사랑을 고백했을까. 언론과 정치판에서는 각각 정치적 의도가 담긴 발언을 쏟아냈다.

야당의 음모 세력이 스캔들을 만들어 박도원 후보의 정치적 위상을 추락시키겠다는 의도가 아니고 무엇이겠는가.

– 이도경 의원 트위터

진 비서의 고백은 누구에게 득이 되고 누구에게 독이 될까. 한국의 정치인은 유독 스캔들이 없다. 정치인의 여자관계를 용납하는 암묵적 동의가 있기 때문이다. 독재자는 말하지 않았던가. 허리 아래 일은 묻지 말라고. 박도원 후보는 지금껏 유력 정치인들이 한두 번쯤 하게 마련인 성추행적 발언 한 번 하지 않은 젠틀한 이미지다. 진 비서는 무슨 의도로 지금 이 상황에서 이런 스캔들을 폭로했을까. 그 스캔들의 정체가 있을까. 진 비서의 일방적인 고백일 뿐이다. 만약 진 비서가 야당의 기획에 의해 스캔들을 만든 거라면 야당에게 후폭풍이, 역풍으로 돌아가야 한다.

박도원 후보를 위해 기획된 거라는 유추도 가능하다. 후보단일화 과정에서 여종성 후보가 홍행에 성공했기 때문에 박도원 후보 또한 국민의 관심을 한 번에 받을 수 있는 기회를 만들고자 한 것일 수도 있다는 항간의 추측도 있다. 정치인은 부고 기사만 아니면 언론을 타는 게 유리하다고 하니까. 현재로서는 진 비서가 미국으로 잠적해버려서 진실을 알 수 없다. 지금까지만 놓고 봤을 땐 진 비서의 스캔들로 이득을 본 건 여종성 후보인 것 같다. 하지만 시간이 흐를수록 전세가 역전되지 말란 법도 없다.

─『A신문』

이틀간 입을 다물고 있던 박도원이 기자회견을 자처했다. 박도원이 부인과 나란히 회견장으로 들어왔다. 부인을 한 번 꼭 안아주었다. 부인은 연극배우 출신답게 마냥 행복한 표정을 지었다. 박도원이 마이크 앞에 섰다.

"저의 선친께서는 평생 학교 선생님이셨습니다. 정년퇴직하실 때까지 평교사로 교편을 잡으셨습니다. 많은 제자로부터 많은 존경을 받았죠. 저 또한 존경하는 훌륭한 선생님이셨습니다. 선친께 국어 과외를 받으면서 회초리도 많이 맞았습니다. 영어 선생님이셨는데 국어도 잘하셨죠. 언어의 근본은 우리말이라면서 국어 공부를 특히 강조하셨습니다. 선친께서는 많은 제자를 사랑으로 대하셨습니다. 그때 사랑이란 말을 이해하시죠? 넓은 의미라고나 할까. 학교 다닐 때 여학생들이 남자 선생님을 좋아하는 경우는 아주 흔하게 일어나는 일이지 않습니까? 옆에 있는 제 집사람도 여고 시절에 화학 선생님을 짝사랑했다고 합니다. 지난 일을 질투할 수도 없는 노릇이고. 선친의 용모가 수려하십니다. 저는 외모상 선친의 단점을 닮은 게 좀 안타깝긴 합니다만. 그래서 선친을 흠모하는 여학생들이 많았습니다. 그 여학생 중 한 명이 시간이 지나서 선생님을 사랑했다고 고백한다고 합시다. 그게 스캔들입니까? 선생님이 제자를 사랑하고 제자가 선생님을 사랑하는 건 스캔들이 아닙니다. 둘 사이에 육체적인 관계가 있었다면 물론 스캔들이 되겠죠. 하지만 스승과 제자로서 서로를 존경하고 사랑하는 건 스캔들이라는 부정적인 의미로 규정할 수 있는 관계가 아닙니다. 진 비서도 그런 마음이었을 거라고 생각합니다. 저는 제 아내에게 언제나 떳떳합니다. 그거면 된 거 아닙니까? 저를 흠모하는 비서가 있었다 하더라도 그건 소설을 쓰는 감상적인 사람의 감상적인 고백일 뿐입니다. 어떤 정치적 의도가 있었다 할지라도 제가 떳떳하기 때문에 스캔들이 될 수 없습니다."

"항간에선 간통이 있었다는 증거도 있다고 하던데요. 어떻게 생각하십니까?"

한 기자가 물었다.

"원숭이 눈에는 원숭이만 보이는 거 아니겠습니까? 허허허."

*

시트콤 작가 두 명이 진행하는 팟캐스트 방송 〈불신천국〉

의 15회분이 업로드 되었다. 그들의 슬로건은 '아무것도 안 믿어!'다.

"얼마 전에 기간제 교사가 교실에서 아이를 패다가 밖으로 나와서 자위행위를 했던 사건이 있었어요. 왜 그랬을까?"

'대마초 합법화를 위한 모임'의 대표인 유 작가가 물었다.

"계약직이라서?"

'세상 모든 연애를 지지하는 모임' 대표인 최 작가가 대답했다.

"계약직이라고 안 하고 기간제라고 하는 이유는 뭐죠? 같은 말이잖아?"

"계약직이라는 말보다는 기간제가 좀 품위 있어 보이잖아요."

"그런가요?"

"원래 품위가 없는 곳일수록 품위가 있어 보이고 싶은 거 아니겠어?"

"나는 계약이라는 말이 더 좋은데? 결혼도 계약결혼. 그런데 그 교사는 왜 그랬을까요?"

"폭력과 섹스의 상관관계를 말해주고 있는 거죠. 교실에서 폭력을 행사하던 걸 끝마쳤더라면 문제가 없었을 텐데 그게 끝나지 않은 채로 교실을 나가야 했기 때문에 밖에서 자위행위로 풀었던 거죠."

"그래서 그 이상한 선생을 이해한다는 말씀인가요?"

"세상에 이해하지 못할 사람이 어딨겠어?"

"최근에 벌어진 이해하지 못할 사건 하나를 짚읍시다. 최 작가는 진미현 씨의 정치적 의도의 지향점이 어디라고 보실까요?"

"없지."

"없다고?"

"방송을 듣는 순간, 느꼈습니다. 그건 그냥 사랑하는 사람에 대한 이야기를 하다가 스스로 가슴이 벅차서 고백해버린 거구나."

"간통은?"

"그건 지들끼리 알아서 하는 거고. 간통죄가 없어지지 않았나?"

"아직 있을걸? 뭐, 그건 그렇다 치고. 지금 정치적 의도가 뭔지에 대한 해석이 분분한데 어떻게 생각하시죠?"

"진미현은 정치적인 훈련이 부족한 사람이야. 맥락을 잘 보세요. 진행자가 묻는 질문에 대답하다가 저도 모르게 나온 말이잖아. 정치인 비서 출신이 가슴 벅찬 연정 소설을 써서 등단했고, 사회자가 연애관을 질문하다가 그 여자가 박도원 후보의 비서 출신이라는 말을 사회자가 먼저 한 거잖아요. '정치라는 딱딱한 일을 하면서 아름다운 사랑 이야기를 구상할 수 있느냐'고. 만약 사회자가 묻지 않았다면 진미현이 고백을 했을까?"

"나야 모르죠."

"진미현은 그냥 소설 얘기나 하고 싶었던 건데 진행자가 물어봐서 대답한 거야. 그녀가 어떤 정치적 의도로 그런 말을 했는지 분석하는 언론의 태도가 바로 정치적 의도인 거죠. 진미현은 그냥 사랑한 거야. 연애 감정에 대해 누구보다 잘 알면서 왜 그래?"

"늘 오심즉여심은 아니니까. 어쨌든 그러니까 지금 우리는 한 개인의 낭만마저도 정치로 치부하는 시대라는 말씀이죠?"

"그렇게 거창하진 않고."

"그럼 어떻게 정리해야 될까요?"

"진미현의 소설을 돈 주고 사라."

"그건 왜 그렇죠?"

"소설 팔려고 방송에 나왔고 소설 팔려고 사랑 고백까지 했는데, 사줘야지. 그게 예의지."

2

신도림역 물품보관함에서 봉투를 꺼내 하철이 커피숍으로 들어갔다. 알림 벨이 울리는 것도 모를 만큼 서류는 섹시했다. 첫번째 파일에는 여성지, 연예인 X파일 등 인터넷 검색 자료들, 경찰 내부 자료 등이 일목요연하게 정리돼 있었다. 예령은 다른 일이 바빴다는 인사말부터 적어놓는 센스를 잊지 않았다. 괜찮은 여자다. 예령은 하철이 좋아하는 수수한 외모다. 생머리는 쇄골을 살짝 덮을 정도다. 가슴은 아담해서 좋다. 무엇보다 배우 엄지원과 비슷한 목소리가 매력적이다. 성격은 특별히 까다롭지 않고 그렇다고 특별히 무딘 것도 아니다. 예령은 자기 안에서만 살고 있다. 밝은색 옷을 입고 있어도 예령한테는 짙은 어둠이 보인다. 예령에게 가까이 다가갈 수 없다.

두번째 파일에는 영선 아빠, 구석현에 대한 조사 결과가 정리돼 있었다. 영선 아빠는 평균 한 달에 한 번 양구에 갔다. 양구에 있는 낚싯집, 두부전골집, 갈빗집, 춘천톨게이트 등에서 신용카드를 사용했다.

영선 아빠는 왜 양구에 갔을까.

양구 옆 춘천엔 왕제명이 있다. 왕제명은 신실한 크리스천이다. 일요일이면 어김없이 서울 강남에 있는 '구원교회'에 예배를 보러 간다. 춘천에 살고 있으면서 서울까지 매주 예배를 보러 간다는 것은 단순히 예배가 목적은 아닐 것이다. 강남이 축복의 땅이긴 하지만 그렇다고 하느님이 강남에만 있는 건 아닐 테니까. 구원교회는 정재계 인사 중 상당수가 다니는 축복받은 공간이다. 현재 가장 뜨거운 이슈가 되는 사람은 여종성이다. 전직 총리, 전직 장관, 현직 대법관, 5선 국회의원, 전직 국회의장, 전직 경찰청장, 전현직 검찰총장, S그룹 회장, 전경련 회장, 현직 감사원장, 전직 KBS 사장, 현직 도지사 등. 아직 나오지 않은 건 대통령뿐이라고 예령은 정리했다. 그들은 여종성을 대통령으로 만들기 위해 노력하는 중이란다.

왕제명이 탤런트 채승미와 그렇고 그런 관계였단다. 채승미는 아역배우 출신으로 방송가에 인맥이 있어 간간이 드라마에 출연했다. 외모도 특별하지 않고 시청자에게 별로 인기도 없었다. 〈부산 깍쟁이〉는 채승미가 공중파를 탄 마지막 드라마였다. 간간이 버라이어티쇼에 추억의 배우로 출연한단다. 왕제명과 채승미는 한때 살림을 차려서 살기도 했다. 예령은 등기부등본도 첨부했다. 당시 채승미의 주민등록증 주소였던 오피스텔의 소유자가 왕제명이다.

김춘웅이 한 말이 사실이었다. 채승미랑 비슷하게 생긴 여자를 본 것이 아니라 채승미가 김춘웅을 찾아가 송영복의 입원 동의서를 받은 것이다. 채승미는 왕제명의 심부름을 했을 것이다. 왕제명을 만나기 전에 이 사실을 알았으면 더 좋았을 텐데. 왕제명은 아내한테는 매달 꼬박꼬박 대포통장으로 송영복의 병원비를 내게 했다. 가까운 두 여자를 동원했다는 건, 두 여자는 서로 같은 일을 분담해서 하고 있다는 걸 몰랐겠지만, 돼지소녀를 납치한 범인이 왕제명이 아니기 때문일 것이다. 아무리 인면수심이라도 여자아이를 납치해놓고 아내와 내연녀에게 납치와 관련된 사실을 은폐시키는 일을 맡기지는 않았을 것이다. 왕제명과 영선 아빠는 어떤 관계가 있을까. 예령은 그 관계를 밝히지 못했다. 인터넷으로 알아낼 수 없는 관계일까, 관계가 없는 걸까.

예령은 '누군가'로 의심되는 전직 경찰 명단을 적어놓았다. 나름대로 추려서 적었다고 했지만 스물여덟 명이었다. 왕제명의 심복이 너무 많아서 쉽지 않았다는 변명도 덧붙였다. 예령은 얼굴에 안면마비 증세가 있는 경찰에 대한 기록은 찾지 못했다. 그것까지는 기록에 없을 수도 있다. 만만한 사람들이 아닐 텐데 스물여덟 명을 일일이 만나볼 수도 없는 노릇이다. 그중 누가 과연 왕제명에 대해 이야기를 해줄까. 심복이라면 그런 배신은 하지 않을 텐데. 심복이었다가 탈락한 사람이어야 한다.

채승미한테서 중요한 단서가 나올지도 모른다.

*

오피스텔 앞에 채승미가 나타났다. 어스름 저녁이 오고 있는데도 선글라스를 끼고 있었다. 방송활동을 접은 지 꽤 지났기 때문에 알아보는 사람도 별로 없을 텐데. 오히려 자신을 알아봐 달라고 광고하는 것 같았다.

"안녕하세요?"

채승미가 화들짝 놀라 풍만한 가슴을 쓸어내렸다.

"물어볼 말이 있습니다."

"사람을 이렇게 놀라게 하면 어떡해요? 없는 애 떨어질 뻔했네."

하철은 채승미가 보이도록 앞에서 걸어왔을 뿐이었다.

"뭘 물어요?"

"왕제명……."

채승미가 눈을 질끈 감고서 그대로 있었다. 눈을 뜨더니 순순히 하철을 따라 오피스텔 건너편 상가에 있는 커피숍으로 들어갔다. 고급 커피숍이라 커피 한 잔에 만 원이 넘었다. 인테리어는 모던한 분위기를 넘어 포스트모던했다. 의자와 테이블은 각각 색깔이 달랐다. 주인이 칠했는지 깔끔하지 않았다.

"그분은 잘 지내시죠?"

"영화 제목 중에 이런 게 있죠. 〈나쁜 놈이 더 잘 잔다〉."

종업원이 와서 주문을 받았다. 케냐에서 온 신선한 원두로 직접 로스팅을 한다고 종업원이 자랑스럽게 말했다.

"송영복 씨를 정신병원에 입원시키는 데 필요한 동의서를 받으러 김춘웅을 찾아갔죠?"

채승미가 종업원을 불러 물을 달라고 했다. 입에만 댈 뿐 물을 별로 마시지 않았다. 대답을 정리하려 시간을 끌고 있는 것이다.

"무슨 소리를 하는 거죠? 정신병원? 누가? 뭘?"

"김춘웅한테 직접 들었습니다."

하철이 김춘웅에 대한 설명을 덧붙였다.

"당신, 그분이 보낸 사람 아닌가요?"

"억만금을 줘도 두 다리 뻗고 자는 나쁜 놈을 위해서는 일하지 않습니다. 그때 일을 말씀해주시죠."

채승미가 손톱을 만지작거렸다.

"그만 일어날게요."

하철이 등기부등본을 내밀었다.

"이별 선물로 오피스텔을 줬던데, 이 사실을 왕제명 부인한테 말해도 상관없을까요?"

종업원이 커피를 가져왔다.

"나온 거니까 마시고 가야지. 이 집 커피에는 케냐의 초원 냄새가 나요."

채승미가 커피 잔을 들어 냄새를 맡았다. 삶이 곧 연기 같았다.

"가서 말하시든가. 그게 나랑 무슨 상관이라고."

"언론에도 제보를 하면 어떨까요?"

"언론이 한물간 배우한테 관심이나 있을까?"

"여성잡지는 좋아할 텐데. 여성잡지에 연애 기사만 나오는 게 아니라 중요한 정치적 사건도 나오더라고요. 제가 잘 아는 잡지사 기자도 있고. 복사해서 두 군데 보내겠습니다. 왕제명 사모하고 잡지사에. 할 말 없으시면 그만 가겠습니다."

하철이 일어설 제스처를 취했다.

"심부름만 한 거예요. 내용은 전혀 몰라요."

"2천을 줬던데요. 자동차에 남자도 한 명 있었고."

"그냥 보디가드 같은 사람이에요. 그분이 보내주신. 연약한 여자 혼자 거길 갔다가 무슨 험한 꼴이라도 당하면 어쩌려고. 그때만 해도 내가 얼마나 날씬했다고."

"채승미 씨가 룸살롱 마담이었던 증거를 한 잡지사 기자가 잡아서 취재 중이었는데 왕제명이 나서서 막았더라고요."

"누가 마담이야!"

"그 잡지사 사장이 횡령 혐의가 있었는데 경찰이 수사 중이었고 그 증거를 아마도 왕제명이 서로 쌤쌔미 하자고 했겠죠."

채승미의 입술에 작은 경련이 일었다. 하철은 기다렸다. 채승미의 표정이 차츰 도도함으로 되돌아갔다. 채승미 안에는 감독과 배우가 함께 살고 있는 것 같았다. 매 순간 감독이 지시하고 배우가 연기하고 다시 또 감정을 설정해서 지시하고 연기하는 듯했다. 하철이 보기엔 모든 컷이 NG였다. 드라마 시장에서 자취를 감출 수밖에 없을 만큼 연기가 어설펐다.

"또 어떤 일이 있었습니까?"

"지금 말한 게 전부예요."

"그럼 잡지사에 이 자료들을 보낼 수밖에 없을 것 같네요. 이미 알고 있는 걸 확인하러 온 게 아니니까."

"생전 심부름 같은 거 시키지 않는 분이 시킨 거고 그냥 가방만 주고 동의서만 받아 오면 된다고 했어요. 그분은 원래 말이 없어요. 저도 나랏일이니까 묻지 않았고."

"나랏일은 무슨……! 그런 새끼들을 감옥에 보내는 게 나랏일이지."

하철이 커피숍 밖으로 나와서 걸었다.

채승미는 여전히 왕제명을 사랑하고 있다. 첫 표현부터가 '그분'이었다. 어감도 '그분'이지 '그 인간'이 아니었다. 채승미는 연예계에서 살아남을 수 없었다. 배운 게 도둑질이라 그 바닥을 오랫동안 떠나지 못했을 것이다. 소비의 습관을 만족시키고 도화살도 다스리려 룸살롱에서 일하게 됐을 것이다. 여러 남자를 만나다 왕제명을 알게 되어 그를 사랑하게 되었을 것이다. 채승미 같은 어설픈 인간한테 왕제명이 중요한 비밀을 알게 하지는 않았을 것이다. 단순히 심부름이었을 것이다.

"이길상이란 사람한테 물어보면 뭔가 얻을 수 있을 거예요."

하철이 신호등에서 파란불을 기다리고 있는데 채승미가 옆에 서며 말했다.

"그 사람이 누군데요?"

"그건 댁이 알아봐야죠. 잡지사는 통 치는 거예요."

"이길성이 누구냐고요?"

"이길상. '성'이 아니고. 전에 가게에 와서 두 사람이 대판 싸웠어요. 왜 싸웠는지는 모르겠어요."

채승미가 윙크를 하고 돌아섰다. 신호등이 바뀌었다.

하철이 전철역 입구에 배치된 무가지를 집어 들었다. 1면 머리기사가 '제미니호 가족 품으로'였다. 소말리아에서 납치됐던 제미니호 선장 및 선원 네 명이 582일 만에 가족의 품으로 돌아왔다. 공항에서 가족과 재회하며 울먹이는 선장의 얼굴이 크게 실렸다. 중년이 넘은 남자의 어린아이 같은 울음은 그 무엇도 더할 수도 뺄 수도 없는 순수함이었다. 돼지소녀는 납치된 지 3천7백 일이 넘었다. 돌아올 수 있을까.

3

1990년 노태우 대통령이 선포한 '10·13 특별선언', 일명 '범죄와의 전쟁' 때였다. 대통령은 헌법적 권한 아래서 범죄와 폭력 등 민생문제를 해결하겠다는 의지를 강하게 피력했고 경찰은 조직폭력배들을 잡아들이기 시작했다. 그때 일선에서 진두지휘했던 사람 중 하나가 왕제명이다. 당시 조폭들은 '왕제명과의 전쟁'을 선포했다. 왕제명의 식구들 근처에서 항상 경찰들이 보디가드 역할을 했을 정도였다. 인터뷰에서 왕제명은 딸이 없고 아들만 있어 그나마 다행이라고 말하기도 했다. 왕제명의 소탕팀 중 일원이 이길상이었다. 이길상은 왕제명의 지휘 아래 수많은 조폭을 잡아들였다. 그 후 10년 동안 왕제명과 가까이서 일했다. 갑자기 제주도로 갔고 몇 년 후에 경찰복을 벗었다. 이길상은 왕제명의 사람이었다가 아마도 지금은 왕제명을 증오하는 사람이 됐을 것이다. 이길상은 영등포에서 노래방을 운영하고 있었다.

하철이 '스캔들 노래빠'에 들어갔다.

"우리 집 양반 낚시 갔는데?"

이길상은 한번 낚시를 가면 보통 2박 3일 동안 "정신이 홀린다"고 했다.

"그깟 비린내 나는 생선 돈 주고 사서 먹으면 그만이지. 잘 먹지도 않아요. 고기에 환장하지."

하철이 노래빠를 나왔다.

부평역에서 내려 도시락을 하나 사 들고 집으로 향했다. 원룸을 보고 있는 뒷모습이 보였다. 출입문 유리에 등장한 하철을 보고 그가 돌아섰다.

"아직 저녁을 안 했구먼. 이럴 줄 알았으면 저녁이나 하자 그럴걸."

도시락을 보고 박덕순이 말했다.

"웬일이시죠?"

"줄 게 있어서."

박덕순이 서류봉투를 건넸다. 겨울이 시작됐지만 전혀 춥지 않았다. 박덕순의 외투는 가을용인데 두꺼운 가죽장갑을 끼고 있었다. 하철이 서류봉투를 받았다. 박덕순이 장갑을 벗었다.

"뭡니까?"

"젊을 때 밥을 부실하게 먹으면 나중에 삭신이 온전치 못해. 저 앞에 보니까 감자탕집에 사람 많던데. 돼지고기가 사람한테 아주 좋거든."

박덕순이 뒤돌아 갔다. 별걱정 다 한다. 젊었을 때 술 함부로 마시고 총기를 분실해서 돼지소녀 실종사건에 휘말려든 게 누군데. 하철이 원룸으로 들어와 서류봉투부터 풀었다.

마두만!

그의 약력과 사진이 동봉되었다. 예령이 준 왕제명의 심복 중에도 마두만이 있었다. 박덕순이 준 봉투 안에는 마두만과 왕제명이 함께 찍은 사진도 동봉됐다. 횟집에서 여러 사람이 찍은 건데 마두만과 왕제명이 옆에 있었다. 두 사람이 여러 사람들 중에서도 특별히 가까운 관계라는 뜻일 것이다. 그동안 찾던 '누군가'가 바로 마두만이리라. 박덕순이 '누군가'의 정체를 알려준 건 자신과 돼지소녀 실종사건의 관계를 덮어달라는 의도일 것이다. 아직 외투는 가을용인데 어울리지 않게 두꺼운 가죽장갑을 낀 건 박덕순이 정보를 제공했다는 걸 비밀로 해달라는 의미일 것이다. 사진과 봉투에 지문도 묻히지 않았을 것이다. 완강해 보이더니 박덕순은 왜 마음을 바꿨을까. 하철이 기자가 아니라는 건 알고 있었고 별로 겁을 먹고 있지도 않아 보였다.

옆집 형의 강아지를 산에 묻었다는 말을 듣고 감동을 받았을까. 그럴 인간이었다면 애초 돼지소녀 실종사건을 돕지도 않았거나 나중에 되돌리려 했을 것이다. 박덕순은 심부름꾼일 뿐이다.

하철이 예령에게 메시지를 보냈다. 마두만을 중심으로 집중적으로 조사해달라고 했다. 왕제명, 마두만, 영선 아빠가 키워드다. 거의 마지막까지 왔으니 서두르라고 했다. 이제 거대한 문이 열릴 때가 왔다. 하철의 가슴이 심하게 두근거렸다. 소화가 잘되는 새우카레 도시락을 먹었는데도 속이 불편했다. 지금껏 예령한테 받은 정보와 인터넷에서 찾은 정보, 만난 사람들의 증언을 메모해둔 것들을 모두 종합해서 답을 구했다. 두뇌의 용량이 과부하를 일으켰는지 두통이 왔다.

최종 목표는 '누군가'가 아니라 돼지소녀다.

4

하철이 다시 노래빠 앞에 왔다. 지하 노래빠에서 올라온 두 남자는 아직 〈강남스타일〉의 리듬 안에서 흥얼거렸다. 경찰 출신을 상대로 한다는 건 아무래도 부담스럽다. 배운 게 도둑질인 사람들을 상대로 도둑질을 하려는 것이다.

이길상이 카운터에 앉아 있었다. 저번에 봤던 안주인은 보이지 않았다. 부부가 번갈아 가게를 봐도 될 만큼 노래방은 북적이지 않았다. 대로변에서 떨어져 있기 때문에 목이 좋지 않았다.

"혼자 오셨네?"

이길상이 능글능글 웃으며 말했다.

"아가씨, 불러야죠? 어떤 아가씨로 불러드릴까?"

조폭을 잡아들이는 데 혁혁한 성과를 거둔 사람이라고는 믿기 어려울 만큼 이길상은 왜소했다.

"나이 좀 있고 대화가 되는 사람으로요."

"얼굴은요?"

"예쁘면 좋고요."

"몸매는?"

"날씬해서 나쁠 건 없겠죠."

"처음부터 예쁘고 날씬한 데다 나이 좀 있어서 잘 노는 여자로 말씀하시지. 히히."

하철이 4번 방으로 들어갔다.

"안주는 어떻게 드릴까?"

맥주 다섯 병을 들고 뒤따라 들어온 이길상이 물었다.

"오징어땅콩 있어요?"

"과일안주 드릴까?"

"그러세요."

안주와 함께 도우미가 들어왔다. 그럭저럭 나쁘지 않았다.

"자기도 얼굴만 좀 보정하면 걸그룹 해도 되겠다."

"나이는 어쩌고요?"

"그건 보정이 안 되나?"

하나 마나 한 소리를 하고 있는 하철에게 웃어주더니 도우미가 애틋하게 〈나 같은 건 없는 건가요〉를 열창했다. 하철은 노래를 부르지 않고 도우미의 리사이틀을 관람했다. 영선 아빠와 마두만이 가까운 사이일까. 왕제명은 부하인 마두만을 위해 돼지소녀의 납치를 도와주었을까. 마두만이 영선 아빠한테 갚아야 할 빚이 있었던 걸까. 돈으로 갚을 수 없는 큰 빚. 은심이 영선 아빠한테 빚진 것처럼. 빚과 빚이 꼬리를 물고 돼지소녀에게 도착했던 걸까.

한 시간이 지났다.

"오빠, 연장할까?"

"아니, 사장님 좀 불러줘."

도우미가 나가고 이길상이 들어왔다.

"이번엔 날씬하고 예쁜, 어린애로 불러드릴까?"

"아뇨. 사장님하고 맥주 한잔하고 싶습니다."

"나랑?"

이길상의 표정이 굳어졌다.

"나는 안 예쁜데? 무슨 대화를?"

"왕제명."

어떤 표정을 꺼낼지 고르지 못하고 있던 이길상이 차임벨 소리가 나자 밖으로 나갔다. 새로 손님이 왔다. 하철은 방 안에서 기다렸다. 문을 열고 이길상이 아니라 경찰특공대가 들어올 것만 같았다. 5분쯤 지나서 이길상이 들어왔다.

"카운터가 보이는 방으로 옮길까요?"

"집사람 올 거요."

이길상이 맥주를 새로 따서 마셨다.

"뭘 알고 싶은 거요?"

"왕제명과 마두만의 관계가 어떤지."

"마두만이라. 오랜만에 듣는 이름이네. 능력 있는 놈이지. 고졸인데 경찰대 나온 형사들보다 추리를 잘했지. 주먹도 잘 쓰고. 경찰청장배 복싱대회서 동메달도 땄어. 복싱을 정식으로 배운 적도 없는 놈인데."

"사장님도 왕제명한테 신임을 받으셨던 걸로 알고 있는데, 왜?"

"내가 왜 아웃됐는지 궁금하시다?"

이길상은 경찰에 입문할 때부터 이야기보따리를 풀었다. 하철은 그 이야기를 다 들어주어야 원하는 걸 들을 수 있을 것 같아서 하는 수 없이 중간에 말을 끊지 않고 경청했다.

"추풍령 고갯길에서 교통사고가 한 번 크게 났었지. 열여덟 명인가 죽었는데 그중 한 명이 내가 쫓던 사건 용의자를 잘 알고 있던 사람이었어. 내가 공을 들이고 있었거든. 용의자에 대해서 입을 열 기미가 보였는데 그 사고로 죽어버렸어. 난 원래 그래. 평생 운이 안 좋아. 그즈음에 두만이가 조폭 두목을 총으로 쏜 거야. 경찰은 조폭 두목이 반항해서 어쩔 수 없이 총을 사용했다고 발표했지."

이길상이 맥주를 마셨다.

"내 끄나풀한테서 제보가 들어왔어. 두만이가 오동파 두목을 일방적으로 쐈다고. 공무집행이 아니었다는 거야."

"사적으로 조폭 두목을 만나고 있었다는 말이네요?"

"그렇지."

"왜 그런 건데요?"

"근데 당신은 누구야?"

이길상의 얼굴색이 공감의 붉은빛에서 경계의 푸른빛으로 갑자기 바뀌었다.

"돈 받고 사람 찾는 일을 합니다."

"흥신소?"

이길상을 속일 순 없을 것 같았다.

"흥신소가 왜 두만이를 캐?"

"돼지소녀 실종사건을 의뢰받았거든요."

"돼지소녀?"

하철이 돼지소녀 실종사건에 대해 설명했다.

"그런 일이 있었던 것 같기도 한데. 돼지소녀가 왜?"

"돼지소녀 실종과 마두만이 관련된 것 같아서요."

"설마……."

이길상이 밖에 나가서 소주를 가져와 맥주에 타서 마셨다.

"마두만은 왜 총을 쏜 겁니까?"

"두만이가 조폭 두목의 뒤를 봐주고 있었던 거야. 나는 두만이랑 별로 사이가 좋지 않았어. 그게 아니어도 경찰이 조폭의 뒤를 봐주면 안 되잖아. 안 그래?"

"그런 경찰이 많지 않나요?"

"당신, 옛날에 경찰 공무원 시험 보다가 떨어졌나?"

"세금 받아서 먹고살 생각은 단 한 번도 해본 적이 없습니다."

"내가 두만이를 해부하려고 했지. 내가 쫓던 사건 용의자를 잘 아는 사람도 죽었고 해서 좀 한가해지기도 했고. 경찰 일이라는 게 늘 바쁘고 정신이 없지만 다마 하나가 있거든. 졸라게 쫓아다니게 되는 다마. 우리는 그게 없으면 허탈해서 견디지를 못해."

"두 분 사이가 깨진 이유는 뭡니까?"

"두만이는 여러모로 운이 좋아. 결혼도 잘했고. 똑같이 사건을 해결해도 그놈이 해결한 사건은 이상하게 위에서 관심을 가지고 잘했다고 칭찬도 받는데 나는 쌔빠지게 해결해봐야 별로 주목을 못 받아. 사건 처리 과정에서 절차상의 문제가 된 걸로 시말서나 쓰고. 그리고 그놈은 정치적이야. 안 그런 척하면서 결국 윗사람하고만 잘 지내거든. 나랑 동기인데 그놈이 날 무시했지."

"마두만이 조폭을 왜 쏜 겁니까?"

"결국 알아내지 못했어. 마두만 뒤에는 왕제명이 있잖아. 명 청도에서 기동대장을 하던 왕제명이 그 사실을 어떻게 알았는지 날 찾아왔더라고. 두만이는 이미 사표를 냈지. 내가 들쑤시고 다닌다고 왕제명이 나를 나무라더라고. 한솥밥 먹던 사이를 수사해서 되겠냐고. 웃기는 소리지. 각자 도시락 싸들고 다녔지, 언제 한솥밥을 먹었어."

"기동대장 하다가 갑자기 강원도로 가서 특수본 본부장을 하는 게 가능한 건가요?"

"당신 흥신소 직원 맞아? 기자 아니야?"

"고졸입니다."

"그래? 기자기만 해봐."

"기동대장은 4급 총경. 본부장 할 때 경찰서 과장급 5급 경정. 징계를 먹은 것도 아닌데 계급이 거꾸로 내려가기도 합니까?"

"성공한 쿠데타는 처벌할 수 없는 나라에서 불가능할 게 뭐가 있겠어."

"더 이상 마두만 사건은 접근하지 않았습니까?"

"해부할 수가 없었어. 내가 말을 안 들으니까 왕제명이 날 제주도 교통과로 보내더라고. 3년 제주도에서 요양하다가 그만뒀어. 제주도에서 살다 보니까 서울도 고향이라고 거지 같은 고향이 그립더라고. 내 고향이 영등포거든. 영등포는 아무리 발전해도 여전히 지저분해."

"기동대장한테 그럴 권한이 있습니까?"

"왕제명은 든든한 빽이 있잖아."

"어떤 빽이요?"

"여종성이 대통령이 되면 왕제명은 경찰청장이라는 게 이쪽은 다 아는 사실이야. 한 2년 청장을 해먹다가 행정안전부 장관이 될지도 모르지. 여종성 아들이 미국에서 사고 쳤을 때도 왕제명이 바로 날아가서 약 쳤잖아. 한인방송 사장을 감금하고 여종성 아들에 대해서 보도하면 죽여버리겠다고 협박했다는 소문도 있었어."

"소문은 믿지 못할 인간들이 내는 거잖아요."

"그게 딱 왕제명의 방식이거든. 날파리가 꼬일 것 같으면 바

264

로 약을 쳐서 씨를 말려버려."

"여종성 아들은 무슨 짓을 저질렀는데요?"

"성폭행인가, 그랬을걸?"

"마두만도 구원교회에 다닙니까?"

"아니야. 불교야. 왕제명이 지독한 예수쟁이거든. 교회 안 다니는 사람하고는 상종을 안 하지. 그래서 나도 좀 다녔어. 종교라는 게 원래 목적을 위한 수단 아니야? 그런데 이상하게 두만이는 교회에 다니지 않았는데도 상종을 했지. 상종 정도가 아니라 아주 끈끈했지. 나야 종교가 없었으니까 교회를 다녔는데 두만이는 집안 대대로 불교라 바꾸지 못했을 거야. 그리고 문영술이란 놈이 있어. 경찰 출신인데 국회의원 했던 놈."

"난봉꾼 문영술이요?"

"조사 많이 했네. 문영술이가 좀 알고 있을지도 몰라."

"뭘요?"

"왕제명이랑 마두만에 대해서. 문영술이 왜 국회의원이 됐는지 아나?"

"당대표 싸모의 뺑소니범을 잡았잖아요."

"두만이가 잡은 거야. 문영술이 두만이한테 부탁한 거야. 두만이가 최고거든. 뺑소니든 뭐든 범인 잡는 데는 솔직히 두만이를 따라올 놈이 없지. 그건 나도 인정해."

"그때 이미 마두만은 경찰을 그만둔 상태였잖아요?"

"그러니까 문영술도 두만이가 하면 자기가 하는 게 되는 거고. 어차피 위에다 보고는 문영술로 할 수 있는 거지."

"두 사람이 가까운 사인가요?"

"두만이 와이프가 문영술 처제야. 문영술이 소개한 거지. 예뻐, 단아하고."

이길상의 표정에 아쉬움이 돌았다. 노래방 카운터를 지키고 있는 이길상의 와이프는 예쁘고 안 예쁘고를 떠나서 얼굴이 왠지 박복해 보였다. 문영술과 마두만은 경찰 동기다. 처음부터 두 사람은 죽이 잘 맞았고 문영술은 어려울 때 마두만의 도움을 많이 받았다.

"혹시 구석현이란 사람에 대해서는 아십니까?"

"처음 듣는 이름인데."

하철이 노래삐를 나왔다. 문영술의 동영상 파일을 어떻게 이용해야 할지 답이 나왔다. 길을 건너 처음으로 보이는 PC방에 들어갔다. 마두만이든 왕제명이든 영선 아빠가 부탁해서 돼지소녀를 납치했다면 그는 은심 주변에서 그녀의 고통을 관찰했을 것이다. 고통을 보는 게 목적일 테니까. 예령에게 메시지를 보냈다.

—구석현의 신용카드 사용내역을 다시 조사해서 보내줘. 포인트 1: 돼지소녀 실종 때 송천 부근에서 카드 사용 여부. 포인트 2: 홍은심이 안양으로 옮긴 후 안양 부근에서 카드 사용 여부.

일요일 밤 12시가 넘자 다음 주를 준비하려는 사람들이 하나둘 닭발거리를 떠났다. 벤치에 앉아 가게가 한가해지기를 기다리던 하철이 '영선닭발' 안으로 들어갔다.

"어서 오세요."

구석현의 얼굴에 깊게 파인 주름은 22년 전에 딸을 잃은 아버지의 상실감이 고스란히 남아 있는 나이테 같았다. 하철이 소주와 닭발 한 접시를 시켜서 먹었다. 남아 있던 두 테이블마저 자리를 파했다. 새벽 1시가 넘자 주방에서 정리하는 소리가 들렸다. 주방장은 퇴근하고 영선 엄마가 혼자 일하고 있었다.

"몇 시까지 합니까?"

"천천히 드세요. 저희야 손님이 편안히 드시고 끝내시면 그때 끝나는 거죠, 뭐."

"따님을 잃으셨다고요?"

장부를 정리하던 구석현의 손이 멈췄다. 장부를 덮었다. 죽은 딸을 끌어낸 하철에게 적개심을 가졌다기보다는 오랫동안 묻어두려 했지만 묻지 못했던 감정이 쏟아지는 걸 막아서고 있는 듯했다.

"누구시죠?"

"제가 누군 게 중요한 게 아니고요."

"내 딸 이야기를 꺼내는 사람이 누군지는, 중요하죠."

"돼지소녀 실종사건은 알고 계시죠? 그 돼지소녀가 영선이

가 죽었을 때 봉고차에서 인솔교사였던 홍은심의 딸이라는 것
도 알고 계실 거고요."

구석현이 하철 쪽으로 의자를 틀었다. 적어도 겉으로는 차분
했다. 돼지소녀가 홍은심의 딸이었다는 것에 대해 몰랐다고 말
했다.

"그래서 나를 찾아온 이유가 뭐죠?"

"닭발이 맛있다는 소문이 있어서 왔습니다."

허튼소리에 단 하나의 세포도 반응하지 않겠다는 듯 구석현
은 무표정했다.

"홍은심한테 빚을 갚아주겠다고 하셨죠, 칼국숫집에서?"

"그랬나요?"

"빚을 갚았습니까?"

주방에서 영선 엄마가 나왔다. 전화를 들고 경찰을 부르겠다
고 소리쳤다. 구석현이 말렸다.

"양구에 자주 가셨더라고요. 왕제명을 만나러 가신 겁니까?"

"양구에는……."

"왜 설명해!"

영선 엄마가 하철의 어깨를 주먹으로 내리쳤다. 구석현은 말
리지 않았다. 하철이 영선 엄마를 구석현한테 넘겼다. 제법 매
워서 계속 맞아줄 수 없었다.

"우리한테 왜 이래!"

영선 엄마가 악을 쓰며 울었다. 구석현이 아내를 주방에 들여
보내고 나왔다.

"선산이 양구에 있어요. 영선이를 화장해서 뼛가루를 수장했어요."

"수장이요?"

"지금도 한 달에 한 번 영선이를 보러 선산에 갑니다."

"고지석한테 오봉연의 딸을 차로 치라고 말씀하셨던 건 기억하시죠?"

"고지석? 오봉연?"

하철이 고지석과 오봉연에 대해 설명했다.

"그 미친놈, 그 고지석인지 뭔지가 정신병원 다닌 건 알고 있겠네요?"

"예?"

"술 처먹고 음주운전으로 여자아이를 치어놓고 내가 시켰다고 해서 경찰서에 간 적은 있었어요. 그 여자아이가 봉고차 딸이라고? 아직도 그런 헛소리를 하고 다니나 보네요. 봉고차 운전했던 사람한테 가서 물어보세요. 봉고차 딸이 교통사고가 났었는지. 그게 트럭 운전사가 친 건지."

"그럼 아니란 말입니까?"

"그때 대전경찰서에서 날 불렀으니까 거기 가면 기록이 남아 있을 거예요."

하철은 사과도 하지 못하고 도망치듯 닭발집을 나왔다. 영선 아빠의 말투에 거짓이 없었다. 사실의 세계가 아니라 자신만의 움막 안에서 다른 세계를 만들어내고 있었던 고지석의 말투에 속았던 것이다.

*

하철이 CCTV가 없다는 걸 확인한 허름한 식당에서 문영술에게 유선으로 전화를 걸었다.

"내일 오후 1시 서울역에서 출발하는 부산행 KTX 1호차 좌석 두 개를 구해서 자리에 앉아 기다리세요. 표는 동대구까지만 끊으시고. 다른 사람을 데리고 오면 후회할 겁니다."

"당신이 그런, 그⋯⋯걸 가지고 있다는 걸 어떻게 알아요?"

"내일 직접 보여드리죠. 조금이라도 허튼수작 부리면 동영상은 바로 언론으로 넘어갑니다. 경찰 출신 국회의원 후보를 상대로 이런 일을 혼자서 하지는 않을 거라는 것쯤은 아시겠죠? 복사도 충분히 해놨고 나한테 뭔 일이 생기면 다른 멤버가 터뜨릴 겁니다."

하철이 모자와 선글라스를 쓰고 KTX를 탔다. 1호차로 오는 승객들을 창밖으로 관찰했다. 문영술이 보였다. 뒤에 따라오는 사람은 없었다. 누군가에게 말하기도 민망한 일일 것이다. 빈자리가 거의 없었다. 기차가 출발하고 한 시간이 흘렀다. 문영술은 초조하게 앉아 있었다. 하철은 문영술 쪽을 틈틈이 훔쳐보면서 그의 동태를 살폈다. 문영술이 주변을 둘러보기도 하고 전화를 받기도 했다.

기차가 대전을 출발했다. 별거 아니다. 두려워할수록 상대는 강해진다. 하철이 비어 있는 문영술 옆자리로 가서 앉았다.

"앞에 보세요."

문영술이 망설이는 게 느껴졌다. 하철이 태블릿을 꺼내 문영술한테 보여주었다. 문영술이 자신의 동영상을 확인하는 동안 하철은 차창을 살폈다. 차창이 반영하는 수상한 움직임은 없었다. 문영술이 몸을 돌려 하철의 멱살을 잡았다. 하철의 주먹이 그의 옆구리를 가격했다. 문영술이 움츠리자 하철이 그의 팔을 뒤로 꺾은 후 그의 귀에 입을 바싹 댔다.

"점잖게 있지 않으면 동영상은 바로 유포된다고, 씨발놈아."

"알았으니까……."

하철이 서서히 문영술을 놓아주었다. 문영술은 덩치만 좋았지 생각보다 세지 않았다.

"원하는 게 뭐야?"

"앞에 보시라고요. 당신한테 얼굴 보여줄 생각 없으니까."

문영술이 앞으로 고개를 돌렸다. 눈동자는 쉬지 않고 움직였다.

"마두만, 아시죠?"

"두만이가 시켰어?"

"우리가 누군지는 궁금해하지 마세요."

"두만이가 왜?"

"지금 내가 갑이고 당신이 을인데, 서로 존댓말을 씁시다. 돼지소녀 실종사건도 아시죠?"

"돼지소녀?"

"기억나세요?"

문영술이 기억하지 못해서 하철이 간략하게 설명했다. 하나같이 사람들은 돼지소녀를 잊고 있었다.

"돼지소녀 납치범이 마두만이라는 것도 알고 있죠?"

"뭐!"

문영술이 놀라 고개를 돌리는데 하철이 그의 얼굴을 손으로 밀었다.

"모르면 난 그만 가보겠습니다."

"잠깐만. 그게 무슨 소리요? 마두만이 왜 돼지소녀를?"

"내 질문이 그겁니다."

문영술이 걸려온 전화번호를 확인하고는 받지 않았다.

"그럴 이유가 없는데……."

두 사람이 잠시 침묵했다.

"그럼, 별로 줄 정보가 없다는 걸로 알고 가보겠습니다."

문영술이 하철의 팔을 잡았다.

"알아보겠소. 알아볼 수 있어."

"이틀 후에 이 기차를 다시 타세요. 같은 방법으로 같은 시간에. 똘마니들 데리고 오면 아시죠?"

"지금 선거운동하느라 정신이 없는데, 이틀은 짧아."

문영술이 코를 만지작거렸다.

"내가 중요한 정보를 알아냈다고 칩시다. 이게 원본일 리는 없고. 원본은 어떻게 없앨 거요?"

"절 믿으셔야죠. 선택의 여지가 없으니까. 내가 원하는 걸 얻었으면 됐지 이따위 불륜 포르노를 왜 간직하겠습니까?"

하철이 자리에서 일어났다. 기차가 동대구를 향해 달리고 있었다. 하철은 좌석을 두 개 예매해두었다. 1호차와 10호차. 10호차 좌석에서 초조하게 기다렸다. 동대구에서 기차가 섰고 하철은 내리지 않았다. 동대구까지 티켓을 끊은 문영술은 내릴 수밖에 없다. 하철은 부산까지 갔다.

자갈치시장에 가서 회 한 접시에 소주 한 병을 마셨다. 이제 남은 건 마두만이다. 지금껏 알아낸 모든 걸 종합해서 마두만을 만나러 갈 것이다. 그를 만난 후 왕제명을 한 번쯤 더 만나야 될지도 모르겠다. 하철이 주인한테 오이를 더 달라고 하는데 모르는 번호로 전화가 왔다.

"저예요, 윤아."

"오! 윤아."

"최윤아거든요. 뭐하세요?"

"그냥 살고 있어."

"죽지는 않았네요?"

"죽었으면 좋겠어?"

"나 그렇게 잔인한 사람 아니에요."

"어디에 있는 거야?"

"영주로 가라면서요?"

"정말 영주로 간 거야?"

"여긴 광주. 아빠 고향이 경상도라 전라도가 나을 것 같아서요."

"똑똑한 면이 있는데 공부를 해보는 건 어때?"

"아저씨도 인간적인 면이 있는 거 같은데 남의 자유를 빼앗지 말고 자유를 찾아주는 일을 해 보는 건 어때요?"

"그렇지 않아도 그 일을 하고 있어."

"정말요? 자유를 찾아주는 일, 만나서 얘기해줘요."

윤아가 다음 주 화요일에 서울에 잠깐 온다고 했다. 윤아와 그날 만나기로 약속했다.

자갈치시장을 나와 부산항을 끼고 영도대교 쪽으로 걸었다. 중늙은이 몇 명이 한적한 길에서 버젓이 돈을 걸고 노름을 하고 있었다. 하철이 잠시 걸음을 멈추고 구경했다. 남포역으로 가려 골목을 도는데 눈앞이 노래졌다.

뒤통수를 맞은 것이다. 그대로 바닥에 주저앉자 사정없이 네 개의 구두가 하철을 강타했다. 하철은 두 손으로 얼굴을 감싸고 정신을 차리려 고개를 흔들었다. 발길질이 몇 번 더 가해졌다. 한 놈이 뒤에서 하철의 머리끄덩이를 잡아 일으켜 세우려 했다. 하철이 일어서면서 뒤로 힘을 주었다. 뒤에 있던 놈이 하철을 잡고 뒤로 주춤했다. 그 바람에 앞 놈이 휘두른 몽둥이가 빗나 갔다. 하철이 머리를 뒤로 강하게 젖혀 뒤에 있던 놈의 얼굴을 갈겼다. 그놈은 두어 걸음 더 뒤로 갔고 하철이 중심을 잡아 그 에게서 빠져나왔다. 앞 놈이 몽둥이를 들고 그대로 하철의 머리를 향해 내리찍었다. 하철이 머리를 옆으로 뺐다. 몽둥이가 어깨를 강타했다. 하철이 고통스러워하는데 뒷놈이 다시 뒤에서 잡으려 했다. 하철이 왼쪽으로 돌면서 왼쪽 팔꿈치에 힘을 주어 돌렸다. 뒷놈 얼굴에 정통으로 맞았다. 뒷놈이 다시 뒤로 물러났다. 앞 놈이 몽둥이로 옆구리를 가격했다. 하철이 옆으로 물러나자 벽에 부딪혔다. 벽에 기댄 하철의 머리를 향해 몽둥이를 휘둘렀다. 하철이 그대로 주저앉아버렸다. 몽둥이가 허공을 갈랐고 그 힘을 조절하지 못해 앞 놈이 하철 위로 고꾸라지려 했다. 한 손으로 벽을 짚는 바람에 몽둥이를 놓쳤다. 하철이 왼손으로 놈의 고환을 잡아 뜯었다. 앞 놈이 소리를 지르고 몸을 일으켰다. 하철이 그대로 따라 일어서며 앞 놈의 턱을 머리로 들이받았다. 하철이 떨어진 몽둥이를 들고 앞 놈 머리를 향해 휘둘렀다. 정수리에 몽둥이가 정확히 꽂혔다. 앞 놈이 그대로 뒤로 넘어졌다. 뒷놈은 싸움에 대한 의지를 잃어버린 채 바닥에 주저앉아 있었다. 하철이 앞 놈 주머니를 뒤져 휴대폰을 꺼내 골목을 빠져나왔다.

"어떻게 됐어?"

휴대폰 너머에서 문영술이 물었다.

"씨발, 개새끼야. 넌 좆 됐어."

"뭐! 너 누구야? 너······."

"네가 주인공인 포르노, 인터넷에서 잘 봐."

하철이 휴대폰 전원을 끄고 휴지통에 버렸다.

하철이 방 사장한테 문영술의 동영상 파일을 넘겼다.

"너밖에 없다."

방 사장이 하철을 꼭 끌어안았다.

"조심해. 문영술이 날 본 거 같거든."

"얼굴 상처가 그 흔적이냐?"

"동영상은 언론에 유포하지 말아줘. 내 조건이야."

"알았어, 그렇게 말할게. 근데 왜? 동영상에 너도 등장하는 건 아니지? 지금까지는 안 나오는데."

방 사장이 동영상을 확인하며 말했다.

"남은 생을 문영술의 내연녀로 살아야 하는 건 형벌이 너무 커. 돈 때문에 그랬을 텐데."

"너한테 휴머니즘도 있었나? 예쁜 여자한테만 생기는 건가?"

"문영술 마누라한테도 반드시 보여줘. 안 보여주면 내가 보여줄 거니까."

"너 정말 변했구나."

"뭐가?"

"의뢰인한테 감정이나 이입되고."

"늙었나 보네."

"확실히 변했어. 원인 분석도 잘하고."

하철이 나흘간 병원에서 물리치료를 받았다. 그동안 문영술은 후보직을 사퇴했다. 동영상이 언론에 유포되지는 않았다. 하철은 병원을 오가는 것 외에는 집에만 틀어박혀 다음을 고민했다. 문영술한테 신상이 털린 것 같지는 않았다.

6

예령에게 연락이 왔다.

—구석현의 카드랑 김미영(구석현 부인)의 카드도 홍은심 주변에서 사용된 적이 없음.

중요한 건 그다음이었다.

—구석현은 한연숙의 사촌동생. 한연숙이 결혼하기 전에 구석현과 장사를 함께 하기도 함.

예령은 문영술 아내가 물려받은 땅이 평창 동계올림픽 특수로 가격이 폭등했다는 사실도 덧붙였다.

구석현의 아리고 진실해 보이는 눈빛이 거짓이었다니, 하철은 허탈했다. 왕제명이 아내 사촌동생의 원한을 갚기 위해 돼지소녀를 납치했다는 말인가. 은심이 일부러 그런 것도 아닌데 뭘 그렇게 잘못했다고 10년도 더 지나서 그런 끔찍한 앙갚음을 했을까.

*

감자탕집에서 고등학생으로 보이는 남자아이들이 우르르 몰려나왔다. 손에는 요구르트를 하나씩 들었다. 남학생들은 신호등을 건너 학원이 밀집해 있는 건물로 올라갔다. 감자탕집 통유리 문에 '영현교회' 마크가 붙어 있었다. 이 집 주인은 여전히 교회에 미쳐 있는 모양이었다. 하철이 뼈다귀해장국을 주문했다.

해장국을 뚝딱 비웠다. 손님이 많았다. 이 정도 맛이면 자주 찾을 만했다. 카운터 옆에 있는 바구니에 요구르트가 있었다. 계산하는 사람들이 후식으로 하나씩 가져갔다. 하철이 카드를 냈다. 카운터 뒤편에 대학생으로 보이는 남자와 그의 동생으로 보이는 여자가 다정하게 어깨동무를 하고 있는 사진이 걸려 있었다.

"맛있게 드셨어요? 처음 오시는 분 같은데?"

계산대 앞에 '만 원 이하는 신용카드를 자제해주세요'라는 문구가 붙어 있었다.

"카드 회사들이 수수료를 너무 많이 받아서, 현금이 없으시면 할 수 없고요."

주인여자는 오랜 세월이 변형시키지 못한 미소로 말했다.

"요구르트 하나 드세요."

하철은 그냥 밖으로 나왔다. 실연당한 남자처럼 맥없이 거리를 걸었다.

왜 그랬는지 알 수 없지만 어머니는 충격적인 고백을 했다.

할머니가 큰며느리를 싫어하기 시작한 결정적 이유는 제사를 지내지 않으려고 하는 어머니의 태도 때문이었다. 제사가 있는 날이면 어머니는 어떤 핑계를 대서든 집에 오지 않으려 했다. 어머니는 지나치게 신실한 크리스천이었다.

"십일존가 지 좆인가만 안 내도 우리 하철이가 먹고픈 것 마음대로 먹을 텐데, 고얀 년."

할머니는 예수가 살림을 거덜 낸다고 생각했다.

장마가 일찍 시작되고 로부제를 향해 간 아버지가 죽었다는 뉴스가 나왔다. 교회에서는 연일 아버지를 위한 기도회가 열렸다. 어머니는 목사와 자주 만나게 되었다. 할머니는 자리에 누웠다. 어머니는 이전보다 더욱 교회에 매달렸다. 할머니는 아버지를 데려간 "예수 놈"을 욕했다. 그럴수록 어머니는 교회에서 예수님을 부르짖었다. 할머니는 일찍 잠에 들었다. 어머니는 할머니가 잠을 잘 시간에 들어와서 깨기 전에 나갔다. 어쩌다 마주치면 할머니는 어머니한테 "남편 잡아먹은 년!"이라고 저주를 퍼부었다. 말다툼하던 중 어머니가 할머니한테 "마귀"라고 했다. '마귀'는 둘 사이를 돌이킬 수 없게 만들었다. 한동안 삼촌네 집에 가 있던 할머니가 어느 날 집에 왔는데 하철이 홀로 밥을 차려 먹고 있었다. 반찬은 간장을 끓인 국물에 김치가 전부였다. 그 후 할머니는 돌아가실 때까지 하철의 곁을 떠나지 않았다.

목사의 부인은 만성 신부전증으로 병원 신세를 졌다. 목사와 어머니는 목사와 신도의 관계를 넘어 남자와 여자로 진입했다. 폭우가 내리던 날 교회에서 기도를 마치고 나오던 어머니가 병원으로 갔다. 목사의 딸이 병간호를 하고 있었다. 어머니가 병실을 지키고 있을 테니까 그녀에게 밥을 먹고 오라고 했다. 잠에서 깬 목사 부인한테 어머니가 말했다. 당신 남편하고 사랑하는 사이라고. 몸도 섞고 마음도 섞었다고. 목사님은 지금 행복해하고 있다고.

며칠 후 목사 부인이 숨졌다. 목사 부인의 언니가 집에 와서 어머니의 머리채를 잡고 난동을 부렸다. 교회에 가서 예배 도중에 어머니와 목사의 관계를 폭로했다. 그 사건 이후 어머니는 집을 나갔다. 소문은 금세 퍼졌다. 하철의 반 친구들도 그 사실을 알게 되었고 "화냥년 새끼"라고 손가락질했다. 학교 아이들의 엄마들은 화냥년의 더러운 피가 전염되기라도 할 것처럼 하철을 가까이하지 말라고 아이들을 단속했다. 목사 부인의 쇼크사는 지역신문에도 가십거리로 실렸다. 목사 부인의 언니가 신문사에 전화를 걸어 폭로한 것이다. 투석으로 인한 쇼크사일 수도 있지만 신문은 하철의 어머니로 인한 쇼크사로 단정했다. 지금 같았으면 명예훼손이나 정정보도 소송을 낼 수도 있겠지만 당시엔 그런 개념조차 모르던 시절이었다. 할머니는 한동안 일부러 집에 늦게 들어왔다. 저녁을 먹기 전에 늘 집에 왔는데 미리 저녁을 지어놓고 밤이 돼서 들어오기도 했다. 어머니가 몰래 와서 하철을 데려가길 바랐던 것이다. 어머니는 하철을 보러 단 한 번도 오지 않았다.

하철이 편의점 앞 파라솔 아래 앉아 캔 커피를 마셨다. 어머니는 왜 그런 고백을 했을까. 그냥 진실을 밝히지 않고 목사와 그렇고 그런 관계를 유지하면 될 텐데. 그게 오히려 더 오랫동안 관계를 유지할 수 있는 방법일 텐데. 목사와 내연관계를 맺는 것보다 그걸 숨기고 사는 게 더 큰 죄책감이었을까. 빌어먹을 존재에게 고백하고 사람들에게 벌을 받고 싶었던 걸까. 아버지가 그랬던 것처럼 가족을 떠나고 싶었던 걸까. 목사가 예수를 믿었다면 어머니는 사랑을 신앙한 걸까. 어머니한테 내린 "신의 뜻"은 아버지한테 내린 "산의 뜻"만큼이나 무책임한 걸까.

감자탕집을 찾아온 건 어머니가 그때 왜 목사 부인한테 고백했는지 물어보고 싶었기 때문이었다. 결코 어머니가 보고 싶어서 온 게 아니었다. 27년 만에 만난 어머니는 하철에게 "맛있게 드셨어요?"라고 말했다. 이제 와서 어머니가 필요한 나이도 아니고 지금껏 살아왔던 대로 살면 된다. 어머니가 운영하는 가게에서 파는 음식이 맛있으면 돈을 내고 사 먹으면 된다. 27년 만에 만난 어머니는 신수가 훤했다. 기억 속 어머니는 언제나 찌들어 있는 모습이었다. 카운터 뒤편에 걸려 있는 다정한 사진이 어머니가 찾은 새로운 삶일 것이다. 버렸기 때문에 비로소 얻을 수 있었던 행복일까.

윤아에게 전화를 걸었다.

"웬일이세요?"

"지금 어디냐?"

"왜요? 나 잡으러 오게요?"

"서울이면 맥주 한잔 마실까 했지."

"어차피 화요일에 만날 거잖아요."

"그러니까."

"너무 실망 마세요. 근데 그때 어디서 봐요?"

"아무 데서나."

"지금 정해요. 전에 헤어졌던 전태일 다리에서 6시, 어때요?"

"그러자."

하철은 이럴 때 아무 말 않고 함께 술을 마실 사람이 없었다.

바 안에는 캘리 롤랜드의 〈Dirty Laundry〉가 흘렀다. 하철은 홀로 7백 밀리리터 헤네시 한 병을 거의 다 비웠지만 취하지 않았다.

"뭐, 필요한 거 없으세요?"

옷차림보다 표정이 더 야한 여자 바텐더가 물었다.

"나랑 2차 나갈래요? 당신이 필요한데……."

여자 바텐더가 입술을 꼭 다물었다. 남자 바텐더한테 가더니 하철을 보며 귓속말을 했다. 여자 바텐더가 다른 손님을 상대했다. 남자 바텐더가 샐러드 안주를 가지고 다가와 테이블에 놓았다.

"이건 서비습니다. 손님, 그리고 죄송하지만 저희는 그런 데가 아닙니다."

하철이 큰 소리로 웃었다. 여자 바텐더가 이쪽을 보았다.

"미안하다고 전해주세요. 내가 원래 그런 사람이라."

하철이 여자 바텐더를 보며 말했다.

바를 나와 성인오락실에 가서 아침이 오도록 게임에 몰두했다. 백만 원쯤 잃고 나자 술기운이 가셨고 백만 원쯤 더 잃고 나자 먹먹함이 흐려졌다.

7

오대산 자락은 벌써 겨울이 짙었다. 비단잉어 양식장은 허름했다. 하철이 중고 싼타페에서 내렸다. 인터넷에서 알아본 바로는 1등급 비단잉어 한 마리 가격이 신형 싼타페보다 비쌌다. 애호가들에게 비단잉어는 물고기가 아니라 예술품이다. 최상품의 경우 월세로 살고 있는 원룸을 전세로 돌릴 수 있는 돈이다.

양어장에서 두만이 나왔다.

"어제 전화한 분이신가?"

허스키 보이스다. 겉으로는 투박한 외모에 투박한 시골 사람으로 보인다. 미소도 인자하고. 두만의 첫인상에 속아 혜실이 순순히 따라갔을 수도 있다. 첫인상은 그 사람이 아니라는 걸 어린 혜실은 알지 못했을 테니까.

"잉어 좀 볼 수 있을까요?"

"그럽시다."

두만을 뒤따라가면서 하철은 다리가 후들거렸다. 챔피언스리그 4강에서 천하의 호날두가 페널티킥을 실축했다. 그의 소속팀인 레알마드리드는 탈락했다. 플라티니, 마라도나, 메시도 승부차기에서 킥을 실패한 적이 있다.

"잉어가 왜 이렇게까지 비쌉니까?"

두만이 물에다 손을 넣어 수온을 측정했다. 따뜻한 물을 공급해주는 파이프 앞에 온도계가 예민하게 잠겨 있었다. 두만은 기계보다 감을 더 믿었다.

"우선 혈통 좋은 종자를 마련하는 게 아주 어려워요. 그 종자를 나눠주려 하지 않거든요. 어미가 새끼를 수만 마리 낳으면 일단 생긴 것만 보고 선별하죠. 선별 능력도 많은 경험이 필요하고. 한 달쯤 지나면 잉어 새끼들 몸에 빛깔이 나기 시작해요. 그럼 또다시 선별 작업에 들어가고. 그러다가 이거다 싶은 놈이 눈에 들어오죠. 그런 눈을 키우는 데도 많은 시간과 노력이 필요한 건 물론이고요. 결국 전문가라는 건 눈싸움이니까. 밤낮없이 물고기를 쳐다봐야 해요. 상태를 봐가며 적절히 사료를 배합해서 먹이를 줘야 하거든요. 무턱대고 주다간 우수한 종자로 키워낼 수 없어요. 겨울에는 따로 온실을 마련해주어야 하고. 후진 인간들보다 좋은 환경에서 자라게 해주는 거죠. 병에 걸려도 그냥 포기할 수 없어요. 돈을 아끼지 말고 약을 먹여야 해요. 포기해버리면 지금껏 들였던 돈과 노력이 물거품이 되거든요. 초창기에는 돈이 더 들어갈까 봐 포기하기 마련인데 그건 소탐대실이에요. 그런 노력을 보상하는 비용인 거요. 먹이도 아주 고급만 주어야 하고. 결국 노하우 비용이라고 볼 수 있어요."

비단잉어들이 연못 속에서 산수화의 주인공처럼 노닐었다.

"잉어 종자를 '왕서방 잉어'에서 얻어 오신 거라고 들었습니다. 왕서방 잉어는 일본에도 명성이 자자하다던데."

"옛날 말이지."

"잉어 종자를 분양하는 일은 거의 없다고 하던데 용케 받아 오셨네요."

두만이 잉어들을 비추고 있는 빛의 세기를 조절하기 위해 레버를 돌렸다.

"방해 말고 그만 나갑시다."

두 사람이 밖으로 나왔다.

"얼굴 한쪽이 마비됐었다고 들었는데?"

"머리 좋은 애들을 죄다 의대로 보내놓으니까 의학이 많이 발전했지."

두 사람은 양식장 옆에 컨테이너 박스로 들어갔다. 컨테이너 박스 뒤편에 천막이 쳐져 있었다. 천막은 자동차 한 대쯤 들어갈 만한 크기였다. 양식장 뒤편에 있는 차고에는 링컨 자동차가 있었다. 하철이 꿈에 그리는 자동차라 멀리서 봐도 알 수 있었다. 설마 천막 안에 혜실이 있는 건 아니겠지.

사무실은 검소했다.

"커피 들겠소?"

"주시면 고맙죠."

"블랙?"

"믹스로 주세요. 입이 싸구려라."

사무실 안엔 비단잉어 사진이 여러 장 걸려 있었다. 두만이 커피를 두 잔 들고 하철의 맞은편에 앉았다.

"오동파 두목한테 주기적으로 돈을 받으셨죠? 아드님이 소아암으로 돈이 많이 들었으니까."

두만의 얼굴에 화석 같은 표정이 드러났다.

"김오동의 뒤를 봐주셨죠. 받은 돈에 대한 예의로."

"예의라…… 말을 아주 잘하시네."

"줄리아나 나이트클럽 살인사건 때 현장에서 김오동의 지문이 묻은 흉기가 발견됐는데 그 증거를 빼돌리라고 김오동이 요구했죠. 더 이상 감당이 안 되겠다 싶어서 총으로 그를 쏴버렸고. 목격자가 있었고 정황상 방어사격이 아니라 곤란해졌죠. 왕제명이 해결해줬고요. 두 사람 사이에는 그런 끈끈함이 있죠. 이길상하고는 없지만."

두만이 가면을 하나씩 벗는 듯 조금씩 무표정을 벗었다.

"경찰을 그만두고 왕제명 동생한테 비단잉어의 종자를 받았죠. 맛집에서 맛의 비결을 알려주는 거나 마찬가진데. 아무리 동생이지만 웬만하면 안 췄겠죠. 맛의 비결은 며느리한테도 안 가르쳐주는 거니까. 그런데 왕제명은 무슨 일이든 마음만 먹으면 해내는 사람이지 않습니까?"

"경찰청장님의 이름을 그렇게 친구 부르듯 하셔도 되겠소?"

"성웅 이순신 장군도 그냥 이순신이라고 하는데요, 뭐."

두만이 컵을 들고 자리에서 일어났다. 커피믹스를 하나 더 뜯어서 뜨거운 물을 붓고 커피믹스 봉지로 저은 후 소파에 앉았다.

"커피를 좋아하시네요."

"뭘 먹어도 항상 2인분이오."

두만이 전자담배를 물었다.

"내가 원래 일란성 쌍둥이였거든. 백일도 안 돼서 형님이 죽었지. 그 후로 형님 몫까지 먹어치웠어."

"그런데 혜실이 납치된 사건이 일어나버렸죠. 온 나라가 시끌벅적할 때 왕제명이 찾아왔겠죠. 술을 한잔하면서 말했을 겁니다."

두만이 수증기에 불과한 가짜 연기를 내뿜었다.

"두만아, 너가 처리해라."

하철이 왕제명처럼 목소리를 깔았다.

"여종성의 아들 여진석이 미국에서 유학 중에 옆집 소녀를 건드려서 경찰에 연행된 적이 있었죠. 그때도 왕제명이 무마했고요. 여진석은 아버지에 대한 불만이 많았죠. 목격자에 의하면 미끈한 자동차가 돼지소녀를 납치할 때 근처에 있었습니다. 당시 여진석은 머스탱을 가지고 있었고요."

"무슨 말을 하고 싶으신 건가?"

"아버지를 증오한 여진석이 〈인간극장〉에 출연한 여종성을 보고 돼지소녀를 납치한 거란 말이죠. 아버지에 대한 보복이기도 하고. 소아기호증도 해결하고, 일거양득이죠."

진동음이 울렸다. 두만이 휴대폰 폴더를 열더니 번호를 확인하고 닫았다. 휴대폰은 단종됐을 것 같은 모델이었다.

"계속해보시오."

"그런데 결국 여종성한테 들키고 만 거죠. 이미 돼지소녀 실종사건은 전국을 떠들썩하게 하고 있고. 여종성은 등골이 오싹했겠죠. 이런 일을 확실하게 처리할 만한 사람, 왕제명에게 지시한 겁니다."

"흥신소 그만두고 경찰을 하는 건 어떻겠소?"

"왕제명, 문영술, 마두만…… 내가 아는 경찰은 하나같이 사회에 암적인 존재들이라."

"좋은 경찰도 많이 있어요."

"적어도 당신은 아니잖아. 왕제명도 그렇고."

하철이 커피를 마셨다. 두만은 커피 맛이 진하지도 흐리지도 않게 물의 양을 정확히 맞췄다.

"왕제명은 당신한테 받을 빚이 있었고. 아무리 의리로 뭉친 관계라 해도 주고받을 건 주고받는 법이니까. 의리란 게 사실은 더러운 걸 주고받는 거니까. 혜실이를 죽이라고 시켰겠지. 당신은 거절할 수가 없었고. 차마 어린 소녀를 죽일 수는 없었지. 조폭하고는 다르니까. 아니, 다르다고 착각했으니까. 돼지소녀를 데리고 다닌 거지. 댐 공사를 하는 용성읍처럼 외부인들이 많아 눈에 띄지 않는 데로. 더러운 대가리를 좋나게 굴린 거지. 용성읍은 당신 어머니 고향이고. 어머니가 살던 집에다 혜실이를 가둬놓고! 왜 혜실이를 송영복한테 보여줬어? 왜?"

진동음이 다시 울렸다. 두만이 휴대폰 전원을 아예 꺼버렸다.

"자네라면 왜 그랬을까?"

"내가 수수께끼를 풀려고 여기 온 줄 알아?"

"전화로는 비단잉어를 보러 오겠다면서."

두만이 비웃었다. 그의 비웃음은 공격적이지 않았다. 자기 자신을 향한 듯했다. 두만이 일어나 사무실 문을 열었다. 하철도 일어서며 마음을 가라앉히려 심호흡을 했다.

"혜실이는 살아 있어?"

"잉어 한 마리 가져가시겠나? 여기까지 왔는데. 최상품을 기념으로 주지."

하철이 두만의 멱살을 잡았다. 두만은 아무 저항을 하지 않 았다.

"살아 있냐고!"

난로에서 탁! 탁! 소리가 났다. 두만보다는 하철의 숨소리가 더 거칠었다.

"당신들한테 혜실이는 비단잉어 같은 관상용에 불과할지 모 르지만, 걔 부모한테 혜실이는 전부야! 당신도 알고 있잖아! 그 고통…… 아예 처음부터 혜실이를 처리하고 보여주지 말던가. 당신도 그런 생각 하지 않았어? 아들이 태어나지 않았더라면 좋았을 텐데. 암에 걸렸을 때도 차라리 바로 죽어버렸더라면. 괜히 희망을 주고 떠나는 게 얼마나 허망한지, 잘 알고 있잖아!"

"자네는 어떻게 알아? 결혼한 적도 없고 부모님의 사랑을 받 은 적도 없으면서."

두만이 인자하게 웃었다. 하철은 소름이 돋았다. 어떻게 이런 인간이 이런 미소를 지을 수 있을까. 선천적으로 타고났다 해도 후천적으로 잃어버렸어야 할 미소. 왕제명이 '야호'를 부르면 서도 자기 아들들한테 짓던 미소. 혜실을 보며 지었을, 혜실을 잃은 후 잃어버렸을 영복과 은심의 미소. 하철의 부모에게는 처 음부터 없었을지도 모르는, 하철에게는 없는 미소.

하철이 멱살을 놓았다. 현기증이 났다. 두만은 콘크리트 방파 제 같았다. 하철이 문을 잡고 밖을 내다보았다. 태양의 고도가 낮아서 기분 나쁜 각도로 볕을 쏘았다. 양식장 문 옆에 한 여자 가 이쪽을 보고 있었다. 여자는 관조적이었다. 자기 남편이 힘으로 밀릴 사람이 아니란 걸 알고 있을 것이다. 두만은 왕제명보다도 강하다. 왕제명은 산에서 말을 걸었을 때 아들들이 다가올까 노심초사했다. 왕제명은 절대적으로 지켜야 할 대상이 있다. 두만은 없다.

"혜실을 돌려보내. 지금까지 밝혀낸 사실은 그냥 묻어둘 테니까."

"죽었다면?"

"죽었다면 이번엔 악마가 죽을 차례지."

두 사람의 눈빛이 충돌했다. 하철은 최대한 공격적이었고 두만은 평상적이었지만, 막상막하였다. 선천적으로 하철은 두만의 '2인분'을 이길 수 없을 것 같았다.

"자네가 살고 있는 인천은 공기가 참 나쁘지. 산책하면서 강원도 맑은 공기 좀 마실 텐가? 나도 할 얘기가 있는데……."

두만이 아내에게 가서 이야기를 나누는 동안 하철은 오대산의 산세를 보았다. 웅장했다. 인간들이 숨겨둔 무거운 비밀들을 간직하고 있는 것 같았다.

두만이 앞서 걸었다.

"범죄와의 전쟁이란 말을 들어봤나?"

범죄와의 전쟁 때 두만은 오동파 두목 김오동을 잡아넣었다. 연줄이 있었던 김오동은 금방 출소했고 정치이벤트였던 범죄와의 전쟁을 피해 미국으로 갔다. 몇 년 후에 또다시 두 사람이 마주쳤다. 김오동이 거래를 제안했다. 풀어주면 대가를 주겠다고. 두만은 깡패를 잡아넣어도 풀어주는 권력에 환멸을 느끼고 있던 차였다. 보다 중요한 건 아들의 병원비였다. 동연이는 두만 집안의 삼대독자였다. 아내가 목숨 걸고 낳은 아이였다. 난소에 혹이 생겨서 의사는 아이를 낳으면 위험하다고 했다. 어머니와 아내의 바람을 의학적 경고가 꺾지는 못했다. 어머니는 최소한 아들이 둘은 돼야 한다고 했다. 삼신할미는 관대하지 않았다. 아내는 더 이상 임신조차 할 수 없게 되었다. 아들의 얼굴에서 핏기가 사라져가고 통통하던 놈이 빼빼 말라갔다. 살이 빠져가는 아들을 보는 것보다 고통스러운 게 있을까. 두만의 아버지가 폐암으로 죽었다. 아들의 암은 할아버지한테 물려받은 것이었다. 아무것도 물려주지 못했던 양반이 하필 몹쓸 것만 준 것이다.

두만과 김오동의 관계는 지속되었다. 병원비 외에는 한 푼도 받지 않았다. 2천만 원을 받았다가 병원비로 쓰고 남은 19만 원을 돌려주기도 했다. 두만의 모순된, 결벽적인 태도를 비웃던 김오동이 술수를 부렸다. 두만이 돈을 받는 현장을 몰래 촬영하고 녹화테이프를 보여준 후 협박했다. 두만은 협박이 무섭지 않았지만 병원비를 계속 받아야 했기에 김오동의 요구를 들어주었다. 요구의 수위는 높아졌다. 단속 정보를 제공하고, 대립하고 있는 조직의 비리를 캐고 그들의 활동에 제재를 가했다. 살인사건의 증거물도 빼돌리라고 했다. 처음엔 부처님이 아이에게 병을 주셨으니 검은돈을 받아도 용서하실 거라 생각했다. 부처님이 주신 아이를 부처님이 거두실 때까지 그 어떤 윤리를 파괴하는 것도 괜찮다는 게 부처님의 뜻일 거라 생각했다. 아이와 윤리 중 당연히 아이가 먼저니까. 윤리는 결국 아이의 생명을 지키기 위해서 필요한 것일 테니까. 김오동은 거만하게 행동했다. 두만의 모든 노력을 짓밟고 아이가 죽었다. 아이가 죽던 날 아내가 이혼을 요구했다. 아이와 관련된 어떤 인간의 얼굴도 보고 싶지 않다고 했다. 두만은 아내를 친정에 보냈다. 김오동은 두만의 아이가 죽었다는 사실을 모르고 설쳤다. 깝죽거리는 김오동을 쏘고 그 길로 택시를 타고 왕제명의 집으로 갔다. 두만이 공원 벤치에서 자초지종을 말했다.

"이제 어쩔 거야?"

"자수할 겁니다. 형님한테 온 건 죄송하다는 말씀을 드리려고."

"처리는 내가 하마."

"아닙니다. 형님한테 부담 드리는……."

"시끄러, 이 새끼야! 뭘 잘했다고! 앞으로 판단은 내가 해."

왕제명이 신속하게 현장에 있던 김오동의 부하들을 조지고 비디오테이프를 찾아 사건을 정리했다. 직접 움직이기만 하면 왕제명보다 빠르게 일을 처리하는 사람은 없었다.

두만은 공수부대에서 군복무를 했다. 그때 중대장이 왕제명이었다. 제대를 하고 한참 후에 왕제명한테 연락이 왔다. 인쇄소에서 일하던 두만에게 왕제명은 경찰이 될 것을 주문했다. 그후 두 사람은 언제나 함께했다. 경찰대 출신이 아니기에 왕제명은 정치를 해야 했고 경찰대 출신보다 두 배 이상 열심히 일해야 했다. 두만은 좋은 성과를 냈고 왕제명은 그런 두만을 늘 데리고 다녔다. 왕제명의 계급이 점점 높아지면서 어쩔 수 없이 거리가 생기기 시작했지만 관계는 단 한 번도 흔들리지 않았다.

돼지소녀를 넘겨받은 후 두만은 홀로 여러 가지를 추리했다. 왕제명은 아무것도 묻지 말라고 했다. 하철의 추리와 달리 여종성과 그의 아들은 사이가 나쁘지 않았다. 왕제명을 통해 여종성에 대한 사적인 이야기를 몇 번 들은 적이 있었다. 여진석은 돼지소녀 실종과 무관할 것이다. 설사 관련이 있다 해도 아버지를 위해 여진석이 대신 돼지소녀를 납치했을 것이다. 여진석이 미국에서 마약을 하고 방탕하게 살았던 건 사실이다. 그건 한때였다. 옆집 소녀가 목욕하는 장면을 몰래 엿보다가 신고를 받고 온 경찰에 잡혀갔던 적도 있었다. 곧 풀려났고 그걸 재미 한인언론이 보도를 하려 하자 왕제명이 미국으로 날아가 사건을 덮었다. 일부에서 여진석을 소아기호증이라고 하는데 그건 과장된 루머였다. 아버지를 증오한 것도 한때였던 것이다. 성인이 되기 전에 누구나 한 번 아버지를 증오할 수 있는 거 아닌가. 세상을 알기 전에 아버지의 정체를 의심할 수 있는 거 아닌가. 세상에 발을 디디면 아버지를 이해하고 증오심도 풀어지게 마련 아닌가. 왜 아버지가 그렇게 사는지 세상이 대답해준다. 여종성은 가족을 끔찍이 생각했다. 왕제명은 돼지소녀를 "VIP한테 받은" 거라고만 했다. 자신의 기획이 아니라는 말이다. 두만에게 왕제명은 지시하는 사람이지 설명하는 사람이 아니기 때문에 돼지소녀에 대해 더 이상의 설명은 없었다.

하철이 두만의 앞을 가로막았다.

"어떻게 사람을 납치했는데 묻지 않을 수가 있습니까?"

"신뢰 같은 거지."

"악마들 사이에서는 신뢰라는 말이 그렇게 쓰이는군."

두만이 바위에 걸터앉았다. 전자담배를 꺼내 피웠다.

돼지소녀를 넘기고 나서 왕제명은 기동대장에서 돼지소녀 실종사건 특별수사본부의 본부장으로 자리를 옮겨 사건을 진두지휘했다. 왕제명이 직접 사건을 통제하기 위해서였다. 당시 행정안전부 장관은 여종성의 대학 후배였다. 여종성의 전화 한 통으로 왕제명은 어디든 갈 수 있었다. 왜 여종성은 돼지소녀를 납치했을까. 〈인간극장〉을 통해 인연이 있었던 소녀를 납치한 이유가 뭘까. 당시 두만의 추리는 거기서 멈췄다. 왕제명은 알고 있었겠지만 더 이상 묻지 말라고 했으니 두만의 궁금증도 거기서 꼬리를 내렸다. 15년 경찰 생활의 습관이었다. 사건을 파헤치다가 위에서 멈추라고 하면 멈췄다. 간혹 끝까지 캐고 싶은 사건도 있지만 판단은 언제나 위에서 했다. 두만은 명령을 거스르지 않았다. 자신이 명령할 수 있는 위치가 되었을 때 깨달았다. 자신은 명령을 하는 것보다 받는 데 어울리는 사람이라는 것을.

"경찰질을 오래 해먹다 보면 다들 도덕적으로 마비 증상이 옵니까?"

하철이 경멸적으로 말했다. 두만은 대답하지 않았다.

"『울트라강원』은 어떻게 된 겁니까?"

'돼지소녀 살아 있다' 기사가 난 걸 두만도 읽었다. 기사엔 멀리서 돼지소녀를 찍은 사진도 함께 제보되었다고 했다. 왕제명이 두만을 찾아왔다. 돼지소녀를 해치우지 않았냐고 물었다. 두만은 그동안 차마 죽일 수 없었다고 말했다. 왕제명이 두만의 어깨를 만졌다.

"너가 마무리할래? 내가 할까?"

"제가 하겠습니다."

두만은 혜실을 지키고 싶었다.

강원도지사 선거가 끝나고 당선 기자회견에서 한 기자가 재임에 성공한 여종성한테 질문했다.

"그동안 도지사님의 이미지가 차갑다는 평이 많았습니다. 그런데 이번 돼지소녀 실종사건 때 선거법 위반 가능성을 감내하고 공무원들을 총동원해서 돼지소녀를 찾는 데 총력을 기울인 점이 도민들의 표심을 얻은 것이라는 분석도 있는데요. 어떻게 생각하십니까?"

"아버지의 마음으로 찾았던 것뿐입니다. 동원된 공무원 중 부모거나 부모가 될 사람들이라면 모두 동의했을 거라고 생각합니다. 그것이 제가 추구하는 정치입니다. 부모의 마음으로 부모를 대하고 농민의 마음으로 농민을 헤아리고."

기자회견을 보며 두만은 납치의 이유를 깨달았다.

"앞전에 박도원의 비서가 라디오에 나와서 고백한 적이 있었지 않나. 미국으로 떠나 행방을 알 수 없다고? 여자 하나를 못 찾겠나? 진미현의 고백이 나오기 며칠 전에 강남의 한 고급 횟집에서 진미현과 박달현이 만난 걸 목격했다는 제보가 인터넷에 떴더군. 후속 기사가 나오지 않았고 다른 언론도 그 사실을 별로 비중 있게 다루지 않아 세간에서 사라졌지만. 선거기간이면 으레 나오는 해프닝이 돼버렸지. 박달현을 여종성한테 한명회 같은 인간이지. 강원도지사 선거 이전부터 두 사람의 인연이 있었어. 박달현은 여종성이 당선이 되면 세상에 드러날 사람이야."

"혜실이를 납치한 것도 박달현 짓이라고요?"

"내 생각엔……."

"혜실이 부모는 뭐야?"

"그런 말이 있지. 남의 물건을 훔쳐 오는 건 선이고, 내 물건이 도둑맞는 건 악이다."

"여종성의 정치적인 이미지를 바꾸려고 혜실이를 납치했다는 말이야?"

"아마도……."

"아무 원한도 없는데? 개새끼…… 여종성도 알고 있었고?"

"모를 리가 있나."

하철은 도무지 이해할 수 없었다.

"당신은 감금한 거고. 납치는 누가 한 거야? 왕제명 와이프의 사촌동생?"

"형님이 오로지 형수님 사촌동생을 위해 그런 일을 한다는 건 말이 안 돼. 형님이 여종성의 도움 없이 특수본 본부장이 돼서 사건을 지휘할 수도 없고. 여종성이 구석현이란 사람의 복수심 때문에 그런 일을 하게끔 주선해줄 리도 없어.”

· 두만이 담배를 피우며 먼 산을 바라보았다.

“납치는 구석현일 거야. 혹시나 있을 수 있는 사고를 대비해서 여종성의 가족이나 직접적인 지인은 일에 끌어들이지 않았겠지. 주변을 뒤졌을 거야. 구석현과 홍은심의 관계를 알아냈을 거고, 형님과 상의를 했을 거고, 형님도 구석현한테 복수를 하게 할 겸 일을 분배했겠지. 납치는 구석현한테 주고 처리는 나한테 주고.”

왕제명은 송영복의 정신병원 입원 동의서를 받아 오는 일을 내연녀에게 맡기고 정신병원비를 아내한테 맡겼다. 왕제명의 일처리 방식이다. 한 사람한테 일을 전부 맡기지 않는다. 납치를 담당한 구석현한테는 처리를 누가 했는지 모르게 하고 처리를 담당한 마두만한테는 납치를 누가 했는지 모르게 했다. 왕제명하고 박달현 선까지만 알고 있으려 했을 것이다. 일이 틀어져도 모든 그림이 드러나지 않아야 하기 때문이리라.

“개새끼들은 아이큐를 정의롭게 사용하지 않는군.”

새 떼가 산등성이에서 바다 방향으로 날았다.

“혜실이를 어떻게 했습니까?”

혜실을 죽이는 것만이 유일한 방법이었다. 자식을 낳은 부모로서 할 수 없는 일이지만 자식을 잃은 부모로서 못 할 것도 없는 일이었다. 차일피일 혜실의 생이 미뤄졌다. 용성읍에 댐 공사가 있었고 뜨내기들이 많이 드나들었다. 두만은 뜨내기 중 하나처럼 혜실을 데리고 용성읍에 갔다. 어머니가 돌아가신 후 비어 있던 집에 혜실을 감금했다. 세상을 보여줄 수 없기 때문에 세계여행 가이드와 애니메이션 비디오테이프를 사다 주었다. 혜실은 지하실에 갇혀서 비디오로 전 세계를 돌아다녔다. 어머니의 집에 드나들 땐 새벽에 움직이면서 사람들 눈을 피했다. 읍내에 차를 두고 집까지 20킬로미터 거리를 걸어갔다. 한번은 술에 취한 남자가 시비를 걸었다. 한주먹감도 안 되는데도 불구하고 두만은 그의 욕을 들으며 참았다. 혜실의 무표정은 참을 수 없었다. 갇혀 지낸 지 1년이 지날 즈음 혜실은 표정을 잃었다. 처음엔 엄마가 보고 싶다며 그렇게 울더니 언제부턴가 무엇도 갈망하지 않았다. 혜실이 혜실을 잃어버릴 것 같았다.

"울든지 웃든지 해. 뭐라도 해보란 말이야!"

혜실은 표정을 되찾지 않았다.

비가 억수로 내리던 날 꿈에 아들이 나왔다. 아들이 소아암 판정을 받기 전에는 비가 내리면 엄마한테 아무리 혼이 나도 비를 맞으며 볼을 차면서 사내놈답게 뛰어놀았다. 꿈속에서 아들놈이 아무 말도 하지 않고 힘겹게 찡그렸다. 저세상으로 가기 전에 아빠의 얼굴을 만지며 아들이 자주 짓던 표정이었다.

두만은 혜실한테 아빠를 보여주기로 했다. 영복의 뒤를 밟았다. 그는 술로 살았다. 그에게 도움을 줄 사람이 없어 보였다. 나흘째 뒤를 밟던 날, 세월교에서 영복에게 접근하고 혜실을 보여주었다. 영복이 조용히만 있었다면 반년에 한번, 적어도 1년에 한 번은 보여줄 생각이었다. 영복은 경고를 지키지 못하고 혜실을 만났다고 떠들고 다녔다.

"그래서, 죽였어?"

"자네라면 어떻게 했겠나?"

"나라면 자수를 했겠지. 그 외에는 어떤 것도 핑계가 될 수 없어."

"난 자네만큼 용기 있는 사람이 아닌 모양이군."

두만은 다시 혜실을 제거하기로 마음먹었다. 영복이 경찰에 신고했기 때문에 어쩔 수 없었다. 용성읍에서 서둘러 빠져나왔다. 사촌동생이 아이의 영어 교육을 위해 몇 년간 온 가족이 미국에 머무르기로 했고 그의 집이 비었다. 그 집에 혜실을 데려 갔다. 사촌동생의 집은 양평에 있었다. 경치가 좋은 곳이었지만 지하실에 감금된 혜실은 느낄 수 없었을 것이다. 혜실에게 최소한 햇볕을 주고 싶었지만 위로 데리고 올라올 수 없었다. 혜실이라는 존재가 점점 불편해졌다. 혜실을 데리고 있는 시간을 단축시켜야 했다. 모든 걸 끝내고 별장 같은 양평 집에서 한가하게 휴식을 취하고 싶었다. 혜실을 죽이고 나면 아들놈의 죽음에서 시작한 모든 피로가 사라질 것 같았다.

"양평? 혜실이가 전화를 한 게 사실이었단 말이야?"

"무슨 소리야?"

"송영복이 전화를 받았다 그랬어. 경찰한테 말해서 알아봤더니 발신 지역은 양평이었고."

"그럴 리가 없어."

"경찰은 왜 수사를 안 한 거지? 그 집에 전화가 있었어?"

"감춰뒀는데."

"병신 새끼들!"

두만의 눈을 피해 자기 나름대로 필사적으로 혜실이 아빠한테 전화를 걸었다. 잡을 수 있었단 말인가. 돼지소녀를 찾을 수 있었단 말인가. 9년 전에 경찰이 양평 발신지로 와서 수사만 했더라면. 만약 경찰이 양평으로 왔다고 해도 왕제명이 다시 덮었을까.

며칠간 볕이 유난히 눈부신 날이 계속되었다. 차츰 표정을 찾아가던 혜실이 빨간색 원피스가 입고 싶다고 말했다. 두 달 만에 처음 말을 한 것이다. 두만은 그길로 백화점에 가서 빨간색 원피스를 샀다. 싸구려를 사줄 수 없었다. 혜실은 빨간 원피스만을 입었다.

두만의 집으로 돌아오자 아내가 집에 왔다 간 흔적이 있었다. 두만은 이혼해주지 않았고 아내는 몇 년간 친정에서 동네 아이들에게 피아노를 가르치며 살았다. 두만은 아내와 부부관계에서 권태를 느낀 적이 없었다. 시간이 갈수록 아내가 두만을 받아주는 횟수가 줄어들기는 했다. 두만의 시도는 줄지 않았다.

왜 부처님은 내게 곧 떠나보낼 자식을 주었을까. 왜 부처님은 영복에게 지키지도 못할 딸을 주었을까. 두만은 그런 섭리의 목을 조르고 싶었다. 통창이 넓은 거실로 혜실을 데리고 나왔다. 햇볕을 쏘여주었다. 사형수에게 마지막으로 제공하는 따뜻함처럼. 혜실은 햇볕을 별로 만끽하지도 않고 소파에서 잠이 들었다. 벽난로 위에는 사촌동생이 즐겨 마시던 위스키가 있었다. 한국 남자들은 룸살롱에서 위스키를 마신다. 두만은 조폭을 잡기 위해 문턱이 닳도록 룸살롱을 드나들었다. 한국에서 위스키는 음란이며 일탈이다.

노을이 내려오고 있는데 혜실이 눈을 떴다. 창밖에 햇볕이 노을로 색을 갈아입었다. 혜실이 웃었다. 어린 소녀의 미소가 아니었다. 처녀 적 여러 번 거부하던 두만의 아내가 자취방에서 처음 두만을 받아들일 때 짓던 미소였다. 그때도 아내의 미소는 역광이었다. 혜실의 머리 위로 햇볕이 강렬했다. 소녀가 가질 수 없는 미소였다. 혜실은 소녀가 아니었던 것이다. 어둠이 숙성시킨 것이다. 위스키가 머리를 짓밟았다. 두만이 혜실을 범했다.

더러운 욕망이 어디서 올라왔는지 두만도 알 수 없었다. '내 안의 악마'가 본모습을 드러낸 걸까. 조폭을 때려잡으면서 느꼈던 쾌감. 경찰이기에 합법적으로 할 수 있었지 경찰이 아니었다면 불법적으로 누군가에게 발산할 수밖에 없었을 '내 안의 악마'가 나온 걸까. 죄책감이 들지 않았다. 혜실에 대한 욕망이 없었다면 그녀는 죽었을 것이다. 혜실이 살아 있을 필요성이 필요했다.

"개새끼······."

그 쪼그만 걸. 하철이 몸을 떨었다. 모르는 게 더 좋았을 사실이다.

두 사람은 산길에서 내려가는 중이었다. 지난 홍수 때 산사태가 났던 곳이어서 나무들이 뿌리째 뽑혀 가파른 언덕을 만들었다. 아직 복구가 되지 않았다. 두만은 수마가 휩쓸고 간 민둥산을 내려다보며 전자담배를 피웠다. 뒤에 서 있던 하철은 강한 욕망이 솟았다. 악마를 이대로 밀어버릴까. 밀어달라고 등을 보이고 서 있는 게 아닐까. 물어보지 않은 것까지 말하는 건 살의를 자극하려는 게 아닐까. 자살하지 못하는 사람이 청부살인업자에게 자기 자신을 죽여달라고 의뢰하는 것처럼.

하철의 다리에 힘이 풀리고 손이 떨렸다. 두만을 죽일 용기가 나지 않았다.

"내가 그렇게 살았지."

두만의 얼굴에 회한의 그늘이 드리워졌다.

"담배 한 대 주겠나?"

하철이 진짜 담배를 건넸다. 두 사람이 나란히 담배를 피웠다.

"돼지소녀를 이용할 거면 계속해서 혜실이를 언론에 등장시켜서 따뜻한 이미지를 이어가도 되잖아. 왜 굳이 애를 납치한 거지?"

"어떤 부족은 햇빛이 소녀를 임신시킨다고 생각해서 열 살부터 열일곱 살 사이의 소녀들을 어두운 곳에 감금시켰다더군."

"그건 미개한 부족이고."

"우리는 미개하지 않은가?"

오대산 자락에 진눈깨비가 흩날리기 시작했다. 두만이 담배 연기를 길게 내뿜었다.

어느 날 지하실 구석에서 혜실이 웃었다. 방금 전에 두만에게 성폭행을 당했는데 혜실은 깔깔거리고 있었다. 왜 웃느냐고 두만이 소리를 질렀다. 조롱당하고 있는 것 같았다. 옆에 있던 과도로 두만이 자신의 팔을 그었다. 피를 본 혜실은 모든 감정을 스스로 정지해버렸다. 울지도 웃지도 않고 어둠 속에 스스로를 파묻어버렸다. 그 어둠 속에서 나오지 않겠다는 듯. 두만은 자신이 어둠 속에 갇혀 있다는 생각이 들었다. 왕제명이 어둠 속으로 밀어 넣은 것도 아니고 여종성의 '인간미'가 그런 것도 아니다. 두만 스스로 어둠이 돼버린 것이다. 두만은 귀가 먹먹해지면서 망망대해에 한없이 침잠하고 있는 것 같았다. 차라리 혜실을 죽였더라면 10년 동안 이토록 애태우며 살지 않았을 것이다. 이 모든 건 누구의 선택이었을까. 두만은 혜실을 범한 후 신을 버렸다. 부처님을 원망해서 그런 게 아니라 모든 선택의 원인이 자신 안에 있다는 걸 알았기 때문이었다.

두만에게 혜실은 감각이었다. 청각이든 시각이든 후각이든 아니면 촉각이든, 언제나 무언가를 감지해야 하는 감각이었다. 늘 예민하게 곁에 있는 감각. 언젠가 보았던 영화에서 욕망에 시달리던 스님이 자신의 성기를 돌로 내리치던 장면이 있었다. 혜실은 제거하고 싶지만 사라지지 않는 감각이었다. 두만은 지난 10년간 혜실이라는 감각을 통해서 자신의 안을 느꼈다. 혜실만 없었다면 두만의 고통은 반으로 줄었을 것이다.

"혜실이는 살아 있는 거죠?"
"같이 가지. 내가 연락할 때까지 조용히 기다리면……."
하철이 자기도 모르게 고개를 끄덕였다. 살아 있기만 하다면 두만에게 느끼는 분노 따위는 포기할 수 있을 것 같았다. 영복도 조용히 기다렸으면 다시 보여주려 했다고 했다. 기다려야 하지 않을까. 목적은 응징보다 혜실이니까.

두 사람이 양식장 입구까지 왔다. 두만은 인사도 없이 비단잉어가 있는 곳으로 들어갔다. 하철이 터벅터벅 양식장을 걸어 나왔다. 자동차를 타고 떠나자 두만이 밖으로 나와 그 자리에 돌처럼 서 있었다. 자동차 사이드미러로 두만의 아내가 남편에게 다가가는 게 보였다. 그녀는 남편의 만행을 알고 있을까.

자동차가 오대산 자락을 끼고 돌았다. 왕제명은 처음부터 혜실을 죽이라고 명령했다. 그런 종자들은 훗날의 여지를 두지 않는다. 수십만 마리 중 최고급 비단잉어가 되는 게 얼마나 어려운 일이라는 걸 잘 알고 있다. 영복이 딸을 본 걸 함구하고 정신병원에 갇히지 않았다면 아직도 주기적으로 혜실을 만나고 있을지도 모른다. 은심이 깨어난 이후엔 부부가 함께 딸을 정기적으로 만날 수 있었을까. 영복은 차라리 두만의 말을 들었어야 했다. 그랬더라면 혜실을 소유할 순 없었어도 볼 순 있었을 것이다.

신호등이 파란불로 바뀌었다. 갑자기 한 남자가 길을 건너려 뛰어들었다. 하철이 경적을 울렸다. 남자는 돌아보지도 않고 뛰어갔다.

"죽고 싶어!"

놀란 하철이 차창을 열고 욕을 했다. 속이 시원하지 않았다.

두만은 양식장을 방문한 하철을 보고 놀라지 않았다. 올 줄 알고 기다리고 있었던 것이다.

기다려야 할까. 여종성까지 올라가야 할까. 이틀 후면 대통령 선거다. 대통령 후보는 국무총리급 경호가 붙는다. 결코 접근할 수 없을 것이다. 기다리다 당할지도 모른다. 섣부르게 알렸다가는 혜실을 영영 노출하지 않을 수도 있다. 영원히 숨길 수 있는 방법은 죽임일 것이다.

쌘타페가 여우고개 길에 다다랐다. 올 때도 여우고개를 넘어왔다. 방 사장의 예전 자동차였다면 차가 퍼졌을 만큼 가팔랐다. 방 사장은 얼마 전에 신형 폭스바겐을 뽑았다. 행동하는 사람은 중고차지만 브로커는 외제차를 탈 수 있다. 왕제명은 승승장구하고 있고 마두만은 여전히 어둠에 갇혀 있다.

차창 밖은 어둑어둑했다. 차량이 드물었다. 평일이라 영동에서 영서로 넘어가는 사람이 별로 없었다. 고개 안으로 깊이 들어오자 안개가 끼어 있었다. 여우고개는 여우가 재주를 넘는 듯 고불고불했다. 하철이 안개등을 켰다. 차가 거의 없지만 그래도 혹시 모를 일이다.

노을이 서서히 여우고개를 물들였다.

백미러에 무쏘가 나타났다. 무쏘 안은 보이지 않았다. 박덕순을 만나고 온 날 따라왔던 무쏘. 두만이 따라오고 있다. 갓길도 없는 편도 1차선이기에 딱히 차를 세울 만한 곳이 없다. 그 좋은 링컨 자동차를 두고 왜 무쏘로 따라오고 있을까. 번호판도 폐차된 것이다. 할 말이 있어 오는 게 아닐 것이다.

하철이 엑셀을 깊이 밟았다. 고갯길이라 구불구불하고 가파르지만 시속을 60킬로미터까지 올렸다. 전방을 주시했다. 중앙선을 넘나들며 속도를 줄이지 않았다. 무쏘 또한 적당한 거리를 계속 유지하며 따라오고 있다. 여우고개 안에는 하철과 두만, 둘만이 운전을 하고 있는 것 같았다. 하철은 숨이 막혔다. 차창을 내렸다. 진눈깨비가 흩날렸다. 양식장으로 올 때 여우고개를 넘는 데만 반 시간가량 소요된 것 같았다. 올 때는 안전하게 30킬로미터 정도로 달렸다. 조금만 더 버티면 고개를 넘고 안개도 걷히고 평지가 나올 것이다.

라디오에 새로 앨범을 낸 가수가 출연했다.

백미러로 조그맣게 보이던 무쏘가 점점 가까이 확대되었다. 간격을 줄이고 있는 것이다. 하철은 땀이 밴 오른손을 바지에 문질렀다. 입이 탔다. 음료대에 있는 생수는 비었다. 두만은 기다리고 있었다. 얼마나 알고 있는지 와서 떠들어보라고. 직접 들어보겠다는 의도였다. 두만이 마음만 먹었다면 날 죽일 수 있었다. 굳이 찾아올 때를 기다리지 않고 먼저 찾아와도 되는데 왜 기다렸을까.

쿵! 무쏘가 뒤에서 박았다. 하철은 엑셀을 더 세게 밟았다. 엔진을 신형으로 바꿨는지 무쏘는 힘 있게 다시 거리를 좁혔다.

쿵! 하철의 몸이 앞으로 튕겨 나갔다가 안전벨트가 붙잡는 바람에 제자리로 돌아왔다.

무쏘가 차선을 넘어 왼편으로 달려 나왔다. 싼타페가 곁을 주지 않으려 핸들을 급하게 왼쪽으로 꺾었다. 무쏘가 갑자기 속도를 줄이며 오른편으로 이동했다. 싼타페는 좌측통행을 무쏘는 우측통행을 하는 꼴이 되었다. 싼타페가 다시 중앙선을 넘어 우측통행으로 복귀하려 하자 무쏘가 앞으로 치고 나왔다. 싼타페 오른편을 강하게 들이받았다. 싼타페가 밀리고 말았다.

"마지막으로 청취자 여러분께 하고 싶은 말씀 있으면 하세요."

진행자가 가수에게 말했다.

"내일모레 투표하세요."

"어떤 대통령을 뽑아야 될까요?"

"국민의 아픔을 함께 아파할 줄 아는 사람? 아니, 분?"

싼타페가 절벽으로 굴러 떨어졌다.

언론이 일제히 보도한 마지막 여론조사는 팽팽했다. 박도원의 선거 구호인 '일할 맛 나는 세상'을 지지하는 사람들과 여종성의 '행복한 가족, 행복한 국가'를 지지하는 사람들이 반반으로 나뉜 것이다. 여종성은 오랫동안 재야에서 민주주의를 위해 싸웠다. 박도원이 제도권에서 행정가로 수직상승 하고 있을 때 반대편의 길을 걸어왔던 것이다. 여종성이 가장 좋아하는 시가 「타는 목마름으로」다. 얼마 전 방송에서 "신새벽 뒷골목에 너의 이름을 쓴다. 민주주의여"라며 시를 읊는 여종성의 눈에 눈물이 고였다. 여종성은 평범했던 한 가족을 짓밟고 이제 다시 "행복한 가족"을 외친다.

하철은 윤아와 한 약속이 생각났다. 내일 저녁 6시에 윤아가 전태일 다리에서 기다리고 있을 것이다. 하철이 나타나지 않으면 전화를 걸 것이다. 하철은 전화를 받을 수 없고 윤아는 추운데 다리에서 기다릴 것이다.

따뜻한 커피숍에서 만나자고 약속했어야 했는데…….

두만은 왜 혜실을 보여주었을까. 어머니는 왜 목사 부인한테 자신의 사랑을 털어놓았을까.

8

링컨 자동차가 고속도로를 달렸다. 내비게이션엔 '희망원'이 목적지로 설정돼 있었다. 조수석에 있는 신문 1면엔 '오늘 대통령 선거, 우리 모두 권리와 의무를 다하자'라는 기사가 새로운 세상에 대한 염원만큼 강하게 인쇄돼 있었다. 접혀 있는 16면 사회면 1단 박스로 '여우고개 자동차 추락'이라는 제목의 기사가 실렸다.

이른 아침이라 차가 드물었다. 두만은 포드로 바꾸고 난 후엔 운전이 쉬웠다. 다른 차들이 가까이 오지 않았다.

새벽까지 오던 비가 그치자 안개가 피어올랐다. 날이 밝아도 안개는 여전히 먹빛이었다.

어색하게 서 있던 영복이 가방 하나를 들고 자동차에 탔다.

링컨 자동차가 출발했다. 뒷짐 지고 서 있는 원무과장이 사이드미러에서 점점 작아졌다. 영복은 조수석에 앉아 사이드미러에서 눈을 떼지 않았다.

"편하게 앉아요."

허스키한 목소리가 말했다. 영복은 이등병처럼 각을 풀지 않았다. 자동차가 희망원 입구로 나와 좌회전하자 더 이상 원무과장이 보이지 않았다. 영복이 의자에 등을 기댔다.

"어디 가?"

영복의 반말엔 불손함이 없었다. 관계를 정확히 인지하지 못하는 말투였다. 표정도 온순한 양 같았다.

"혜실이 보러 갑니다."

"어디 있어?"

"바다 건너면 있어요."

"바다? 오징어? 얼굴이 세모네."

원무과장은 영복의 정신이 오락가락한다고 말했다. 두만이 라디오를 틀었다. 영복과 함께 있는 침묵을 견딜 수 없었다.

한 시간을 달렸다. 멀리 바다가 일렁였다.

라디오에서 영화음악을 소개했다.

"투표를 독려하는 이소현 님의 문자 잘 받았습니다. 공무원이시라 지금 투표장에서 일하고 계신데 투표를 하러 오시는 분이 별로 많지 않다고 하시네요. 아직 안 하신 분들은 우리 영화

음악 듣고 나서 투표하러 가시기 바랍니다. 이번에 들려드릴 음악은 마리옹 꼬띠아르와 숀 펜의 이룰 수 없는 사랑을 관조적으로 잘 그렸던 〈마이 엔젤〉에서 재회가 곧 이별인 아이러니하고 가슴 시린 엔딩 장면에서 흘렀던 노래입니다. 리너드 스키너드의 〈Simple Man〉입니다."

앞만 보고 있던 영복이 차창을 끝까지 내렸다. 바닷바람도 밀려들었다. 차 안에 흐르는 기타 선율이 스산했다.

"우리 혜실이…… 어디 있어요?"

영복의 목소리가 가라앉았다.

"많이 컸겠네. 그렇죠?"

"바다 건너면 섬에 있소. 처녀가 다 됐을 거요."

"왜, 이제 보여줘요?"

두만은 할 말이 없었다. 영복의 표정을 살폈다. 원망의 빛이 아닌 것 같았다.

"다시 보여준다고 했잖아요."

링컨 자동차가 항구에 닿았다. 정박해 있는 배가 여러 대 있었다. 오늘은 안개가 짙어서 멀리 가지 않는 배는 출항하지 않았다. 안개가 항구를 음산하게 뒤덮었다.

두 사람이 자동차 밖으로 나왔다.

"이 주소를 찾아가면 혜실이가 있을 거요."

두만이 봉투를 건넸다.

"거기서 사람들한테 누군지 밝히지 말고 그냥 사시오. 아무 말도 하지 않고 살면 아무 일도 없을 거요. 만약…… 아니, 제발 조용히 살아요."

"혜실이 엄마는요?"

"상태가 좋아지면 내가 데려다주겠소."

"우리가 만난 적이 있어요?"

한 무리의 사람들이 배를 타러 갔다.

"봉투에 돈도 좀 있으니 그걸로……."

"당신은 몸속에 피가 흐르죠?"

영복이 하늘을 올려다봤다. 구름도 먹빛이었다.

"난 혜실이를 잃고서, 피가 아니라 칼이 흐르는데……."

멀리서 뱃고동 소리가 길게 울렸다.

"미안하오. 진심으로……."

뒤돌아서서 바다를 보고 있는 두만의 눈가가 반짝였다.

강원도에 머무를 때 집 근처에 있는 '세월교'라는 다리를 좋아했다. 하루에 한 번 이상 꼭 그곳으로 가서 다리 아래 흐르는 물소리를 멍하니 듣곤 했다. 어느 날 문득 세월교에 낡은 중고차를 대놓고 강물 소리를 들으며 낡은 노트북으로 시작한 첫 문장은 "소녀는 명랑했다"였다. 아직 주인공의 이름도 없었을 때였다. 그땐 이 이야기가 탐정소설이 될지도 몰랐고 "명랑"으로 시작했으니 슬픈 이야기일지도 몰랐다. 실종에 관한 이야기를 해야겠다는 계획만 있었다. 나는 아직 얼마나 모르고 있는 걸까. 소설을 쓰면서 가장 재미있는 건 몰랐던 내가 하나씩 드러나는 일이다. 그 과정에서 고통과 회의와 한숨이 끊임없이 날 괴롭히지만 알게 될 때의 쾌감 때문에 계속 쓸 수밖에 없을 것이다.

책이 나오는 데 애써주신 출판사 관계자분들께 감사의 말씀을 드리며 내 소설을 기다려준 가족과 지인들께도 고맙다는 말을 전하고 싶다.

2014년 7월

이재찬

안젤라 신드롬
© 이재찬, 2014

1쇄 인쇄일 | 2014년 7월 18일
1쇄 발행일 | 2014년 7월 31일

지은이 | 이재찬
펴낸이 | 정은영

펴낸곳 | 네오북스
출판등록 | 2013년 04월 19일 제2013-000123호
주   소 | 121-840 서울시 마포구 서교동 396-33
전   화 | 편집부 (02)324-2347, 경영지원부 (02)325-6047
팩   스 | 편집부 (02)324-2348, 경영지원부 (02)2648-1311
E-mail | neofiction@jamobook.com
Home page | www.jamo21.net

ISBN 979-11-5740-075-1 (03810)

이 도서의 국립중앙도서관 출판예정도서목록(CIP)은 서지정보유통지원시스템 홈페이지
(http://seoji.nl.go.kr)와 국가자료공동목록시스템(http://www.nl.go.kr/kolisnet)에서
이용하실 수 있습니다.(CIP제어번호: CIP2014021371)